体育会系探偵部タイタン！

清水晴木

講談社
タイガ

イラスト——いつか
デザイン——大岡喜直（next door design）

目次

【登場人物】

白石球人（しらいしきゅうじん）……一年A組。元野球部。主人公。

三宅　連（みやけれん）……一年B組。体育会系探偵部、部員。

番場太郎（ばんばたろう）……一年B組。体育会系探偵部、部員。

山岡　仁（やまおかじん）……二年F組。体育会系探偵部、副部長。

伏　譲二（ふせじょうじ）……三年E組。体育会系探偵部、部長。

坂ノ下登（さかのしたのぼる）……一年F組。文化系探偵部、部員。

倉野尾美織（くらのおみおり）……一年A組。白石の幼馴染。文化系探偵部、部員。

工藤玲香（くどうれいか）……三年D組。文化系探偵部、部長。

千堂幸助（せんどうこうすけ）……文化系探偵部、顧問。国語科教員。生徒指導担当。

水谷凜子（みずたにりんこ）……体育会系探偵部、顧問。国語科教員。一年A組担任。

体育会系探偵部タイタン！

もう二度と野球はしない。

三回表　17－0。

まだ試合が始まって三分の一にもかかわらず、あほみたいな点差がついたスコアボードを眺めながら俺は誓った。

　これでも相手は優勝候補の学校じゃないらしい。嘘だろって言いたいけど大マジだ。うちの学校は、よほどレベルの低い舞台で戦ってきたみたいだ。もうこの辺が潮時。というか、この場所にまで来てしまった事自体が間違いなんだろう。ただただ今思うのは、すぐにこの試合が終わってほしいという事だけだ。

　スタンドからは、まだ応援の声が聞こえる。うちの中学校の野球部創部以来の全国の舞台らしいから、学校総出の応援だった。未だに「頑張れ、頑張れ」とマウンドまで声が届いていた。

でも、申し訳ない。悪いけどみんなに今すぐ真横に立って教えてあげたい。

もう最大限に頑張っている。全力だ。本気で頑張っていてこれなんだ、って。

本当に、頑張れって言葉は、時に残酷だ。

あー、頭がぼーっとする。汗は噴き出る、背中には嫌な汗がずっと流れてる。嫌だ、もう投げたくない。なんだこれ、ただの罰ゲームだ。俺だけ小高いマウンドの上に立っているのが、何よりも恥ずかしい。まるでピエロだ。グラウンドには魔物がいると聞いていたが違うらしい。実際はピエロがいる。あっ、魔物がいるのは甲子園（こうしえん）か。

最後の力を振り絞ってボールを投げる。でもまたすぐに跳ね返ってきた。もちろんグローブになんて収まらない、頭上を高々と越えていって歓声があがる。

白球が大砲から打ち出されたみたいに飛んでいって、またスタンドに吸い込まれた。

試合終了　45－1。

ギャグみたいな点数が、スコアボードの最後に刻まれて試合が終わった。

俺の夏も終わってしまった。

もう二度と、バットを振る事も、ボールを投げる事もしないだろう。

こうして俺は、野球をやめる事になった。

第一話　走れタイタン！　野球ボール神隠し事件！

「もうこの敷居を二度と跨がないでください」

「ええっ、ちょ、ちょっと！」

　ご丁重かつ、最大級の拒絶をされて、茶道部から追い出された。茶菓子とお茶の暴飲暴食。そして正座が数秒しかできない、という茶道部にあるまじき理由をコツコツと積み重ねて三日目には居場所を失ったのだ。

　これで部活動を退部になったのは四つ目。文系部活を中心に様々な部活を渡り鳥のように巡っていた。天文部、文芸部、三つ目にはモテを狙って軽音部にも入ってみたが、まともに楽器も弾けない、リズム感も無い。そして超絶音痴という三重苦の為に居場所を無くした。「音痴っていうか、あいつ最早ウンチでしょ」という訳の分からない部員の陰口が最後のとどめだった。あれはさすがに俺も傷ついた。

　そして今回、茶道部もクビになった。文武両道、生徒の自主性を重んじるこの美浜高校では、全生徒が何かの部活に入らなくてはいけないルールになっている。でも俺は高校生活が二ヵ月も過ぎ、季節は平年より早めの梅雨入りが宣言されて少し過ぎた六月になってもまだちゃんと部には所属していなかった。つまり、ピンチである。

「その様子だと、茶道部もまたクビになったのね」

教室へ戻って来るとすぐに、聴き馴染（なじ）んだ声が飛んできた。窓際の席にはクラスメイトの美織（みおり）がいる。いつものように文庫本を読み耽（ふけ）っていた。

「な、なんで俺の顔を見ただけで分かるんだよ。当てずっぽうならやめてくれ」

「顔を見れば分かるの。小学校からそういう所変わってないもの。球人（きゅうじん）は顔になんでも書いてあるから」

「おい、その名前は禁句だ」

俺を球人と呼ぶのはクラスで美織一人だけだ。唯一の小学生からの幼馴染（おさななじ）みだからしようがない。それに俺の本名でもあるから尚更（なおさら）しょうがない。野球好きのじいちゃんがつけた名前だ。でも野球をやらなくなった俺にとっては名前負けというか、名前ズレというか、最早ただのキラキラネームだ。高校に入ってからはもっぱら、名字の「白石（しらいし）」だけを名乗っている。それにしても、また今日から放課後やる事がなくなってしまった。

「退屈そうね」

「……また顔に出てた？」

美織がコクリと頷（うなず）く。本当に俺は顔に出やすいみたいだ。

「だってなんにも面白い事が起きないからなあ……」

「球人が楽しそうにしてたのは、この前学校に犬が入って来た時が最後だったかも」

「いやあれはやっぱり学校あるあるだろ！　昔から学校に犬とか入って来ると騒ぎになるじゃん。みんな教室の窓から覗（のぞ）いて見てたし！」

あの時は、先生も授業を中断してグラウンドで茶色い犬と追いかけっこを始めたから面白かった。うちのクラスは九対一くらいの割合で犬を応援していたと思う。その願いが届いたのか、無事に犬はどこかへ逃げ切った。心から拍手を贈ってあげたい。でも確かにそうだ。あれ以来、テンションが上がるような事も起きていない。俺の高校生活って一体なんなんだろうか。一匹の犬に左右される高校生活って……。

「ああ、なんか面白い事起きないかなあ……」

俺の呟きに、美織からの返事はなかった。視線はずっと本に向いている。その読書姿は、西日が上半身の半分にかかっていて、どこか画にもなっていた。丸みを帯びたボブヘアのショートカット。小さな鼻に澄んだ瞳。放課後の教室、という世界の中にいるのがぴったりな存在だ。文庫本を読んでいる、というのもいい。これがスマホをいじっているとかだったら微妙に世界観が崩れる気がする。

「あっ、そろそろ行かなきゃ」

時計を見た後、美織が本に栞を挟んで閉じる。とっくに終業時間は過ぎているのに、教室で一人過ごしていたのは理由があったみたいだ。

「どこに行くんだ？」

「部活。今日は始まりが遅れるって連絡があったから、本を読んで待ってたの」

美織は机の横にかけていたカバンを手に取って、その中に大事そうに本をしまう。

「美織が部活何に決めたのかまだ聞いてなかったぞ」

「球人には言ってなかったからね」

俺にも、その愛情の一つでも向けてほしいものだ。

「……なんだよ、どうした？」

椅子から立ち上がった美織が俺の顔を見つめていた。愛情の一つでも向けてほしいと思っていたのがバレた、なんて事はないよな。たぶん。

「髪が伸びたね」

気にしていたのは俺の髪型だった。確かに伸びた。中学の間は野球部にいたせいで、ほとんど坊主だったから。

「くりくり坊主は卒業だよ、マシになっただろ？」

「私は前の方が良かったと思うけど」

そう言った美織が、カバンの中をごそごそと探り始める。ヘアファッションカタログでも取り出すのかと思ったけど、予想とは全く違った白い球状の物体が出てきた。

「これ、球人にあげる」

「はあ？」

美織から手渡されたのは野球のボール。しかも大分使用感のある薄汚れたものだ。

「……なんだよ、これ」

「いいからあげる、球人の好きにしていいよ」

「いや、俺もいらないんだけど……」

俺の言葉も聞かずに、美織が席を立って教室を出て行く。でも去り際、わずかに開いたドアの隙間からまたひょっこり顔を出した。

「……マウンドの上の球人は、格好良かったよ」

美織はそう言ってから、「ちょびっとだけね」と付け加えた。そして、そのまま逃げるように走り去って行く。

「これ、もしかしてあの時の……」

ようやくこのボールがなんなのか気づいた。俺の中学時代、最後の試合のボールだ。確か場外ホームランになった球が一球だけあった。それを応援に来ていた美織が帰りにでも偶然見つけて拾ったんだろう。でもなんで、こんな縁起でもないボールを、美織はカバンの中にしまっていたんだろうか。

「……何考えてんだ、あいつは」

硬球と違う軟球のでこぼことした表面。あれだけ毎日のように触っていたのに、今は別物のように感じる。なんだろう、母ちゃんが似合わないパーマをあてて帰ってきたような、この微妙な感覚は。

「久々に触ったな……」

ボールを二度、三度、宙に投げて遊ぶ。それから跳ね返ってきた球をキャッチしようと、黒板の上の壁に向かって投げてみた。

「はっ！」

久々の投球だった為か、ボールは黒板の端にぶつかり大きく軌道を変えた。そして開いていた窓を抜けて中庭に向かって落ちていく。

「やべっ！」

すぐに下を確認したが、そこには誰もいない。ひとまず怪我人がいなくて良かった。そして窓が開いていたのもある意味不幸中の幸いだった。窓ガラスが割れずに済んだ。

「さっ、帰ろう……」

ボールはそのまま置いておく事にした。美織も好きにしていいと言っていたし。俺にももう必要なかった。中庭にボールが一つ転がっていても誰にも文句は言われないだろう。

そうして誰もいなくなった教室に残ったのは、どこかまどろむような甘い花の香りだけだった。美織が残した匂い。香水なのかシャンプーなのか、俺にはよく分からない。でもこんな甘い香りがする青春が、この先に待っていないのはよく分かっているつもりだ。

○

「だから、落とし物で野球ボールなんて届いてないってば！」

事態は転々としたボールの如く、思わぬ方向に転がっていた。次の日になって突然美織が「やっぱりボール返して」と言い出したのだ。どうやら気が変わったらしい。俺は咄嗟に「えっと、ちゃんと持ってるんだけど家に忘れた」という小学生が宿題を忘れた時のような返事をしてその場を凌いだ。このままではまずい。どうにかしなければいけない。

　という訳で俺は昼休み、国語科教員室に来ていた。担任の凛子先生に、落とし物としてボールが届いていないか尋ねたのだ。しかし事務室にも問い合わせたが、ボールはどこにもないと返されてしまった。

「ねえ、もういい？　私まだ仕事がわんさかあって大変なの！」

「先生、そんなに忙しいんですか？」

「逆に聞くけどこの状況で忙しくないと思う？　猫の手も借りたいくらいなの！　猫の中でも頭の良い大きめの猫が来てほしいくらい！」

　確かにその小さい体が埋もれるくらいのプリントを両手に抱えている。凛子先生は、大学卒業したての新任の先生だ。身長１５２センチ、童顔、Ｆカップというアンバランスでありがとうございますな見た目を持ち、一部の男子からは人気を得ている。でも正直、先生としては不安要素満載だった。頼りがいなんてものはほとんどない。制服を着て教室で席に座っていたら、同級生と見間違うくらいだ。

「でもじゃあ、本当にボールは落ちてなかったって事ですよね？」

「だからそう言ってるでしょ、ちゃんと自分で捜したの？」

「朝から捜してるけど、全然見つからないんでここに来たんですよ！」

　授業の合間の休み時間を使って捜したが全く見つからなかった。そして昼休みを利用してここに来たのだ。依然として、ボールの行方は不明だ。

「そういえば他にもここ最近、紛失届が相次いで出されているのよねえ、ついでにそれも白石君捜してみたら?」

ちょっと待ってくれ。自分の物さえ見つかっていないのに、人の捜し物までするなんてそんな暇はない。凜子先生の頼みといえど、今はごめん被りたい。

「申し訳ないですが遠慮しときます、それじゃあ!」

「えっと、このプリントと書類を持って千堂先生の所に行って、それから……」

凜子先生はもう、俺の言葉なんて耳に入っていないくらい、目の前の作業で精いっぱいだった。こうなったら後はもう自分でなんとかするしかない。

それからもう一度、中庭を重点的に捜し始める。ボールが落ちていたあたりを何度も捜索した。しかし、その痕跡すら見つからない。日差しは強い。梅雨の晴れ間は二日続いて、今日もむわっとした空気が漂っている。

「なんで見つからないんだよ、くそ……、誰かが持って行ったのか……」

あまりにもボールが見つからないので、新たな想像を広げていた。でも野球部とかが間違えて回収したとも思えない。軟式の球は高校では使っていないからだ。どうしよう。新しくボールを買ってきてごまかそうか。いやそんなの簡単に見抜かれるだろう。美織は鋭い所がある。きっとミステリー小説を多く読んでいるから観察力が鍛えられているのだ。

「はぁ……、まいったなあ」

自然とため息が出た。もうどうしようもなくなった。捜索の範囲は、全然関係ないテニスコートや、体育用具室の傍まで広げていた。

「どうした、なんか捜し物?」

そんな時、不意に声をかけられた。

「へっ?」

驚きながら振り向くと、そこには一人の男がいた。背は俺より少し低いけど、締まった体をしている。若干茶色の髪にはゆるいパーマがかかっていて、ハロウィンか、サッカーの日本代表の試合後の渋谷にいそうな奴だった。つまり若干祭り好きのチャラい雰囲気が漂っている。そして手にはなぜか上履きを持っていた。

「図星みたいだな、この名探偵にはお見通しだよ。ふっふっふ」

得意げな顔を見せる。とてつもなく馴れ馴れしいが、一体この男は誰なんだろう。

「……君、一年だよね。何組?」

「な、なんで俺が一年って分かった! さてはお前も名探偵なのか!」

「いや、普通に上履きの色で分かるからさ」

うちの学校は、学年ごとに上履きの色が分かれている。一年は赤、二年は青、三年は紫。今、この男が持っていた上履きのつま先は赤色だった。

「な、なんだそんな事か、ま、まあその観察力は認めてやろう!」

「で、あのー、なにか用?」

「だからさ、捜し物してるんだろ? 手伝ってあげるって」

「いや、いいよ」

「えっ、なんで？」

「ちょうど今諦めた所だからさ」

俺がそう言うと、相手の男は大振りに手を振って言い返してきた。

「ちょいちょーい！　そんな簡単に諦めちゃダメだろ。うちの部が助けになるぜ。部訓其の一、どんな時も最後の最後の地球最後の日まで諦めない。と掲げているからな！」

「いや、え、うちの部？」

ツッコミどころは多々ある。部訓とか、其の一とか、地球最後の日とか。でも、ひとまず部の事だけ尋ねてみる。

「ああ、ちょっと実を言うと今から……」

と、そこまで言いかけた所で、突然、黄色い光の玉が飛び込んできた。

「はぐぬあぁっ！」

目の前のパーマをかけた男の顔が苦悶の表情に変わる。

「な、なにが起きた……」

まるで顔面にパーマをかけたみたいに歪んだ顔だった。その原因は黄色い光の玉が腹にめり込んだせいだった。そしてその球の正体が、テニスボールだと数秒遅れて判明する。

「ちょ、ちょっと！　だ、大丈夫か⁉」

でもなんでこうなったのか訳が分からない。なぜいきなりテニスボールが……。

「居たわよ！　ちゃんと仕留めて！」

「急所を狙うのよ！　親の仇（かたき）だと思って躊躇（ちゅうちょ）しないで！」

とんでもなく物騒（ぶっそう）な声が聞こえる。そしてその声のする方に視線を移すと、そこにはテニスラケットを持った女子生徒がわんさかいた。一体なにこれ、どっきり？

「に、逃げるぞ！」

「はあ⁉」

なんでそうなる？　一体お前は何をしでかしてきたんだ。

「くらえっ！」

ギュウウゥンッ。あぶない、かすった。うなりをあげてテニスボールが飛んでくる。あれ本当に女子の球威なのか。今ならウィンブルドンでフェデラーからだってサービスエースを取れるだろう。俺の存在なんておかまいなし。いや、きっと仲間に思われている。

「早く逃げるぞ！　このままじゃヤバい！　二人ともやられる！」

「なんでだよおっ！」

セリフと感情だけでいえば、もはや戦争映画だ。最前線からの退却を命じられる兵士。もうこうなったら俺も一緒に走るしかない。元の校舎へと逃げ出す。どうしてこうなった。ただ、ボールを探していただけなのに、こんな戦場に投げ込まれるなんて。

「待てー！　変態ー！」

「変態パーマ男ー！」

変態、変態、連呼されてるし、一体、この男はなんなんだ——。

○

「変態パーマの人ー、このままどこ行くんだよー」

校舎内へと入り、パーマの男は颯爽と上履きに履き替えていた。ここで素早く校舎内に紛れ込む為に持っていたのだろう。用意周到だ、かなり手馴れている。そして足が速かった。俺も脚力には自信があったが、追いつけなかったのだ。

「変態パーマの人って呼ばないでくれよ。俺の名前は三宅連だから」

三宅連と名乗った相手は、廊下を突き進んで歩いていた。また変な事に巻き込まれてはたまったものじゃない。警戒は解かないでおかねば。

「だってさっき変態って呼ばれてたしさ、一体何やったの？」

「……あれだよ、ほら、ちょっとテニスコートの見学をしていただけだよ」

「なるほど、……覗きか」

「おい、その言い方はやめてくれ、変態感が増すじゃないか。見学だって、見学」

「もう認めた方が楽だと思うけどな」

「もうその件についてはいいから！　それで、そっちの名前は？」

「えっ、いや、俺は、白石……」

「下の名前は？」

　言いたくない。

「……名字が白で、名前が石って言うんだ」

「そんな訳あるかよ」

「……球人だよ」

「きゅーじん？」

「ああ、そうだよ！　しつこいな！　球人って書いて球人だよ！　あほみたいな名前だろ。笑いたきゃ笑え！　絶対名字で呼べよ！」

「そっか、じゃあ球ちゃんだな、俺は連とか、レンレンとかなんでもいいから」

「話聞いてた⁉　球ちゃんって馴れ馴れしすぎるからな！」

「ねえ、球ちゃんの家って戸建て？　それともマンション？」

「だから当たり前のように球ちゃんって呼ぶな！　大体最初の質問おかしいだろ！」

　まだこの男のペースにはまっている。なんだか摑みどころのない相手だ。

「いけるっ！　いけるぞっ太郎！　根性だぁっ！」

　突然、殺風景な廊下に合わない声が飛んできた。そして、「着いたよ！」と三宅がある教室を指差す。今、ヤバい声が聞こえて来た教室だった。嫌な予感しかしない。

「うおおぉっす！」

　唸り声のような返事も重なる。これほど開けたくない扉も珍しい。

「ああ、ちょっとなんか俺腹の調子が……」

「部長、ただいま戻りましたー！」

俺の言葉を無視して、三宅がさっとドアを開け放つ。すると、理科準備室くらいの小さな教室の中で、壁に張り付く二人の男がいた。腕はぷるぷると震えている。額には脂汗。

一体、なにをしているんだこの男たちは……。

「ここ越えればファイナルステージだぞっ！　太郎、気合だっ！」

謎(なぞ)の蜘蛛(くも)男のように張りついていた二人は、壁の少しだけ飛び出た部分に指を引っかけたまま横に移動していた。どうやら某番組のクリフハンガーを意識しているようである。

「仁(じん)！　太郎の雄姿をしっかりおさめといてくれぇぇいっ！」

気づかなかったが、反対の壁際にもう一人の男がいた。仁と呼ばれた人だ。今、その名前を呼んだ短髪の男の人が部長なのだろう。ひときわ筋肉質で目を引く人だった。しかし、この壁際の人もでかい。巨人、いや巨神兵(きょしんへい)、という雰囲気だ。でもその見た目とは裏腹に、返事はコクリと頷くだけだった。

「ぬおおおぉっ！」

前を行く太郎と呼ばれる坊主頭の男が踏ん張るような声をあげる。

「うごごおっ！」

その男が再び気合を入れた瞬間、
バキイィツッ！

「はんぬっ！」

鋭い破砕音と鈍い悲鳴がひびく。壁の出っ張った部分に必要以上の負荷が加わった為か、その箇所が割れて外れてしまったのだ。

「だ、大丈夫か！　太郎ーっ！」

床に倒れてしまった坊主頭の男に、すぐ後ろの筋肉質な男の人が助けに入った。

「ぶ、無事です！　怪我はないっす、異常なしです！　部長！」

やはりそう呼ばれているから、この短髪で筋肉質の人が部長で間違いないのだろう。

そして、またもや何かの戦争映画みたいな光景だ。

「なんだこれ……」

今日はもうこれで二回目の戦場。俺は一体何を見せられているんだろうか。

「あっはっは！　今のヤバいでしょ！」

三宅が愉快げに笑った。全然怪我の心配はしていない。いつも通りの光景なのだろう。

「いやー最初から見たかったな、仁先輩、俺にも後で今の動画フルで見せてくださいね」

壁際の巨神兵っぽい男の人がコクリと頷く。動画としては、三宅のこの小ずるそうな顔をおさめても面白くなりそうである。低評価はバンバンつくだろうけど。

「けどなんかお尻が冷たいっすね、それになにか変な臭いも……」

坊主頭の男が床に転がったままお尻をさする。するとさっきまで余裕をかましていた三宅が血相変えて飛びついた。

「ああ！　俺の香水が割れてるっ！　そんなあぁっ！」

どうやら運悪く、着地地点に三宅の持っていた香水の瓶があったのだ。

「……天罰って本当にあるんだな」

「球ちゃん！　何を冷静に言ってるの！」

「すんません、連君！　あっ、そういえば、さっきからそちらの隣にいる方は？」

正直な所、自己紹介をしようかどうしようか迷った。このまますたこらさっさと、部屋を出るのも一つの手だったのだ。

「さては、新しい依頼人かな！　私が体育会系探偵部、部長の三年、伏譲二だ！　よろしく！　伏部長と気軽に呼んでくれ！　わっはっはっ！」

「は、はあ……」

そのまま逃げ出すのは諦めた。むしろ怖気づいた。手が握りつぶされるんじゃないかってくらいの、がっつりとした握手をされて思わずビビッたのだ。とてもじゃないが、同じ高校生とは思えない。毎回語尾にビックリマークのついたような、気迫ある喋り方だ。

「俺は番場太郎っす！　一年っす！　連君と一緒のB組っす！」

「よ、よろしく……」

歯茎が見えるくらいまで笑顔になって、坊主頭の男が自己紹介してくれた。この番場と三宅は隣のクラスだった事も発覚した。

「そしてあちらに立っているのが山岡仁先輩、一つ上の二年生」

代わりの紹介を三宅がした。三宅が指し示した方向には、さっきの巨神兵のような人がいる。威圧感はかなりあったけど、頭をさっと下げてくれた。怖い人ではないみたいだ。

「あの、俺は一年Ａ組の白石と言いまして……」

「白石球人。ボールの球に人って書いて、球人だから、俺は球ちゃんって呼んでる！」

「お、おい！　俺の自己紹介までするな！」

名字だけで済まそうと思っていたのに、どうせまた馬鹿にされるに決まっている……。

「球人！　格好いいっすね！　俺は球君って呼びます！」

「じゃあ私は球人とそのまま呼ばせてもらおうかな！　わははっ！」

「いやちょっと……」

口を挟もうかと思ったけど、二人は俺の名前をからかう様子でもなかったし、部長さんは、ギラギラとした熱い瞳で見つめてくるから何も言えなかった。でもそれよりも前に、もっと気になった事があった。

「あの、さっき体育会系探偵部って言いました？」

「いかにも、ここは体育会系探偵部の部室だ！」

「体育会系……？　探偵部……？」

この学校に探偵部なんてものがあったのがそもそもの驚き。そして体育会系なんていう枕詞までついているのが尚更衝撃だ。一体どんな部なのか想像もつかない。

「私たちは体育会系探偵部！　通称、タイタンと人には呼ばれているよ！」

「タイタン……、なんだか格好いいですね。巨神族の神の名前ですよね」

ここにいる人達の雰囲気にはその名がよく似合う。ネーミングセンスは悪くない。

「いえ！　体育会系のタイ、探偵部のタン、略してタイタンっす！」

「そっちかよ！」

番場が由来を言ったところで思わずツッコミを入れてしまった。

神の名前は、全然関係していなかった。しょうもないネーミングセンスだ。

「さて、そこで我が体育会系探偵部、タイタンになんの御用かな？」

部長がまた話を仕切り直す。

「いや、俺からの用は別に……」

「俺が連れてきたんですよ、部長。球ちゃんは何か捜し物が見つからないみたいです」

また三宅が代わりに喋った。そしてその言葉を聞いて、部長が目の色を変える。

「物が、見つからない、だと……」

「いやいや、俺が中学時代に野球部だったんですけど、その時使ってたボールが見当たらなくなっただけで……」

「それってボール消失事件っすよ！　いや……」

そう言って番場がごくりと唾（つば）を飲み込んだが、その続きは、壁際の山岡先輩がぽつりと呟いた。

「野球ボール神隠し事件」

「神隠し！」

三宅と番場が口を揃えて言った。

「いや、おかしいですよ！　『ただのボールが見つかりません』ってだけですよ！」

一体どういう事なんだ。無くなった野球ボールについての話をした瞬間に、まるで態度が変わってしまった。探偵部と名乗っているだけあって、事件性のありそうなものに過敏に反応してしまうのだろうか。

「その依頼、私たちに全力で取り組ませてもらおう！」

「え、いやちょっと待って。俺から依頼しましたっけ？」

「血がたぎりますね！　やるぞやるぞー！」

部長も番場も、やる気満々だ。なんだか勝手に話だけが進展している。

「いや、ちょっと、おーい……」

なんだかみんな急に耳が遠くなっている。三宅もやる気に満ちた顔をしていた。なんでこんな事になったんだろう。そもそも体育会系探偵部の存在なんて知らなかったのに。

「ねえ、ちょっと！」

その時、後方から声が飛んできた。

「うわっ、なにこの臭い」

その声をあげた女の子が、部室の中に足を踏みいれた瞬間、顔を歪ませる。

「あっ、沢城さん、ごめんね。今ちょっとたてこんでて、ははっ」

三宅が別人のような爽やかな笑みを見せて近づく。態度が男相手とは全然違う。

「相変わらず馴れ馴れしいわね、男のくせに香水臭いし、それに汗臭い」

「……汗は俺じゃないのに」

ドンマイ三宅。もう既に泣きそうになっているのが妙に切ない。

「ってか、私の依頼の件だけど、どうなってるの？」

「すまない。まだ進展があまり無くてだな、タイタンとしても尽力しているんだが……」

部長さんが、申し訳なさそうに言った。どうやら、この沢城さんと呼ばれている女子は、既にタイタンに依頼を出したらしい。一体どんな依頼をしたのか気になる。そもそも本当にこの部に、事件の解決なんてできるのだろうか……。

「あの、ちょっといいかな、君はタイタンにどんな依頼をしたの？」

「私の依頼？　依頼って言ってもね、私が教室の前の廊下で困ってたら、勝手に同じクラスでもないのに、そこにいた三宅に声かけられただけだし……」

「……俺とまったく一緒の状況だ」

「誰にでも声かけてるのね」

三宅が少し離れた位置でへへっと笑う。臭いともう言われたくないから距離を取っているみたいだ。意外と打たれ弱いタイプなのかもしれない。

「それで？」

「うちのクラスで連続して盗みが起きてるのよ、それで困ってて……」

「今、この学校では連続盗難事件が起きているんだ」

部長さんが言葉を補足した。連続盗難事件という言葉の響きはなんとも物騒に感じる。俺の事件も、野球ボール神隠し事件と名付けるくらいだから多少の誇張はされているだろうが、それでもなにか盗みの事件が起きているのは間違いないみたいだ。

「クラスの女の子の持ち物が被害に遭ってるの。先生は無くしただけだろうし、紛失届を出しなさいって言ってるけど絶対違うわ。だとしたらこんなに女子の持ち物だけが無くなるなんておかしいもの！　絶対に変態な男が犯人なのよ！」

依頼者の女子の口からそのワードが出て、自然と三宅に視線がいく。

「お、俺じゃねえって！」

変態パーマ男と呼ばれていたから自然と視線がいってしまった。決めつけはよくない。

「それに、昨日と今日もまた盗難が起きて……」

「なんだと……」

部長の目の色が変わる。また新たに盗難が起きた事は、初めて聞いたみたいだ。

「昨日はソフト部の子のタオル、それに今日は私の部活で使うスパイク……、私はこれで二回目よ！　この前は制服のスカートも盗られたし、本当に犯人は最低の変態野郎よ！」

「……だから俺じゃねえってば！」

「あっすまん」

また三宅の事を見つめてしまっていた。事態は深刻みたいだ。そういえば、凜子先生も紛失届が相次いで出されていると言っていた。もしかしたらこの件を言っていたのだろうか……。

「卑劣な……」

部長が拳をぎゅっと握りしめる。小さいりんごくらいなら容易に潰してしまいそうだ。

「……ケダモノめ」

山岡先輩がぽつりと呟く。この事件に胸を痛めているのはみんな一緒みたいだ。

「お前ら！　一刻も早くこの事件を解決するぞぉぉっ！」

「おっす！」

部長の声に、番場と三宅が勢いよく答える。

「タイタン、出動だっ！」

「おっす！」

「はぁ？」

番場と三宅が、いそいそとワイシャツを脱ぎだした。鍛え抜かれた裸体が露になる。沢城は唖然とした顔をしていた。もちろん、俺も。

部長はどうしているのかと思って見ると、誰よりも早く上半身裸になって、隆々とした筋肉を見せつけていた。訳が分からない。ここはいつからボディビルの会場になったのだろうか。さっきまでスンと立ち尽くしていた山岡先輩までワイシャツを脱いでいる。

「タイタン集合ぉ――っ！」

「おっす！」

　そして全員で円陣を組み始める。

「うわぁ……」

　上半身裸の筋肉質の男達が身を寄せ合う姿は、暑苦しいを通り越してエグい。一体、何を始める気なんだこの部は……。

「球ちゃんも入って！」

「いや、なんでだよ！　やだよ！　絶対やだよぉ！」

「わははっ！　遠慮するな！　球人！」

　部長が強引に腕を引っ張ると、俺はなす術もなくその輪の中におさまった。

「いやあぁっ！」

　生娘のような声をあげて最後の抵抗をしたが、なんの意味もなかった。こうして裸男四人とワイシャツ男一人の円陣が出来上がる。一体なんなんだ、探偵部なのに円陣って。試合前の運動部じゃないんだから。

「絶対にこの事件を解決するぞぉっ！　いいなぁっ⁉」

　そんな俺の想いも構わずに、部長がひときわ威勢の良い声をあげる。

「おぉっす！」

　それに応える三宅と番場。俺は声がでなかった。

「タイタンの部訓其の二ッ！　唱和ッ！」

「部訓其の二ッ！　全身全霊全力全開ッ！」

「ゴォーーッ！　タイターァンッ！」

「ゴォーーッ！」

ぴたりと息のあったコールが続いて、小さな部室に張り裂けんばかりの声があがった。

「ゴウッ！　ゴウッ！　ゴウッ！　ゴウッ！」

それからお互いの体を赤くなるまで叩(たた)いて発破をかけながら部室を飛び出していく。しかし寸前の所でもう一度ワイシャツは着ていた。

「なんなんだよ、なんで一旦(いったん)脱いだんだよ……」

一から十まで訳が分からない。

今の所、この部に一切の探偵らしい姿を見る事はできなかった。

○

とりあえず、四人の後を追った。教室に戻りたい気持ちは山々だったけど、ここまで来たら一連の謎の行動についての正体を突き止めたかったのだ。沢城は完全に呆(あき)れたような顔をして「あいつらヤバいクスリでもやってんじゃないの？」と言って教室に戻る選択をしていた。至極真っ当な判断だと思う。俺がようやく追いつくと、三宅達はグラウンドのフェンス際の端から端を、注意深く練り歩いていた。

「……どういう訳で、こんな所を探す事になったんだ？」

部長と行動を共にしていた番場に声をかける。

「これはローラー作戦っす！」

番場がハキハキと元気よく答える。満面の笑みなのが逆に不安だ……。

「しらみつぶしに学校中を探すんですよ！　被害者の方は困ってるし、まずは盗まれた物をとにかく見つけようって訳っす。タイタン伝統の作戦ですから！」

「しらみつぶしって探偵らしさまるっきりゼロじゃん。もっと聞き込みして情報を集めて推理とかしないのか？　それに犯人を捕まえようとしたり……」

「それはそうだが、今は犯人の見当も全くつかないからな。まずは困っている被害者の助けになってあげるのが一番でもあるはずだ！　それに盗まれた物が見つかれば手掛かりとなり、全てを一網打尽にできる可能性もある！」

今度は部長が自信を持って答えた。

「は、はあ……」

どこか的外れのような気もするが、その圧に押されてこちらが何も言えなくなる。このままでいいんだろうか。そう思っていると、番場が裏表のない笑みを俺に向ける。

「でもこの作戦なら丁度、球君のボールも見つかるかもしれないっすからね！」

「まあ、確かに……」

この場は納得する事にした。ひとまず俺のボール探しに関しては、このローラー作戦は悪くない。

「よし！　みんな、気合入れて捜すぞ！」

「おっす！」

おっす！　はタイタン公式の返事みたいだ。物探しのテンションとは言い難いが、気合は充分。今の声にグラウンドにいた生徒も振り向いて注目し始めたが、タイタンの面々は、周りの目など一切気にしていなかった。

それからそのまま、校舎外の捜索を続けた。思えばこうやってグラウンドの端を歩くなんて初めてだ。体育会系の外部活でもやっていない限り歩く場所ではない。外周のフェンスには穴が開いている箇所もあった。海も近いし、潮風にやられてしまうのだろう。ここからは大通りを一本越えただけで、東京湾が広がる海に着く。幕張から千葉港付近の工場前まで、花見川を一つ挟むが、砂の浜が続いていた。俺はまだ一度も立ち寄った事がない。時折強くなる潮の匂いだけが、海が傍にあるんだと主張していた。

そんな事を考えながら捜している間に昼休みも終わりかけていた。昼飯も抜いて、休み時間の最初から行動を始めたのにまだなんの成果も得られていなかった。このままじゃ終われない。最後に離れて一人、また体育用具室の近くにやって来た。さっきは三宅が途中で現れたから、この辺りをちゃんと捜せていなかったのだ。

「無いか……」

でも何も見つからなかった。このままじゃ迷宮入りしてしまいそうだ。俺の依頼も沢城の依頼も。解決の糸口さえ見つかっていない気がする。

傍でキャッキャと声をあげながらテニスをしている女子達が羨ましい。昼休みだからテニス部じゃない生徒も混ざっているみたいだ。でも中にはさっき追い回してきた生徒もいる。近寄らないようにしよう。またあの黄色い弾丸がいつ飛んでくるかも分からない。

「どうした球ちゃん、俺たちから離れてこんな所にいるなんて！」

「おわっ！」

突然隣から三宅が顔を出した。予告も無い登場が多いから心臓に悪い。

「な、なんだよ、お前さっきまであっちに居ただろ。なんでわざわざ初対面の時と一緒の場所で登場するんだよ」

「いやあ、球ちゃんが心配でさ、こっちまで飛んできちゃったよ」

「嘘つけ、目当てはあっちだろ」

三宅の視線は再びテニスコートに向いていた。どうせまた女子の姿を覗きにきたのだ。

「広瀬さん美人だなあ、吉岡さんはスタイル抜群だし、あっ！　今日は料理部の桐谷さんもいる！　ポニーテール姿が神々しい。光が差してるようだ。いやむしろ光が漏れ出てる。もう俺あのポニーテールになりたい……、桐谷さんの傍で揺れていたい……」

「うわぁ……」

三宅は今にもその光に当たって溶けてしまいそうな、どうしようもない顔をしていた。

それにしても三宅は、ここにいる女子の顔と名前をほぼ憶えているようだった。その記憶力は他の機会でも生かされているのだろうか。

「そんな所で油売ってどうした！　連！　球人！　まだ昼休みは後五分もあるぞっ！」

「ラスト五分！　ロスタイムラスト五分っすよ！」

「……ロスタイムじゃなくて、今はアディショナルタイム」

部長と番場のやりとりの間に、ボソッと山岡先輩がジャングルの山奥の呪詛のように訂正を入れる。悪い人ではないのは分かっているが、やっぱりまだちょっと怖い。

「時間を無駄にするな！　高校生活の三年間なんてあっという間だぞ！　チャイムが鳴るまで全身全霊全力全開だッ！」

部長は燃える男というか、煮えたぎる男だった。熱いというよりも暑苦しい。毎回タイタンで活動している時はこんな調子なのだろうか……。

そして、昼休みは終わりを迎えてしまった。

なんの収穫も無かったが、今までにないイベントだけは盛り沢山の昼休みだった。

○

「うげっ！」

「わっはっはっ！　事件が呼んでいるぞ球人！」

放課後になった瞬間、教室から下駄箱まで走ったが、既にタイタンの伏部長が待ち伏せしていた。なぜこんなに俺を巻き込んでくるのだ。依頼人と探偵の関係というよりも、いつの間にか一緒にこの活動に付き合わされている。

「いやぁっ！」

　円陣の時と同じような声を出して抵抗したが、担ぎ上げられてしまったからもう何もできなかった。そして盗難被害の頻発している一年E組の教室の前にたどり着くと、タイタンの他の三人のメンバーも待ち構えていた。

「ようこそ球ちゃん！」

　そう笑顔で言ったのは三宅だ。

「ようこそじゃないぞ、ただの拉致誘拐だこれは」

「いやー球ちゃんの力が必要なんだって」

「俺の力ったって……」

　何を期待しているのか分からない。俺は依頼者というだけの立場じゃないんだろうか。

「あっ、お前ずっと前から怪しいと思ってたぞ！　犯人だろ！」

　三宅が話を途中でやめて大きな声をあげた。そして一人の男子生徒に詰め寄る。

「ち、違うよお！」

　相手が狼狽えた表情を見せた。しかし俺にはその理由がわからず、三宅に尋ねる。

「おいおい、急にどうしたんだよ、なんでそいつが犯人だって思ったんだ？」

「こいつは江口本春。通称エロ本とも呼ばれているくらいに男子の間では有名な変態野郎なんだ。本やらDVDやらの収集癖があって、コレクターと呼ぶ奴もいるし、また一部の層からは、敬意を払ってプロフェッサーと呼ばれるくらいの奴なんだよ」

「……だから?」

「だから怪しい！　被害者の中にはさっきの桐谷さんもいるんだぜ！　桐谷さんは、学年でも有名な透き通るような肌の美人だ！　そのハンカチも盗られたんだ！　この変態が狙ったに決まってるよ！」

「……だったらお前も充分怪しいだろ」

「そ、そんなあ球ちゃん！」

「本当に誤解ですよ！　冤罪だ！　三宅君も僕を犯人扱いするなんて酷いじゃないか！」

「な、何を言う！」

江口は壁にヤモリのように張り付けられている。さらりと伸びた髪も壁に押し付けられていた。窓から差し込んだ日の光が当たって若干茶色く見える。

「江口！　俺はお前の事はよく分かってるんだよ！　それにあれだ、お前の家は戸建てか？　それともマンションか？」

また三宅がくだらない質問をしていた。思わずツッコミを入れてしまう。

「こんな時まで、どうでもいい質問をするな！」

それにただの勘で犯人を決めつけていた。もはや言いがかりだ。推理でもなんでもない。

「キャァー！」

突然、女子の悲鳴があがった。今度は一体何が起きたんだ。目を向けると女子生徒の前で床に転がる番場がいた。

「す、すみません！」

番場もまたヤモリのように廊下に這いつくばっている。たぶん事件の証拠を捜していたんだろう。でもそのせいで、スカートの中でも覗いたと勘違いされたみたいだ。

「この変態ぃっ！」

――バチンッ！

乾いた音が廊下に響く。これぞまさに冤罪だが、状況的にそう取られてもしょうがなかった。番場は平謝りしている。こんな狭い中に変態呼ばわりされている男が三人もいる異常事態だ。まるで変態のパーティー会場。廊下にいた他の生徒の注目も集まる。指を差して笑っている生徒もいた。なんだか急に恥ずかしくなってきた。俺もこの仲間だと思われているんだろうか。そして江口は、この混乱の隙をついて逃げ出していた。

「あっ待て！　プロフェッサー！　……いや、じゃなくて江口！」

「……敬意を払っている一部の層の一人は、お前だったんだな」

「いや球ちゃん、今のはその、口が滑って……」

三宅はしどろもどろになっている。自白したも同然だ。

「相変わらずだね、君たちは！」

場は混迷を極める中、俺たちにつかつかと歩み寄ってくるグループがいた。

「本当に毎度毎度、君たちはどこまでみっともない真似を晒せば気が済むんだか……」

男子が一人、女子が二人の三人組。その先頭の、眼鏡をかけた男子生徒が言葉を続ける。上履きの色は赤、同じ一年だ。その隣のロングヘアの女子は紫だから三年。もう一人の女子は赤色だから一年。でも俺は、その顔を見て思わず声が出た。

「美織……」

そこに美織がいたのだ。訳が分からなかった。

「み、美織？　なんだ、そのフランクな呼び方は……、倉野尾さん、こんな野蛮な輩と知り合いなんですか？　何か間違いではないですか？」

途端に眼鏡の男が狼狽え始めた。さっきまでの余裕しゃくしゃくな態度は消えている。

「球人は、私の幼馴染みです」

「お、幼馴染み……、なんて甘美な響き。そんなの居たなんて聞いてなかったですよ！」

「坂ノ下さんには言ってませんから」

「そ、そんな、倉野尾さん……」

坂ノ下と呼ばれた眼鏡の男があからさまにしゅんとした顔つきになる。

「俺も聞いてなかったぞ、球ちゃん！」

その会話の場に飛び込んで来たのは三宅だ。その目は美織を見つめて爛々としている。

「球ちゃんが、文化系探偵部の倉野尾美織ちゃんと幼馴染みだったなんてな！」

美織の事も既にチェック済みだったとは本当に目ざとい男だ。しかし知らない男にいきなりフルネームで呼ばれた美織はかなり引いていた。……というか、今なんて言った？

「文化系探偵部？」

「ああ、こいつらは文化系探偵部、通称、ブンタンの連中だよ、俺たち体育会系探偵部タイタンのライバルみたいなものさ」

「文化系探偵部のブンタン……、体育会系探偵部のタイタン……」

この学校には二つも探偵部が存在していたのか。それに、美織がその部に入っているのも知らなかった。確かにミステリー小説の愛好家ではあるけど……。

しかし、そこでいてもたってもいられなくなったのか、坂ノ下と呼ばれた男が堰（せき）を切ったようにまくしたてる。

「なーにが文化系探偵部のブンタンだ！　僕らこそ、正真正銘、この学校で唯一の探偵部なの！　文化系なんて付けるまでもないんだよ！　君たちはシャーロック・ホームズのシャの字も知らないくせに！　探偵部なんて名乗っておこがましいと思わないのか！」

そこで、ひょいと番場が顔をだす。

「知ってますよ！　ベネディクト・カンバーバッチさん、めっちゃ格好いいっすもん！」

「それは最新の海外ドラマ版だ！　ジェレミー・ブレットから見てないにわかは黙ってろ！」

「ジャ、ジャムブレッド？」

「このぶわぁか者が！　ただのジャムパンみたいに言うな！　もういい！　所詮君たちはそれくらいのレベルなんだよ！　ただの校内便利屋とでも名乗る方がお似合いだ！」

「……校内便利屋、うーん、うまい事言うなあ」

思わずさっきまでの行動を振り返ってみて、俺だけは、頷いてしまっていた。しかし、その瞬間伏部長がヌッと前に進み出る。

「うちが探偵部と名乗るには歴史と理由がある。それを君も知らないはずはないが？」

伏部長はそのガタイもあってかなりの威圧感がある。俺でも気圧されるほどだ。ひょろひょろ体形の坂ノ下が伏部長の前に立つと、大人と子供ほどの違いがある。

「な、そ、それは……」

坂ノ下の声は、どんどん小さくなって、遂にはなぜか、壁際に立っていた巨神兵のごとき山岡先輩の後ろに隠れだした。

「こ、こっちは依頼が解決しているのか心配なだけだから……」

坂ノ下が山岡先輩を使って腹話術をしているように後ろに立ったまま喋る。山岡先輩も山岡先輩で、その場を動かないからとてもシュールな光景だ。

「私たちは誠意を持って、今も依頼に取り組んでいるんだ。邪魔をしないでもらいたい。ちゃんと事件は解決するつもりだ、タイタンの名に賭けてな！」

はっきりとした意志のこもった伏部長の宣言に、坂ノ下は思わず後ずさりする。

しかしそこで、思わぬ助太刀が入った。

「タイタンの名に賭けて、か……」

「せ、千堂先生！」

坂ノ下が、今度はまた違う用心棒を見つけたように、サッとその後ろに隠れる。

そして千堂先生が先頭に立って喋り始めた。

「君たち体育会系探偵部の生徒は、言ってる事は達者だが、ここ最近の活動内容はあまりにも中身が伴ってない事を分かっているのかな？」

千堂先生は国語の教員だ。三十三歳の若手のホープ。銀縁眼鏡とそのクールな雰囲気で一部の女子から人気を得ているが、俺としては生徒指導を担当している厳しい先生というイメージしかなかった。

「中身がないってなんですか！　こっちは筋トレしながら面白動画アップしたり、事件解決イメトレとか他のトレーニングとかもしていますよ！」と、言いだしたのは三宅。

「……ほとんどしょうもないトレーニングじゃないか。そんなの探偵部のやる事じゃないな、意味がないし、価値もない」

千堂先生の言う通りである。さっき動画を撮っていたのも後でアップする為だったのか……。

「ぐ、ぐぬぬ……」

情けない呻(うめ)き声をあげる三宅に千堂先生が言葉を続ける。

「うちの探偵部のように、ちゃんとした部としての活動を行っているならまだしも、君たち体育会系探偵部の活動はあまりにも不透明だ。実績もないのに部として認められる五人にも部員が達していないようだし……」

「そんな事言ったらブンタンだって部員の数は！」

「だからうちはちゃんと実績をだし続けてるんだよ。この学校に貢献してるんだ。話の流れでそんな事も理解できなかったのか」

「ぶ、ぶ、部員ならちゃんと五人いますよ！」

目に見えるくらいの劣勢の中、三宅が威勢よく答えた。

「部長、仁先輩、ばんばん、俺、それに……球ちゃん」

「はっ？」

三宅が順に指を差していくので、俺は我が目を疑った。

「……君、新入部員って訳か。正気か？」

千堂先生が本当に驚いたような顔で俺の事を見つめる。いや俺だってびっくりだ。いつの間にか頭数に入れられていた。でも確かに思い当たる節はある。円陣を一緒に組ませたり、この放課後も捜索に付き合わせたり、何やら怪しい動きが多かった。

「いや、俺は別に……」

と、否定の声をちゃんと上げようとした所で、今度は坂ノ下から声があがった。

「部員が五人に達していようが、結局タイタンがなんの実績もあげていない事には変わりないだろう！　このままでは君たちの存在意義はないんじゃないのか！」

「じゃあ、実績をあげればいいという事かな？」

部長がまたヌッと顔を出して発言する。坂ノ下がその分一歩下がる。部長は苦手みたいだ。そこでまた今度は千堂先生が喋り始める。

「……そうだな、それがいい。まずは君たちが今回受けている依頼を解決してもらおうか。話はそれからだな」

「望むところです！　勿論（もちろん）事件の早期解決を目指していましたから！」

部長がハキハキと一点の曇りもなく答える。

「ああ。だがしかし、今回の事件解決さえもできないならしょうがない。今後の活動は停止させてもらうよ。ただのトレーニングをするだけの部なら体育会系探偵部なんて名乗る必要はないからね。廃部という事もやむなしだな」

「は、廃部、そ、それは……」

しかし、そのワードを聞いて、さすがに部長も口ごもってしまった。この依頼を解決できなければ廃部。果たしてそんな条件を飲んでしまうのだろうか。

「……ぶ、部長、どうするんですか？」

俺が尋ねても、伏部長は口を閉ざしたままだ。張り詰めるような緊張感。でもそんな時、思わぬ男がひょいと前に進み出て宣言した。

「そんな条件望むところっすよ！　この事件は絶対タイタンが解決してみせますから！」

「ばばば香場ぁっ！」

三宅と伏部長が隣で口をポカンと開けている。あほ丸出しの番場が後先を全く考えない発言をしたのだ。ああ、山岡先輩まで口があんぐりと開いている。

「くっくっく！　言ったな！　それでいいんだな！」

「……望むところだ」

坂ノ下の愉快な顔と正反対に、伏部長の顔は明らかに引きつっている。完全に想定していなかった展開になっているみたいだ。

「言質を取った！　部長さん、男に二言はナシですからね！　くーっくっく！　タイタン廃部のカウントダウンが始まったぞ！」

勝ち誇った顔をした坂ノ下が、今度は懐くような顔に変わって、千堂先生の方を向く。

「先生、それではもうこんな所にいたって時間の無駄です。部室に戻りましょう。今日はなんの講義をしてくれるんですか？」

「そうだな、暗号解読はどうかな。頻度分析というポピュラーな方法から教えよう」

「暗号解読！　胸が高鳴ります！　さあ、いきましょういきましょう！」

坂ノ下が、美織を含めた女子二人、そして千堂先生を連れてその場を歩き去っていく。

残されたのはタイタンの連中と俺だけだった。

「ど、どうすんだよ、ばんばんのバカ！」と、三宅。

「えっ、なんか俺まずい事言いました？」

番場は事態の深刻さに気づいていない。とことんあほだ。

「……番場、ワイシャツにコメついてるぞ」

「あっほんとだ」

俺が指を差して指摘すると、カピカピになった米粒をつまんでパクッと番場が食べた。

うーん、もう百点満点のあほ丸出しである。

「千堂の奴、この前だって問題を起こしたキックボクシング部を廃部にしたんだ。本気で潰す男なんだよ！　くそ、なんでよりによって千堂がブンタンの顧問なんだ……」

悔しそうに言葉を漏らす三宅に、ある事を尋ねてみる。

「ブンタンの顧問は千堂先生なのか。ちなみにタイタンの顧問は誰なんだ？」

「……凛子先生だよ」

「あちゃー……」

勝ち目ナシだ。同じ国語教員として、直属の先輩である千堂先生には凛子先生は頭が上がらない。こんな所にも部のパワーバランスが如実に現れていた。

「廃部なんてありえないぜ……」

三宅が肩を落とす。番場はまだあっけらかんとした顔をしていたし、山岡先輩は虚空を睨んでいた。

「……望むところだ」

伏部長は一人、さっきと全く同じ言葉を、スピーカーみたいに繰り返し続けていた。あまりのショックにどこか壊れてしまったんだろうか。……心配である。

○

次の日は梅雨らしさを取り戻したように、午後から雨が降り出した。今日は平穏に一日が過ぎた。寝坊したせいで、登校の時間がズレたのも丁度よかったのだろう。タイタンの部員に会う事もなかった。日常はこんなにも静かだったのかと驚いた部分もある。

「雨に負けるなぁっ！」

「おおっす！」

しかし放課後になって、またタイタンと遭遇してしまった。というのも俺のいる教室から見下ろせる中庭の広場に三宅達がいたからだ。雨天決行も辞さない運動部が、外練を中止するほどの大雨の中、傘もささずに何やら作業をしていた。

「なんなんだよあいつら本当に……」

こんな雨の降りしきる中、スコップで土を掘るなど、謎の作業を続けていた。もう理解する事ができない。けど俺はなぜかこんな時間になっても教室に残って、その光景を見下ろしていた。今日一日顔を会わせなくて、ホッと胸を撫で下ろしていたはずなのに……。

「球人は、中庭に行かなくていいの？」

教室の中で固まったままの俺に声をかけてきたのは美織だった。

「……なんで俺があそこに行かなきゃいけないんだよ」

「だって、球人は体育会系探偵部に入ったんじゃないの？」

「あ、あれは三宅が勝手に言っただけだから！　俺はあんな変な部活に入ってないし！」

「じゃあ、なんでこの前はタイタンの人たちと一緒にいたの？」

「べ、別に、そ、それはどうだっていいだろ！」

まずい。野球ボールを無くした事を話す訳にはいかない。微妙な沈黙が流れる。

「……そういえば、美織は文化系探偵部に入ってたんだな」

無理に話を変えたかった訳ではないが、こっちから話を切りだした。

「うん、探偵部といっても、今の所はミステリー小説の研究をしたり、文芸誌を発行したり、時には千堂先生が謎解きに関する講義をしてくれたり、とかだけどね。そんな探偵っぽく謎解きなんてしてないわ。現実にそう簡単に事件なんて起きないし」

「そうだったのか。それにしてはあの坂ノ下って奴も偉そうな雰囲気を出してたけど」

「坂ノ下さんは一応、文化系探偵部のエースだからね。千堂先生が声をかけたらしいの。中学の頃から文芸誌も作ったりしていて、その界隈じゃ有名だったそうよ」

そういう事か。それではにわか知識で探偵部を名乗るタイタンに腹を立てるのも仕方ない。わずかにしか起こらない学園内の事件も、こうやって二分されてしまう訳だし。

「……美織？」

いつの間にか美織は中庭の方ばかりを見つめていた。そこには未だに必死の形相で穴を掘り続けるタイタンの連中がいる。雨の強さは確実に増していた。

「タイタンの人たち、いつまで続けるんだろう」

「……さあ、どうだろうな」

「本当にいつも、ひたむきに頑張ってるよね」

「……頑張ってるったって、報われなきゃ無駄な努力だろ」

あんな事をしていたって、盗まれた物が見つかる訳もない。本当にただの無駄だ。

「……私はああやって頑張ってる人の姿を見ていると、私も頑張ろうって思えるよ。それにあの人たちには、『頑張れ、頑張れ』って応援してあげたくなる」

「頑張れって言葉、俺は嫌いだけどな……」

俺の頭の中は、中学最後の夏の試合に引き戻されていた。一回戦、45-1の屈辱的惨敗。俺の通っていた中学は、全国でどうしようもない汚名を晒してその年を終えた。

「……あんな事しても、みっともないだけだ」

「みっともなくなんかないよ」

美織は、まっすぐにタイタンの連中を見つめながら言葉を続けた。

「タイタンの人たちは格好いいよ」

もう俺はなんの言葉も返せなかった。返す言葉が見つからなかったのだ。

「……帰る」

もうタイタンも、美織にも目を向ける事もなく、足早に教室を去った。この場所にいるのはそれほどに居心地が悪い。もう一秒だっていたくない。

下駄箱で靴を履き替えると、頭の中にはまた中学の頃の記憶が蘇った。あの頃は日が暮れるまで走っていた。ボールが見えなくなるまで投げ込んだ。手の豆がつぶれるまで素振りした。俺達の汗でグラウンドに水たまりができるんじゃないかってくらいに練習した。

たぶん、もうあんな日は二度と来ない。今は楽だ。だって頑張る必要もないし、挑戦する事もないから何もしなくていい。でも退屈だ。時間だけが異様にある。時が過ぎるのがとてつもなく遅くて、短針と長針がスピードを速める訳でもないのに、何度も時計を見る。今の生活がどれだけ続くんだろうか。高校生活の三年間きっとこのままなんだろう。

タイタンの連中は、どんな高校生活を送るつもりなんだろうか。

駅までの道を歩けばいいはずだったのに、気づけば俺はいつの間にか中庭へたどり着いていた。勝手に足が動いていたのだ。

「球ちゃん」

三宅が俺に気づいて振り向く。それから他のタイタンのメンバーも、こっちを向いた。

「……こんな所で、何してるんだよ」

「これは勿論、事件解決の為に……」

無意味だ。とことん探偵なんて役割がこの部には向いていない。盗難事件の犯人を見つけるのに穴掘りを始めるなんて。本当にどうしようもない。

「こんな事して解決できる訳ないだろ……、みっともないと思わないのかよ。こんな向いてない事必死でやって、みんなの前で恥かいて、無駄な努力ばっかりして……」

「そんな事は断じてない」

部長が目の前に立った。厚い掌（てのひら）で濡（ぬ）れた顔を拭（ぬぐ）い、言葉を続ける。

「確かに私達に事件を解決する推理力なんてものはない。あるのは体力と気力だけだ。でもだからこそ、それを生かして最後の最後まで全力で事件解決に臨んでいるだけだ」

「……でも、もうそれなら探偵部なんて、名乗らなくていいじゃないですか」

「……この部には歴史があると、前に言ったのを覚えているか？」

そういえば、言っていた。体育会系探偵部と名乗る歴史と理由があると——。

「……十五年前、学園内で窃盗事件が起きたんだ。それを追っていたのがミステリー研究会の部長。今の体育会系、文化系、両方の探偵部の前身となる部の伝説的存在の人だ」

雨の中、部長がゆっくりと語り始める。

「その部長は、卓越した頭脳の持ち主だった。どんな些細（ささい）な事でも、見事な推理力で解決したと言われている。しかしそんなある日、卑劣な出来事が起きた。その部長が追い詰めたはずの犯人が逆上して暴行を働き、大怪我を負って入院する羽目になったんだ」

「大怪我で入院……」

「大きな事件だった。犯人は、アメフト部の生徒。それに他にも何人かの体育会系の生徒が関（かか）わっていた。この出来事は学内全体に影響を与え、文化系生徒と、体育会系生徒の間に深い溝ができたんだ。学園祭などの行事も中止になるほどだった」

知らなかった。この美浜高校でそんな出来事が起きていたなんて。

「そんな状況に終止符を打ったのは、ある体育会系の生徒達だった。その生徒はミステリー研究会を訪れ、迷う事なく入部を決めたのだ。勇気のある決断だ。体育会系の仲間からは裏切りともとれる行動だったからだ。でもその生徒たちにはある想いがあった。今後事件が起きた時に、ミステリー研究会の中で、犯人逮捕など力のいる任務を負うようになったのだ。効果は覿面だった。持ち前の体力を発揮して、校内の問題を最前線に出て収めるようになった。文化系生徒と体育会系生徒の両者がうまく融合したミステリー研究会は、学校のシンボル的存在となり探偵部と呼ばれるようになった。そして、体育会系生徒と文化系生徒の間の深い溝も徐々に埋まるようになったんだ」

部長の声がそこで少しだけトーンが落ちる。雨の音が強くなるような気がした。

「……しかし皮肉にも、そうやって平和が訪れた事で、今度は探偵部の中で諍いが目立つようになった。やはりお互いの価値観や性格が違ったのかもしれない、生来、相いれない部分もあったのだろう。探偵部の中は、また文化系と体育会系で二極化するようになった。……そして最後には喧嘩別れの形で、力のいる任務を担っていた体育会系生徒は探偵部を去る事になった。そしてその生徒たちはある部活を新たに設立した、それが……」

「タイタン……」

「ああ、その通りだ。こうして一つの学校の中に、二つの探偵部が存在するようになった。先代からのライバル意識もあるのかもしれない。文化系探偵部からはタイタンは目の敵にされている。その意識は今も変わっていないだろう。それでもこの十数年、体育会系探偵部、という看板を外す事はしなかった。伝統を守ってきたんだ。そして、その体力と気力を使って、どんな時も最後の最後の地球最後の日まで諦めない、全身全霊全力全開で挑戦する、という部訓は今も受け継がれている。部訓にはまだ、続きがあるがな……」

「う、ううぅ……、すごいっす、先輩方を尊敬します……」

部長の話を聞いて、番場は声をあげて泣き出していた。

「どうだ、球ちゃん、タイタンは格好いいだろ？」

三宅が自分の事のように自信満々に言った。山岡先輩も胸を張って俺を見据えている。

——知らなかった。そんな歴史がこの部活に眠っていたなんて。そんな過去を抱えて活動していたとは思わなかったのだ。そしてようやくこのタイタンの事を少しだけ理解できた気がした。

「確かにこれで、必死に連続盗難事件を解決しようとしていた理由が分かったよ。そんな歴史があるのに、部が廃部になったら先輩に顔向けできないもんな……」

「あっ！」

三宅が突然、拍子抜け（ひょうしぬ）した顔を見せる。俺の言葉をまるで想像していなかったようだ。

「その事、すっかり忘れてた……」

「へっ？」

意味が分からない。俺の頭上にはきっと、はてなマークが百個くらい浮かんでいる。

「だ、だってその条件があったから、こんな雨の中、ずっと捜してたんじゃないのか？」

「いやー俺たち今、ずっと球ちゃんのボール捜してたんだよね。昨日は連続盗難事件にかかりっきりだったから、今日一日は、球ちゃんの依頼に取り組もうって」

「俺の、依頼……」

俺にも想像もしていなかった言葉が返って来た。タイタンは、千堂先生との廃部の条件も忘れて、俺の依頼に取り組んでいたんだ。なんで、そんなバカな事を……。

「全然辺りを捜しても見つからないって事はさ、野球ボールだからもしかしてどっか土の中にでも埋まってんじゃないかと思って捜してたんだよ。梅雨で雨が降って土も柔らかくなってるしね、でもなかなか見つからなくてさ……」

「いや優先順位ってもんがあるだろ……」

「事件は事件さ、困っている人がいたら手を差し伸べる。それがタイタンってもんよ」

三宅が胸を張って答える。あまりに自信満々だから、こっちの力が抜けてしまった。

「……もう呆れたよ」

「それって誉め言葉？」

三宅がへらへらと笑った。今は本気で誉め言葉として受け取っていそうだ。

でもその後、俺の口から思わぬ言葉が飛び出してしまった。本当にひょいと、胸の内から飛び出してしまったんだ。

「……これからは俺も少し力になるよ」

雨の当たらない校舎の中へ入り、三宅達に提案をした。闇雲に捜す前にもっと情報を集める事。その情報を元にある程度の推理をしてから行動する事。それから諸々の時間の有効な使い方などだ。ドラマや漫画の探偵ものからの受け売りだけど、今のタイタンがしていた事よりはよっぽど良い案のはずだ。タイタンは、うんうんと頷いてこの案に乗ってくれた。そしてひとまず連続盗難事件に全力で取り組む事になった。千堂先生との廃部を賭けた条件もある。ひとまず俺のボールの件は後回しにしてもらう事になったのだ。

○

そして早速聞き込みに当たる。既に帰っている生徒も多かったが、残った生徒から情報を得る事もできた。その結果、被害に遭っているのは、外の運動部に属している女子がほとんどという事が分かった。運動部ではない女の子で被害に遭っていたのは一人だけ。あの桐谷さんだ。それに盗難被害が起きているのは一年E組の教室だけだという事も判明した。

情報は少しずつ出てきた。でも決定的な証拠は見つからない。そしてなぜ盗難被害に遭っているのは、この一年E組の教室だけなのだろうか。確かに一年E組は二階へ上がる階段もすぐそばにあって、その脇には外へ出る非常口もある。外からも内からもアクセスの良い教室だから、人が忍び込むのにも容易い環境だ。それでもハンカチや女子の持ち物を盗むのなら、他のクラスに忍び込んでも良さそうなものなのだけど……。

「なあ球ちゃん、俺の推理を聞いてくれないか？」

「推理？　まさか犯人が分かったって事か？」

実は三宅は、探偵ものの漫画を読むのがかなり好きらしい。家にはそれ系の漫画が揃っていて、そこから探偵に憧（あこが）れた部分もあると言っていた。

「梅雨のこの季節に、被害が出始めたのが大きな理由だと思うんだ」

「ほうほう、なにか着眼点は良さそうだな。というと？」

「雨がたくさん降った事によって、登校の際に濡れる事が多くなる。するとどうだ、この季節になって衣替えをしてブラウス一枚になったばかりの女子のブラウスが透ける。濡れた事によってセクシーさが増す。するとどうだ、ますます犯人は凶行にかられてしまう訳だ。運動部の汗ばんだシャツもたまらなかったんだろう。つまり……」

「……つまり？」

正直その先はもう、とてつもなくどうでもよくなったけど、一応尋ねる。

「犯人はやっぱり変態の江口だ！」

「……三宅はこれから一生推理禁止な」

「ええぇぇ！　そんなあぁ！　一生⁉　罪重すぎない⁉」

どうも三宅は推理に向いていない。勘で決めつけた江口をどうしても犯人と結び付けたいみたいだ。一生推理禁止にした方が今後のタイタンの活動もスムーズにいくだろう。

「くーっくっく、事件は進展していないようだねえ、便利屋タイタン諸君」

聞き覚えのある笑い声。昨日に引き続き坂ノ下の登場だ。隣には美織がいる。

「いつまで経っても解決できないようなら、さっさと降参していいんだぞ、そして華々しく散るがいい。その連続盗難事件とやらも、この美浜高校のシャーロック・ホームズこと、坂ノ下登があっという間に解決してやるからな！」

やはり今日も自信満々だ。美織の前だから、俄然気合が入っているのかもしれない。

「自分で言うなよ、大体お前ら最近は本読んでるだけだろ。ただのミステリー読書会め」

「な、なんだと、失敬な！」

三宅の思わぬ指摘は図星だったようだ。確かにこうやってちょっかいをかけてくるのも暇な証拠なんだろう。美織も事件なんてほとんど無いと言っていた。

「そもそも、なんでこんな大きな事件が君達の元に……」

「事件は図書室じゃなくて、現場で起きてるんだよ。一流の探偵は、自分から声をかけて依頼を見つけにいくものさ。それに球ちゃんのボール神隠し事件だって俺が……」

「おい！　ちょっ！　三宅ぇえっ！」

慌てて三宅を羽交い絞めのようにして口を塞ぐ。

「球人のボール、事件……？」

ピンチだ、美織が何か訝しげな顔をしている。野球ボールを無くしたのが美織にバレることはあってはならない。

「いや、ほらあれだよ！　俺が投げるボールは事件性があるくらいヤバい球だって話だよ！　再来年はドラフトのダークホースかな！　地元球団のマリーンズのローテーション入りしちゃうかもしれないぜ！　っていう、ね……」

シーン。

静まり返った廊下の中で、美織は何も言わずこっちを見ている。この状況こそ事件性があるくらいヤバいかもしれない。さっきの三宅の推理以下の言い訳しか出てこなかった。

「……君たちと話していると一秒単位でどんどんＩＱが落ちていく気がするよ」

坂ノ下ですらも思いっきり引いていて、いつの間にかその場を去ろうとしていた。

「そ、それじゃあまあ無駄な努力を続けるんだな、最後の事件をせいぜい楽しみたまえ！　名推理を期待しているよ。おっと迷推理にならないようにな！　くっーくっく！」

坂ノ下が胸を張ってずいずいと歩き始めた。しかしその歩幅は狭い。

「メイスイリ、メイスイリ、ってなんで二回繰り返したんっすかね」

番場には坂ノ下の皮肉は通じなかったみたいだ。

「……確かに口頭では分かりづらいジョークだったな」

俺がそう言った所で、一度歩き出したはずの坂ノ下が再び止まった。番場にツッコミを入れる為ではない。隣にいた美織が一緒に歩きださなかったせいだ。

「み、美織さん？　どうかしましたか？」

「……ここの廊下は綺麗ね」

「えっ？」

美織は廊下を見渡してから、その一言だけ最後に残すと、すたすたと歩いて行った。

「ま、待ってくださいよお！　美織さーん！」

今度は坂ノ下が後ろについていく。なんだか情けない後ろ姿だ。

「……確かに綺麗だ」

俺とタイタンの連中だけが取り残された廊下で、山岡先輩が目を細めてボソッと呟く。

「そうかあ？」

三宅はとぼけた顔をしていたけど、確かに一年E組の廊下は綺麗だった。前に放課後に来た時も思った。隣のクラスの廊下と比べると一目瞭然だ。

「よしっ！　ここを隅々まで捜してみようじゃないか！　この綺麗な廊下の中で証拠を見つけられれば何かわかるかもしれないぞ！」

部長がそう言うと、いつものように番場が「おっす！」と答えた。三宅が少し気乗りしていないのが気になる。元々タイタンにとってこういうのは得意分野のはずだけど。

「あっ、ちょっとこれなんっすかね！」

教室へと入るドアの前で、番場がしゃがみこんでいた。

「早いな！　もう見つけたのか」

「……髪の毛じゃん。茶髪？」

一緒に駆け寄った三宅が一番に呟いた。教室に入るドアの隙間に、確かに二本の髪の毛が落ちていた。それも明るめの茶髪。

「これがもしも犯人の髪の毛だったとしたら……」

部長が顎に手を当てて考え始める。校内には、ほんのり染めてる奴からあからさまに染めてる奴までいたが、それでも茶髪の生徒は少ないはずだ。それに残されていたのは短い髪の毛。おまけに男子生徒で茶髪と言ったらかなり限られるだろう。

「とりあえず校内の茶髪の男子生徒から当たってみますか……」

そう自分で提案しながらも、ある疑念も残る。外からの侵入も容易いこの教室では、犯人が学校外の人間の可能性もある。事件の進展はあったが、また謎が深まったような気もしてきた。このまま坂ノ下の言う通り、迷推理にならないといいけど……。

○

「どうぞ、新しい画鋲っす！」

今日も張り切って番場が仕事をしている。といっても今回はタイタンの依頼とは程遠い、ただの掲示板のポスターの貼り直し作業だ。背の高い山岡先輩が画鋲を受け取り貼りつけていく。今回は教務課の先生からの頼み事。『怪奇！　ポスター剝がれ落ち事件！』と銘打たれたこの事件は、実際はただ単に風でポスターが剝がれ落ちただけだった。

「さあ、これで終わりだな！」

伏部長が最後の一枚を寸分の狂いもなく、ぴたりと貼り付けて手を止める。今この場にいるのは、俺と伏部長と番場、山岡先輩の四人。三宅は昼休みが始まってすぐに先生に呼ばれてこの場所にいなかった。呼びだされた理由は他のタイタンの部員にも知らされていなかったが、その答えはすぐに明らかになった。

「三宅が一年E組の女子生徒の私物を盗んでた犯人として捕まったぞ！」

その一報が、傍を走った生徒によってもたらされたのだ。あまりにも突然の事だった。

「嘘だ……」

伏部長が膝から崩れ落ちる。番場は口をあんぐり開けたまま動かなかった。そんな風にタイタンの部員が、信じられない、という言葉を口々に呟く中で俺は一人、「犯人は三宅だったのか……」と少しだけ納得してしまっていた。


「だから俺はやってねえってええぇ！」

職員室に三宅の断末魔のような声が響く。先生からの疑惑の目が一斉に向けられていた。その中にはあの千堂先生もいる。タイタンとしては、非常にまずい状況だった。

「俺はこの事件解決に向けて必死で頑張ってたんですよ！　犯人の訳ないでしょう！」

「だったらこの証拠についてはどう言い訳するんだ！　これは君の机の中から出てきたものなんだぞ！」

教頭が指差した机の上には、女子生徒のものらしきハンカチが載せられていた。どうやらあのブツが、三宅の机の中から出てきたらしい。非常にまずすぎる状況だ。

「そ、それは……、俺じゃない！　そんなの取った覚えないんだ！　大体そんな真似するほど人間として落ちてないですよ！」

「その通りですよ！　連はそんな人の道を踏み外すような事はしません！」

伏部長も真剣に訴えかける。三宅が犯行を起こしたとは微塵も思っていないようだ。

「そうっす！　連君は事件解決に向けて人一倍頑張ってたんっすから！　時には女子テニス部の練習を目が腫れるくらいになるまで凝視してましたけど！」

ギロリと教頭の目が向く。番場、余計な事を言うんじゃない。

「何が事件解決だ……」

呆れた顔を教頭が見せる。そしてその後に、静観していた千堂先生が喋り始めた。

「仮にも探偵部を名乗っている生徒が真犯人とは、非常によろしくないですね……。やっと五人の部員が揃った途端にこれか。五人目として新たに入った白石君も呆れただろう。この体育会系探偵部の酷い実態を目の当たりにして」

勝ち誇った余裕の顔。思わずムッとした。まだタイタンに入った訳ではない。今は少し力になっているだけだ。確かに三宅の机の中から物的証拠は出てきた。動機も充分ある。同級生に聞いても、「あいつならやりかねない」「俺は最初から犯人だと思っていた」と口を揃えて証言するだろう。でもこのまま引きさがるのは、無性に腹が立った。

「いや、呆れたのは確かですけど。でも……」

「んっ？」

さっきまで三宅に向いていた視線が一斉に俺に向く。声を漏らした事に後悔の念も湧いたが、言いかけてしまったから最後まで言うしかない。

「……確かに三宅はしょうもない奴です。まだ付き合って日も浅いけど、会った瞬間から第一印象は最悪でした。というか正直第二印象も、第三印象も悪く、変態、女好き、デリカシーがない、推理が下手、というくらいの認識しかありません」

「いや言い過ぎだろ」

「だけど、越えちゃいけないラインは越えない奴だと思っています。そもそも、これだけ騒ぎになっている事件なのに、机の中にポンとその証拠となるものを置いておくなんておかしいじゃないですか。三宅もそこまでバカじゃないですよ。もしかしたら真犯人に嵌められたのかもしれない。そして言える事は……」

一瞬、間をおいて、周りを見渡す。さっきは口を挟んだ三宅も今は真剣な表情だ。自分でも驚いている。こんな状況で自分が話をする時が来るなんて。

「三宅は女好きだからこそ、女性を悲しませるような事はしないはずです」

「きゅ、球ちゃん……」

三宅の表情が命の恩人を見つめるような顔に変わった。その潤んだ瞳はやめてほしい。

「ほう……」

教頭が口を細めて声をあげる。その今どきの若者に感心した、みたいな雰囲気を前面に出すのも、どこかこそばゆくなるのでやめてほしい。

「言うじゃないか。白石君と言ったかね。なかなか芯のある若者だ」

教頭はいつもの口調から、映画かドラマの中に出てきそうな長老のようになっていた。

「は、はあ……」

どうしよう。まさか教頭からこんな好評価を得られるとは思ってもみなかった。何か雰囲気に流されて言っただけだったのに。

「真犯人に嵌められた可能性もあると言ったね。確かにその可能性も無くはない。そしてそこまで言うのなら、真犯人とやらを捕まえてもらおうか、タイタン諸君。期日は四日後でどうだ。君たちとしても悪くないだろう。元はと言えば、無条件で三宅君は罰せられていたはずだ。この条件を飲むかね？　いや、飲まざるを得ないかのう？」

教頭がにやりと笑ってすらすらと喋り続ける。なんかノリノリだ。そういえば舞台観劇が趣味と以前の全校集会で言っていたっけ。

「そんな事おっしゃっていいんですか、教頭先生」

思わぬ展開になってしまったのか、千堂先生が口を挟んだ。

「よいではないか、文武両道、生徒の自主性を重んじるのは当校の方針でもあるからのう。ほーっほっほっ」

「……教頭先生あんな笑い方でしたっけ」

番場が小声で呟く。教頭はもはや芝居がかりすぎて水戸黄門みたいになっていた。でもとりあえずタイタンとしては嬉しい展開だ。

「それでは期日はさっき述べた通り、四日後。いやそうだな、四日後の夕日が落ちるまでとしよう。それまでに真犯人が見つからなければ三宅連を処刑……、じゃなくて、処分する。分かったな、タイタン諸君よ」

教頭の一人舞台はまだ続いていた。夕日が落ちるまでが期限なんてあまりにもドラマがかってないだろうか。あっそういえば「太宰治」が好きだとも集会で言っていたような。さしずめ三宅はセリヌンティウスとなるのか。全然似合っていないけど仕方ない。

「分かりました！　ありがとうございます！　そうとなったらみんな、行くぞ！」

「おっす！」

めでたくメロス役となった伏部長が声をあげると、それにタイタンの部員が応えた。

「走れ！　タイタン！」

教頭は相変わらずノリノリで声をあげる。俺も慌てて職員室を後にした。

「走れ！　タイタン！」

そのフレーズを気に入ったようで、伏部長も廊下を走りながら声を出す。

——走れ、タイタン。

俺も心の中で呟いてみる。

全身がこそばゆくなる気がしたけど、少しだけ力が湧いた自分もいた。

しかしなんという事か、あれだけの気合を入れたにもかかわらず、思うような成果はあがらなかった。進展もないまま三日が過ぎて、期日の今日を迎えていたのだ。

何も捜査をしていなかった訳ではない。むしろ髪を茶色く染めた男子生徒には徹底的に聞き込みをした。でも証拠も何も、動機がありそうな怪しい人物の噂もあがらなかった。こうなってくると、証拠があって動機があって、アリバイがない三宅が真犯人、というのが本線になってしまう。とんでもなくまずい状況である。

難航したタイタンの日々を示すように、天気も梅雨らしくここ三日間、雨だった。しかしようやく晴れたこの期日の日、俺はある一大決心をして、タイタンの部室ではない場所を訪れていた。もはや苦肉の策というか、禁じ手みたいなものだ。やって来たのは図書室。そして図書委員の受付の席に座っていつものように本を読む美織を見つける。

「読書中悪いけど、話があるんだ」

「話?」

「……美織に知恵を貸してもらいたいと思って」

俺がそう言うと、美織は本をパタンと閉じた。良かった、話には興味があるみたいだ。

「一年E組での盗難事件の事?」

なんとも話が早い。もしかして「事件の話をしたい」と顔に出ていたのだろうか。

「まさにそうなんだよ。どうしても犯人が分からなくて困ってるんだ。このままじゃ事件の解決なんてできっこない。約束の期日は今日の夕日が落ちるまでだってのに」

「夕日が落ちるまでなんて、『走れメロス』みたいね」

「かの暴虐な王様役は、あの教頭だぞ」

「でもいいのかな。私は一応、タイタンさんのライバルの部に所属しているし、手を貸すのって反則ギリギリな気もするんだけど……」

「そ、それは分かってるさ……」

その点は重々承知している。だからここへ来る前にも、誰にも相談していない。トップシークレットとしてこの場にやって来たのだ。

「……手じゃなくて知恵を貸してもらうだけだよ。それにほんのちょっと一緒に話をするだけ。雑談みたいなもんだよ。この一件、いや連続盗難事件についてな」

「連続盗難事件、ね……」

わざと『連続盗難事件』というキーワードを強調して言った。

「……しょうがないな。じゃあ球人の得た情報をひとまず全部教えて。うちの部の人には内緒にするし安心していいよ」

口外しないことを約束してくれるとはやはり話が早くて助かる。そして、『連続盗難事件』というキーワードを言ったのもたぶん効いたみたいだ。

「まずはだな……」

そして俺は、今までの事件の全容を話した。盗難事件は一年E組だけで起きている事。被害に遭っているのは外の運動部の女子がほとんどという事。廊下のドアの隙間に茶色い髪の毛が落ちていた事。三宅の机の中に盗まれた物の一部が入っていた事。そして、ここ数日は、事件は起きていない事など、知る限りの事実を……。

「なるほど……」

美織が顎に手を当てて考え込む顔を見せる。小さな探偵のようだ。

「事件が起きた日付って、全部覚えてる？」

「えーっと、確か……、今月の七日、六日、それに二日と先月の三十一日と三十日の、全部で五回だな、三宅の件も入れれば六回だけど、それは九日」

「六月の九、七、六、二……」

「別に関連性なんて無いよなあ、俺も考えてみたけど、曜日や時間割りもバラバラだし」

「しー、ちょっと静かにしてて」

子供をあやすような言い方をされて、静かに待つほかなくなった。少し開いた窓から風が入る。美織を経由した風が俺に当たると、前と同じ甘い花の香りがした。タイタンの部室にいる時には嗅ぐ事のない爽やかな匂い。思わず事件の渦中にいるのも忘れそうだ。

「……もしかしたら」

「えっ？」

美織が何かに思い当たったみたいで、手帳の六月のカレンダーのページを開いた。

「ど、どうした？」

「……やっぱりそうだ」

美織がパタンと手帳を閉じる。俺はまだ何がなんだか分からない。

「全部晴れの日なんだよ」

「晴れの日……」

「盗難事件が起きているのは梅雨の合間の晴れの日だけなの」

「まさか……」

——確かにそうだ。

四日前も晴れていたし、沢城が部室に来た日も晴れていた。そしてそれから今日にいたるまでの天気が悪かった三日間は、事件が一度も起きていなかった。

「……だとすると、まずいかも」

「えっ？」

「だって今日も……」

その続きは言わないでも分かった。

——今日も久々の晴れの日だ。

「ヤバい！」

すぐさまスマホを取り出す。慌てているから危うく床に落としそうになった。

「教室に行かないの？」

「番場がさっき一階の廊下に居たんだ！　まだ居るなら先に向かってもらう！」

図書室は三階で、教室棟とも離れている。先に駆けつけてもらうのがベストのはずだ。

〈もしもし、あれ、球君っすか？　球君から電話なんて珍し……〉

「今すぐ一年E組の教室に向かってくれ！　走るんだ！」

番場の声に割り込んで叫ぶ。今は無駄な事を話している暇はない。

〈E組？　って、今まさにE組の前の廊下を通って部室に向かう所だったんすけど……〉

「本当か！　でかした番場！　じゃあそのままそこに居てくれ！　あっ、もしくは物陰(ものかげ)に隠れて様子を見ていた方がいいかも！　俺もすぐに行くから！」

〈あはは、なんっすかその言い方、まるでここに犯人が現れるみたいな言い方じゃないっすか〉

「現れるんだよ！」

〈えっ？　……あっ〉

「あっ？」

プープツッ。プープー。

「はあっ⁉」

「どうしたの？」

「突然切れた！　あっちで何かあったのかも！」

番場は最後に何か不自然な声をあげていた。一体何が起きてしまったのだろうか。

「こういう時ミステリー小説だと、よく犯人が後ろから鈍器で襲ってたりするけど」

「…………」

○

　番場は無事なのか。それとも廊下は血の海に染まり、新たな事件が引き起こされたのか。様々な可能性を抱えながら一年E組へ走ったが、事態は思わぬ方向に進展していた。

　なんと犯人を捕まえて部室まで連行した、との連絡があの数分後に番場からあったのだ。そして言われた通り、部室にたどり着くと驚きの光景が広がっていた。三宅の足元に茶色い犬が尻尾（しっぽ）を立ててすり寄っていたのだ。小型と中型の間くらいの雑種犬である。

「いやー丁度一年E組の廊下を通りかかった時に、非常口から侵入したこの犬が、教室の中に入っていくのを見かけたんっすよ！　そしたら教室の中をごそごそと嗅ぎまわって女子のブラウスを咥（くわ）えたので現行犯逮捕しました！　犯人逮捕っす！」

　現行犯で捕らえたというのもあるが、ある事が結びついて俺は納得してしまっていた。

「あの茶髪はこの犬のか……」

　廊下に落ちていた毛の件が結びついていた。あの茶色い毛は人の髪の毛ではなく、この犬の体毛だったのだ。明るい茶色までぴたりと一致してしまう。最初に三宅が『髪の毛』

と言ったせいで、先入観が生まれ、人の毛としか思えなくなってしまっていたのだ。

「わははっ！　人というか犬だがな、犯人ではなく犯犬だったという事だ！」

伏部長も満足そうな顔をしていたが、その中で誰よりも嬉しそうに尻尾を振っていたのは犬だった。しかしまとわりつかれている三宅は、誰よりも元気がない。

「あれ？　もしかして三宅って犬嫌いなのか？」

「い、いや、そ、そういう訳じゃないんだけど、ははっ、いや、さ……」

どうも歯切れが悪い。いつもとはまるで別人だ。その傍で山岡先輩は膝をついて犬を撫でている。娘のお遊戯会の発表を見つめる父親のような、優しい眼差しを向けていた。

「山岡先輩は犬好きなんですね」

「ああ、好きだ」

山岡先輩が頷いて答えた。いつもの無表情な顔とは違って口角があがっている。

「あっ、そういえば山岡先輩の推理って見事的中してましたね！」

番場が声をあげた。俺がいない時に、そんな推理がされていたのだろうか。

「本当ですか？　すごいじゃないですか。この一連の事件を引き起こしていたのが、この犬だと予想していたなんて、本物の名探偵みたいですよ！」

「凄いっすよ！　犯人に対して、ケダモノめ……って、山岡先輩呟いてましたもんね！」

「その発言の事かよ！　絶対こっちのケダモノの事言ってなかっただろ！」

当の山岡先輩は気にせず犬を撫でている。それでも犬が懐いているのは三宅の方だ。

「それにしても、この犬はどっから来たんだろうかな、謎が残るぞ……」

伏部長が首をかしげる。確かにその点に関してはまだ判明していない。容易に犬が侵入できてしまうのもおかしい。こんな犬が校内をうろついていたら、目立ちそうなものだ。

「あっ」

「どうしたんっすか球君？」

犬を見つめている内に、ある事に気づいた。

「この犬、前にも学校に入ってきた時あっただろ、少し騒ぎになってたし、ほら先生が校庭を追いかけ回して！」

「あっ、そういえばそうっすよ！　この犬っす！」

「そ、そうだっけぇ……」

番場は思い出したのに、三宅はとぼけた様子だった。さっきからどうもおかしい。いつもとテンションが違いすぎる。何かあるのだろうか。それもこの犬が登場してから口数が極端に減っている。まさか……。

「……三宅、最初に俺と出会った時、お前あそこで何をやってたんだ？」

「えっ？　いや、ほら、それは女子テニス部の見学を……」

――俺の頭の中には、ある事が浮かび上がっていた。

「昼休みのあの時は、まだ時間があっただろ。わざわざ見学に行ったならあまりにも帰りが早いじゃないか。それにただ見学するならもっと他の校舎の窓から眺めたっていい。わざわざ靴を履き替えていくリスクなんて冒す必要もなかったはずだし」

「な、何が球ちゃんは言いたいんだよ！　近くで見た方がいいに決まってるだろ！」

「じゃあ単刀直入に言おう。体育用具室に何かあるのか？」

「なっ……」

最初に出会った時も、そしてローラー作戦の時も、全く同じ場所で三宅は現れていた。その場所が体育用具室の近くだったのだ。

「例えば、そこでこの犬をこっそり飼っていたとか……」

「…………」

三宅が押し黙って下を向いた。しかし次の瞬間、

「……みんな、ごめぇぇんっ!!」

三宅が突然、床に額をこすりつけるようにして頭を下げた。犬は三宅の頭をくんくんと嗅いで、ぺろぺろと舐めている。あまりにもシュールな光景が繰り広げられていた。

「……球ちゃんの言う通りだよ。実は、この犬、俺がこっそり飼っていたんだ」

「やっぱりか……」

三宅は床に縮こまったままだ。犬は、より一層ハァハァ言いながら三宅にまとわりついている。もうこの犬が異常に懐いているのが、何よりの証明だった。

「この犬、いや茶太郎は花見川の河川敷に捨てられていたんだ。うちはアパートだからペットも飼えないし、一旦、今はほとんど使われていない体育用具室に入れて世話だけして

いて……そこで様子を見に行ったり、ご飯をあげたりしてたんだ。犬の匂いは香水でごまかしてね。このままじゃまずいって分かってたけど、誰も飼い主が見つからないまま、存在がバレたら保健所に連れてかれちゃうだろうし、他の人にも言えなくて……」

「やっぱりそうだったんだな……」

でもこの事実が分かって、逆に俺は三宅の事を見直していた。女子テニス部に追われていたのもただの誤解だったのだ。そして俺自身も、三宅の事を勘違いしていた部分もあったのかもしれない。女好きというよりも、ただの動物好きの良い奴だったのだ。

「……茶太郎が事件を起こしているってのは、連は知らなかったんだな？」

伏部長がゆっくりと尋ねた。責めている雰囲気はない。やっぱり三宅の事を信頼している様子は充分伝わって来た。そして伏部長の質問に、三宅も澄んだ瞳を向けて答える。

「勿論ですよ！　茶太郎が教室から用具室に盗んできた物を持ってきた事なんてありませんでしたから！　俺も今初めてこの事態を知ってびっくりしたんです！　大体他の女子のスカートとかブラウスなんて手に入ってたらもっと騒いでますよ！　俺が平常心でいられる訳ないじゃないですか！　女子の汗が染みこんだブラウスとスカートっすよ！　高校生活の宝物にしますよ！　神棚に飾って拝みますよ！」

「おい」

数秒前の評価を即刻取り消す。誤解はしていなかったみたいだ。こいつは変態で女好きのパーマ男だ。きっと茶太郎の女子を狙って盗む癖は飼い主に似たんだろう。

「でも、一つ気がかりだった事はあったんですよね……」

「……お前よくさっきの発言を何事もなかったように続けられるな」

三宅が茶太郎を見つめながら思い出すように呟いた。まったく恐ろしい男である。

「茶太郎の奴、天気が良くなると勝手に抜け出していたみたいで、教室の廊下に足跡とか毛が残っている事があったんです。……だからそれで学校にばれたらまずいから、時々こっそり掃除をしていたんですけど、思えば一年E組の前ばかり汚れていたような……」

「一年E組の廊下が綺麗だったのはそのせいか……」

事件を隠そうとした訳ではないが、結果的に三宅は証拠隠滅をしてしまっていたのだ。

「事件が晴れの日に起きてたのも、茶太郎が抜け出すのが晴れの日だったからって事か。雨の日にわざわざ外に出たりしないもんな」

「そういう事みたいだね、体育用具室も鍵（かぎ）が締まっていた訳じゃないし……」

それに一年E組だけが狙われたのも、非常口から忍び込んで一番近かったというのが理由だろう。三宅も廊下の証拠探しに気乗りしなかった訳だ。落ちていた茶色の毛を見つけたあの時も、茶太郎の存在がばれないようにと、すぐに『髪の毛』と言った訳だ。それでも、運動部の女子の持ち物が多く狙われた理由はまだ分からないが……。

「今回の依頼者の沢城さんと出会ったのも、バレないように一年E組の廊下を掃除していた時だったんだ。それで盗難事件の話を聞いて依頼を受ける事になって……、まさか全部茶太郎に繋（つな）がっているとは思わなかった。その点に関しては本当に申し訳ない……」

しゅんとした顔を三宅が見せる。たっぷり反省はしているみたいだ。

「もっとすぐに犬を飼っている事を誰かに相談すれば良かったのに。他に飼ってくれる人も居たかもしれないし」

「どうせ今どき、ペットショップの血統書付きとか可愛い子犬じゃないと飼ってくれないでしょ。こんな日本昔話に出てきそうな雑種の犬じゃなあ、俺は可愛いと思うけど……」

三宅なりに犬の為を思って行動していた訳だ。ああ、今になってまた分かってしまった。『戸建てかマンションか』なんていう訳の分からない質問を俺や江口にしてきたのも、きっと犬が飼えるかどうかを遠回しに質問していたんだろう……。

「どうなるんだろう、茶太郎はこれから……」

「俺が飼う」

「へぇっ？」

山岡先輩が、縁日の金魚でも飼うみたいに簡単に言うので、思わず変な声が出た。

「い、いいんですか？」

三宅もめちゃくちゃ戸惑っている。無口な山岡先輩には、三宅もまだ相談もしていなかったみたいだ。灯台下暗しとはこの事だ。

「うちに犬たくさんいる」

山岡先輩はそう言ってから、茶太郎の事を抱きしめた。その表情は確かに慈愛に満ちている。肩に止まった小鳥を愛でる巨神兵感が、抜群に出ていた。

「お、恩に着ます！　仁先輩！　本当に、本当にありがとうございます！」

確かに驚きの言葉だった。一匹の犬を救う為に、そう決断してくれたのだ。山岡先輩の、本当の優しさの部分を感じられた気がする。

「それにしても、今まで盗まれた品々はどこにいったんだろうな……」

伏部長が首をかしげると、歓喜の渦の中に居た三宅が、また声をあげた。

「……あっ、もしかしたら！」

三宅はどこか思いつく所があったみたいだ。

「頼むからお前の自宅とか言わないでくれよ」

そんな場所に女子のスカートなんかがあったらタイタンは速攻で廃部だ。

「一度さ、体育用具室からも茶太郎がいなくなって、どこを探しても見つからなくて、本当に落ち込んだ時があったんだよね」

「それがどうしたんだ？」

「俺ってさ、そういうセンチメンタルな気持ちになった時って、海行きがちじゃん？」

「知らん、単刀直入に話せ」

茶太郎を引き取ってもらえて、テンションが上がった三宅は、いつもよりもウザさが増している気がする。

「いやそしたらさ、砂浜に茶太郎が居たんだよ！　もう運命的なものを感じたよね！」

稲毛（いなげ）の浜だ。うちの高校は海が本当に近い。体育会系の部活は、海まで走って砂浜で練習する浜練、というものが恒例行事になっているほどだった。

「あ……」

そういえば、グラウンドの端を見回っている時に、穴の開いているフェンスがあった。あそこを通路にすれば、一匹の犬程度なら、誰にも見つからずに学校と海の間を往復する事もできただろう。今までの一連の出来事のすべてが結びついたような気がした。

「それでさ、砂浜で茶太郎が穴を掘ってたんだよ。だからもしかしたら今回の件も……」

そこまで言った所で、伏部長が三宅を制した。

「……決まりだな」

そのまま部長がみんなの先頭に立って高々と手を挙げる。

「浜練に行くぞぉぉっ！」

○

三宅が忍ばせていたリードを茶太郎の首につけて、一緒に海まで走った。犬の駆けるスピードについていくのはなかなか大変だったが、その点は体育会系探偵部というだけあって優秀だ。あっという間に海に着いてしまった。

「本当にあったな……」

砂浜に着いて茶太郎が真っ先に向かった場所で、埋もれたスカートや運動靴が見つかった。茶太郎は砂にまみれたスカートに鼻をこすりつけている。愛着もあるみたいだし、制服も美浜高校のもので間違いなかった。

「ひとまず全部持ち帰ろう。クリーニングすればなんとかなるかもしれないし、まだ困っている人がいるのも事実だ。そしてすべてを先生方にも話さなければな！」

部長の提案に、一同が揃って頷く。そう、これで物的証拠もあがり、裏が取れた。

「……これで無事に解決か」

日没までに間に合い、廃部も免れた事になる。タイタンにとってはお手柄だ。それにやっぱり美織が手助けしてくれたのも大きい。

「きゅ、急にどうしたんだあっ！　茶太郎っ！」

リードを持っていた三宅が声をあげた。茶太郎は一心不乱に、傍の砂浜を掘っている。

「なっ、なんだ！」

するとそこから砂に埋もれたテニスボールが出てきた。

「……こんなのも持ってきてたのか」

それからも続々とボールが出てくる。しかし、そこである事に、三宅が気づいた。

「むむ、うちの女子テニス部のボールばっかりだな……」

確かにそうだ。男子と女子でボールが混ざらないように、美浜高校では全部、目印がついていて、女子のボールには黒い丸がついていたのだ。

「本当に茶太郎は女の子が大好きなんだな、誰に似たんだろうなあ」

「そりゃ飼い主だろうな」

と言いつつも納得いかない点はあった。確かに盗まれた物はこのボールも含め、全てが女子のものだ。こんなにも犬が意味もなく女子だけの物を狙って、盗みを働くなんてあり えるのだろうか。何か他に共通点はないか。例えば、今までに盗まれた物の……。

「どうした球ちゃん難しそうな顔して、もう事件は解決したんだぜ」

「あっ」

ふわっと香りがした。潮の匂いじゃない。もう少しだけ、まどろむような甘い匂い。

「……匂いがする」

「匂い？　俺の香水？」

違う。三宅の香水はもっとフルーツみたいな匂いだ。この甘い匂いとは違う。

「ど、どうしたんだよ、球ちゃん？」

「動くな、三宅」

でも、三宅から匂いはする。傍に行って匂いを嗅ぐと、またその甘い香りが広がる。

「これだ……」

「えっ？」

三宅が持っていた、さっき茶太郎が盗んだばかりのブラウスからの匂いだった。袋には入れていたが、かすかに漂ってきたのだ。

「……茶太郎は、この匂いに反応したのかもしれない」

「茶太郎がこの匂いに？」

「男子と女子の匂いを茶太郎が全て嗅ぎ分けていたとは思えないんだよ。茶太郎はただ単に香水とか、そういう女子が使っている香料系の何かを好んだだけなんじゃないのか」

「そんな香水の匂いが好きな犬なんているの？」

「いる」

俺と三宅の会話に口を挟んだのは、それまで静観していた山岡先輩だった。

「犬はラベンダーとか花の香りを好む。ストレス解消の為に、犬専用のフレグランススプレーもあるくらいだ」

「そうなんっすか！　さすが山岡先輩っす！」

嬉々とした顔で番場が褒め称える。確かにすごい。そして出会ってから一番饒舌に喋る姿を見た。家で犬を多く飼っていると言っていたし、その知識は伊達じゃないようだ。

「でもさ、香水といっても、俺みたいに男子でもつける奴はいるし、それに被害にたくさん遭ってた運動部の女子は制汗剤ですませる子がほとんどだったよ。前にテニス部の女子に会った時もそうだったから間違いない。俺女子の香水事情にはうるさいんだ！」

「……女子の香水事情にうるさいのを胸張って言うな」

この自信満々の三宅はなかなか気持ち悪いが、そう言うのだから確かに間違いないのだろう。俺としてもその点には引っかかっていた。まだこの匂いの正体がわかっていない。

被害者に共通している香り、これは一体なんなのか。外の運動部の女子の持ち物、それに透き通るような肌で有名な桐谷さんのハンカチ、女子テニス部のボール……。

「……待てよ」

――茶太郎の犯行は晴れの日だけだ。最初は雨を嫌がって、晴れの日だけしか外に出ないのが理由かとも思っていた。でも実際は、それだけが理由じゃなかったとしたら――。

「……分かった」

ある答えが導き出された。やはりここでも美織と会話をした事がヒントになっていた。

「日焼け止めだよ！　女子の日焼け止めの香りに反応して茶太郎は盗んでいたんだ！」

「あっ！」

俺が言った瞬間、すぐに三宅が反応した。

「それだ！　外の運動部の女子ばかりが被害に遭っていたのも辻褄が合う！　それに、唯一運動部じゃなくて被害に遭っていた桐谷さんは透き通るような肌で有名な人だし、日焼け止めは絶対使ってたはずだよ！　だから男子の被害はなかったんだ。日焼け止め使っている奴はほとんどいないし、六月になってから被害が多くなったのも一致する！」

「ちょっと待て。日焼け止めは肌に塗るものだろう、物に匂いがつくとは思えないが」

「何言ってんですか部長！　今どきはスプレータイプの日焼け止めもあるんですよ！　このラベンダーの香りがするフローラルタイプの日焼け止めは、今女子の間でも流行ってるんで間違いないです！　俺が言うんだから！　ね！　ドゥーユーアンダースタアァン⁉」

「お、おお、そ、そうか、理解した……」

「……連君、怖いっす」

ここへ来ても、女子の日焼け止め事情に詳しすぎる三宅は、部長と番場が引くほどに気持ち悪くもはや犯罪者スレスレな気もするが、これで裏付けもできた事になる。

「犬は汗臭い香りも好きだったりするもんな、運動部の汗とラベンダーの香りが混じったものは特に茶太郎にとってはたまらないものだったんだろう」

そしてこれで三宅の机の中に盗まれた物が詰め込まれていた原因も分かった。

「茶太郎が特に好きな匂いのもう一つが三宅自身だったんだろう。茶太郎を捕まえた時も、三宅にすり寄って離れなかったからな。だからこそ、その三宅の匂いがたくさんする机の中に、誤って盗んだ物をしまいこんでしまったんだ。汗の匂い、ラベンダーの香り、三宅の匂い、これらが茶太郎を導いた末に、今回の事件は起きたんだ」

「良かった……。これで俺の疑いも晴れたのか……」

三宅が空を見上げて呟く。ほとほと安堵(あんど)している様子だ。

「疑いは晴れたけど、元はと言えば三宅が茶太郎をこっそり飼い出したのが原因だぞ」

「う、うぐっ、で、でもそれは誠心誠意ちゃんと謝るよ！　もう床が割れるくらいに頭こすりつけるつもりだから！」

「まあ、その件については軽く叱(しか)られる程度で済むだろうな。茶太郎がした事については予想できなかった訳だし、三宅も何も知らなかった訳だから」

「全て解決っすね！　今から学校に戻ってこの一件について全てを話しましょう！」

と番場が言った所で全ての事件は解決したように思えた。六月という事もあって、日没まではまだ二時間近くある。教頭との三宅の処分の件、タイタンの廃部の件も含めて、うまくいった訳だ。

でも、俺には一つだけ心残りがあった。まったく俺の事件は解決していなかったのだ。野球ボールは本当に神隠しにあったかのように消えていた。もう美織の助けを借りる事もできない。タイタンのメンバーが中庭の土を掘り起こしても見つからなかったのに、これからどうやって見つけたらいいのだろう。諦めの気持ちも混ざる中、周りに目を向ける。

海岸線に沿って視線を伸ばすと幕張のビル群、そしてマリンスタジアムが目に入った。子供の頃はよく親父(おやじ)にナイターに連れられて来た。最近はほとんど足を運んでいなかった。

そんな昔の事を思い出していると、また甘いラベンダーの香りが漂った。どこか、俺の胸の内まで締め付けられる気持ちになる。それと同時に懐かしい気持ちにも。

「懐かしい……？」

いや、野球場に行ってた頃に、こんな匂い嗅いでいない。なのにこんな懐かしい気持ちになるなんて、なんで……。待てよ、俺、この匂いをどこかで嗅いだ事があるのか……。

「ちょ、ちょっと！　それ貸してくれ！」

三宅から強引に袋に入ったブラウスを奪い取る。そして袋の中からすぐさま取り出し、鼻にぎゅっと押し当てて一心不乱に匂いを嗅いだ。

どこだ、いつ嗅いだ？　最近のはずだ。沢城が部室にやってきた時？　それとも花壇？

もうすぐラベンダーの開花時期でもあるから……、いや、違う、もっとどこかで……。

「あっ……」

教室だ。美織の匂いだ。ボールを返してもらった放課後のあの時、美織からもこの匂いがした。そう、あの推理を披露してくれた図書室でも——。

——あいつも、同じ日焼け止めスプレーを使っていたんだ。

「これだ……」

元はと言えば、あのボールは美織の持ち物だ——。

「み、みんな！　聞いてくれ！」

しかし顔をあげると、全員が全員さあっと二、三歩引いていた。そしておぞましいものを見る目で俺を見つめている。あれ、俺何か、しでかしてしまったのだろうか……。

「こ、このど変態きゅうたろう!!　俺だって我慢してそんな事しなかったのに！」

「はっ!!」

言われてすぐに気づいた。たった今、俺は女子のブラウスに鼻を押し付け匂いを嗅ぎまくったのだ。どう見てもただの変態だ。ありえないほどの行為だ。三宅をゆうに凌駕して、年間最低変態選手賞を受賞しそうなくらいの間違いなく匂いフェチの変態野郎だ。

「ち、違うっ！　いまのは違うんだあああっ！」

「球君、見損なったっすよ！」

「誤解だ！　番場！　聞いてくれ！」

「逮捕、懲役二十年」

「山岡先輩！　罪重すぎです！」

「罪を償え！　球人！　手を挙げろ！」

「伏部長まで本当に違いますって！　俺の捜していた野球ボールがここにあるかもしれないんですよ！　野球ボール神隠し事件も解決できるかもしれないんです！」

「野球ボール神隠し事件が⁉　一体どういう事だ？」

なんとか『事件』というタイタンの部員が大好きなパワーワードを出す事で、話を元に戻す事ができた。変態の汚名を早いとこそそがなければ。

「俺が捜していたあのボールは元々、美織が持っていたものなんです。そして美織も今回被害に遭った女子生徒たちと同じくラベンダーの香りの日焼け止めを使っていました。だからその匂いがついていて、茶太郎がテニスボールみたいに、俺の野球ボールもこっちまで持ってきてしまったかもしれないんです。あくまで、可能性だけど……」

そう、あくまで可能性の話なのだ。さっきまで砂浜を掘っていた茶太郎も今はじっと地面に伏せている。何かを新たに掘り起こすような様子はない。

「茶太郎が気まぐれで他の場所に埋めたって事っすか……」

番場が辺りを見回す。俺も眺めてから捜す前に諦めの気持ちが湧いた。こんな広い砂浜からあの小さなボールを見つけるなんてあまりにも果てしない。

「ははぁん。なるほど、そういう事か！」

伏部長が胸を張って進み出る。そして高々と拳を突き上げた。まさか……。

「地形が変わるまで掘り起こすぞぉぉっ！」

その高らかな宣言に、一切の迷いはなかった。


作業を始めてあっという間に一時間が経った。夕日は大分傾いているというのに、野球ボールが見つかる気配はない。それでもいつまで経ってもタイタンはボールを捜し続けていた。茶太郎もすっかり海は飽きた様子で近くにうなだれている。

「次、ここの一帯を捜すぞっ！」

「おっす！」

伏部長が威勢よく声をかける。それに応える三宅と番場。誰も今のこの状況を止める者はいなかった。山岡先輩も修行僧のように一心不乱に掘り続けている。本当に、このままでいいんだろうか。日没も大分近づいている。まだ学校には連絡をしていない。俺の依頼も解決してこそ、全ての事件解決、とタイタンのメンバーは言って憚らなかったのだ。

「……あの、もう、終わりにしましょうか」

俺が言い出すしかなかった。このまま捜し続けるのはあまりにもリスクが大きすぎる。ましてやここに本当にボールがあるのか確証もない。全てが無駄に終わって、教頭との約束も果たせなくなる可能性の方が高いのだ。それだけは避けなければいけなかった。

「何を言っているんだ球人。まだお前の依頼のボールは見つかってないぞ」

伏部長は手を止めずに、砂浜を掘り起こし続けていたが、だからこそ、依頼者がストップと言えば、やめざるを得ないはずだった。

「……もう俺が依頼を取り消します。それならタイタンとしても納得でしょう。これだけ捜しても無いんだから、きっとここにボールは埋まってないんです」

「球ちゃん……」

「もし見つからなかったとしても、美織に正直に話したら、きっと許してくれると思います。そもそもこのままじゃ、せっかく連続盗難事件を解決できたのに、全てが無駄になるじゃないですか。そんなのあまりにもバカすぎですよ……」

「バカでいいさ、球ちゃんこそバカな事言ってないで捜すの続けようぜ」

三宅もその手を止めずに答える。これだけ言っても分からないのだろうか。

「違うだろ……、本物のバカはお前だよ……。廃部と俺の依頼一つを天秤にかけて、その正しい判断もできないくらいの大バカ野郎なんだよ!」

思わず声を張り上げてしまう。こんな大声を出したのは久しぶりだ。高校に入ってからこんなに感情が高ぶった事はなかったのかもしれない。でも——。

「タイタンの部訓其の一、どんな時も最後の最後の地球最後の日まで諦めない! 部訓其の二、全身全霊全力全開!」

「三宅……」

俺の声なんてかき消されるくらいの大声を三宅があげた。そして澄んだまっすぐな瞳で見つめてくる。いつものおちゃらけた雰囲気なんて一切なかった。

——俺は、その三宅の視線をまっすぐに見つめ返す事ができなかった。

また野球をすぐに諦めてしまった自分を思い返していた。積み重ねた努力が簡単に打ち砕かれてしまう怖さを知っている。全てが無駄になってしまった時の絶望を知っている。だから俺は挑戦する事から逃げた。一生懸命になる事をやめた。失敗すると分かっているのなら、最初から諦めて挑戦しない方がマシだから……。

「なあ球人、タイタンの部訓其の三をお前に教えてやろう」

「伏部長……」

伏部長が、沈む夕日に負けないくらいの熱い眼差しで俺の事を見つめる。

「部訓其の三、挑戦の先には成功がある、そして失敗の先には成長がある！」

「挑戦の先には成功……、失敗の先には成長……」

「挑戦は良いものだぞ、どんな事があっても未来の自分の糧になる！　成功と成長しか待っていないからな！　だからこそ、私たちタイタンはいつでもどんな事でも、全身全霊全力全開で、諦めずに最後の最後の地球最後の日まで挑戦し続けるんだ！」

部長が初めて会った時のように、語尾全てにビックリマークをつけて言い切った。

——挑戦の先には成功がある。失敗の先には成長がある。

部訓其の三は、一番俺の心の奥底に響く気がした。何度もその言葉が頭の中で繰り返される。だからか。タイタンが失敗を恐れないで、どんな事にでも挑戦していくのは——。

「一緒に頑張りましょうよ球君！　俺たちもう仲間じゃないっすか！」

今度は、番場がニコッと笑って白い歯を見せる。

「俺達友達」

隣の山岡先輩が、初めて人間と触れ合ったモンスターみたいな片言でそう言った。

「一人じゃないぜ、球ちゃん」

三宅がビシッとグーサインを俺に向ける。

「いや、そんなセリフ聞いてるこっちが恥ずかしくなるぞ……」

三宅が、へらへらと笑った。そして頬をぽりぽりとかく。今になって恥ずかしさが湧いて来たみたいだ。そして今度は全員が、同じようにへらへらと笑った。俺も笑った。遠くから見たら明らかにヤバいクスリをやっている連中に見えるだろう。泥だらけの汗まみれの、恐ろしいほどのバカな連中だ。

——でも格好いいバカだ。格好悪いバカよりはマシだろう。

「……じゃあ、もう少しだけ依頼の続行をお願いします」

「よし来たっ！　さあ、ここからだっ！　気合入れるぞっ！　タイタン集合おぉっ！」

「おっす！」

淀みない動きで屈強な男子高校生の汗臭い円陣が組まれる。また俺もその中に無理やり入れられた。やっぱり他のタイタンのメンバーと比べると、腕のかかり具合が不自然だ。三宅達とは筋肉とか気持ちだけじゃなくて、まだ何かが足りていない気がする。

「ゴォーーッ！　タイタァーーンッ！」

「ゴォーーッ！」

——この不自然さも全て無くなる時が来るのだろうか。

俺と三宅、番場、山岡先輩、そして伏部長の五人の声が重なって海の上の空に響く。太陽と水平線は近づき始めていて、辺りは大分、茜色に染まっていた。幕張ベイタウンのビル群や、マンションにその夕日が反射している。絶対に日没までにはケリをつけなければいけなかった。思えば、高校生になってから海に来た事がなかった。寄り道もせず、京葉線に揺られて学校と家の往復をする毎日だった。こんな気持ちのいい海が広がっているのに一度も訪れなかったのだ。体はもうへとへとだ。でも手足は動く。大声を出したのも汗にまみれたのも、本当に久しぶりだ。でも気持ちがいい。悪くない気分だった。

「……あっ」

——再び作業を始めて四十分近くが経った時だった。

「あった……」

潮が満ちたのが逆に良かったのか、掘り起こされた形跡のあった、岸にもっと近い場所に野球のボールが埋まっていた。

「これだぁーー!!」

紛れもなく美織からもらったボールだった。最後の最後は運も味方してくれたようだ。

「うおおおぉぉぉっ！」

「バンザーイ！　バンザーイ！」

「タイタンの勝利だーっ！」

「任務完了！」

それぞれが全然違った声をあげる。部長と番場はまた服を脱いで飛び上がって、NBA選手がスーパープレイをした後みたいに肩と肩をぶつからせていた。三宅は砂浜の上で小躍りしている。山岡先輩は何かを噛みしめるようにガッツポーズをしていた。

「なあ球人、今からまた高校野球を始めても良いかもしれんな。これでいつでも挑戦できるぞ！」

土の中に埋まったボールを取り出した伏部長が、俺に熱い気持ちを込めて手渡してくれた。確かにそうだ。もう一度野球に挑戦するのも良いのかもしれない。たとえまた失敗しても、その挑戦は無駄にならないはずだから……。

「……はい」

でも、俺は――。

「へっ」

全員が一斉に同じ間抜けな声をあげた。俺が思いっきりボールを投げたせいだ。そして高々と空を舞った白球が海に落ちる。

「ど、どうした球人！」

「そ、そうっすよ！　せっかく見つけたボールっすよ！」

「理解不能」

目前に詰め寄ったタイタンのメンバーをまっすぐに見据えた。今度は目を逸らさない。

「……俺、タイタンに入ろうと思って」

「球ちゃん……」

三宅の顔が戸惑うような、でも、嬉しさの混じった顔に変わる。

「いや、まあ本入部って訳じゃないけど、仮仮入部くらいって事で！　今回の事件は解決したけど、部員が一応五人いなきゃいけない事には変わりないみたいだし、だから俺がそれまで様子見というか……」

「わははっ！　そういう事か！　歓迎するぞ！　球人！」

話の途中で、部長が笑ってから、俺の事をきつく抱きしめた。抱きしめるっていうか、もはや締め技の域だ。呼吸するのが苦しい。

「ちょ、う、うぐっ……、は、離してください！」

「照れるなよ！　球ちゃんぅ！」

「俺も大歓迎っすよ！　球君！」

三宅と番場まで飛びついてくる。汗と泥と潮風にまみれた体は殺人的にキツいのもおかまいなしだ。画的にも非常にキツいはず。

「や、やめてっ！　離してぇぇっ!!」

また俺が最初の頃と同じく生娘のような声をあげた所で、ある人物がぽつりと呟いた。

「ちょっと待て」

山岡先輩だ。もしかして俺の仮仮入部に反対なのだろうか……。

「あの、山岡先輩、何か……？」

山岡先輩は何も答えず、海を指差した。ちょうどボールが飛んで行った方向だ。

「あのボールは白石のものじゃない」

「あっ」

そうだった。雰囲気に流されて、結婚相手に逃げられた男が婚約指輪を海に投げ捨てる如く、ボールを投げたはいいが、あれは美織に返さなければいけないものだった。

「やっべ……」

「……全員今すぐ飛び込めぇーっ！」

部長が叫んで号令をかけると、みんな一目散に海に飛び込んだ。全員で野球のボールを追いかける。そして運動にかけては強者ぞろい、という事もあって、泳ぐのも速く、あっという間にボールを再度ゲットする事ができた。

「ああっ！　こんな事をしている場合ではない！　いかんっ！　日没が近いぞ！」

今度は空に目を移し部長が叫んだ。確かにその通りだ。いつの間にか太陽と海がランデブーを始めている。太陽が見えなくなってしまったら、全部無駄に終わってしまうのだ。

「早く学校に戻らないとまずいっす！　ロスタイムはあるんっすか！」

「ロスタイムじゃなくてアディショナルタイム」

「間に合わなければ三宅が処刑になるのか……」

「それだけはやめてえぇぇっ！」

あまりにも慌ただしすぎる。バカみたいな時間があっという間に過ぎた。

「走れーッ！　タイタン！　全身全霊全力全開ッ！」

「おっす‼」

でもなんだろうこれ。青春っぽい。甘さとは程遠くて、ただただ塩っ辛い青春だけど、どこか悪くないって思っている自分がいる。こうやっていると、どこまでだって走っていけそうな気がした。

――こうして俺は、体育会系探偵部タイタンへ仮仮入部したのであった。

第二話　進めタイタン！　校内新聞猟奇的模倣犯事件！

　体育会系探偵部タイタンは、前回の連続盗難事件と銘打たれた難事件、いやワンコ事件を持ち前の体力と気力、そして嗅覚で見事に解決した。千堂先生、そして教頭が提示した条件をクリアできたのはもはや奇跡とも言えるだろう。ひとまず廃部の件に関しては白紙に戻ったみたいだ。そんなタイタンに俺が仮仮入部して三日が経つ。あくまで仮仮入部の身だ。

「百二十！　ふんっ！　百二十一！　ふんっ！」

「百二十二！　はんっ！　百二十三！　はんっ！」

小さな部室の中に、伏部長と番場の荒い息遣いが響いている。さっきからずっと腕立て伏せを続けていた。既に筋肉は隆々の二人なのに、これ以上やる意味なんてあるのだろうか。地球を二人がかりでへこませるのが真の目的なのでは、とさえ思えてくる。そして少し離れた窓際では山岡先輩が一人、校内新聞を片手に佇んでいた。

「はぁ……」

　そんな中で俺は一人、やる事も特に無く暇を持て余していた。まだ入ったばかりだが、自分がこの部室にいる違和感がどうしても拭えない。このままタイタンに正式入部してもいいのだろうかと自問自答していた。

まあ、それもこれも確かめるのが、この仮仮入部の期間の役目なのだろう……。

「どうしたよ球ちゃん、そんな辛気臭い顔して！」

「い、いや、別に……」

さっきまで熱心にスマホをいじっていた三宅が顔をあげて話しかけてきた。相変わらずこの部の中でも人一倍テンションが高い。俺をタイタンに引き込んだ張本人でもあった。

「そんな落ち込んだ顔していたら幸せも逃げてっちゃうよお！　スマイルスマイル！」

前回の事件の事情を全て話した後、三宅は厳重注意を受けた。犬を勝手に体育用具室で飼っていた点を咎められたのだ。しかしあれだけの迷惑をかけて注意だけで済んだのだから、御の字である。そしてもうその事からはすっかり頭を切り替えているようだった。

「あれ？　もしかして山岡先輩！　トリック＆トラップ読んでるんじゃないっすか⁉」

「ああ、最近話題になっているからな」

「話題になっている？」

元気な声をあげたのは腕立て伏せを終えた番場だった。そしてそれに淡々と答えたのが山岡先輩。俺はまだ二人が何について話しているのかもよく分からなかった。

「球君知らないんっすか！　トリック＆トラップっすよ！　校内新聞で連載されているミステリー小説っす！」

「トリック＆トラップ、ミステリー小説……。そんなのが校内新聞にあったのか……」

全然知らなかった。そもそも校内新聞を読んだ事がほとんどない。Ａ３一枚ほどの紙が月曜日になると特定の配布場所に置かれる、という情報くらいしか知らなかった。

「学園内でさまざまなイタズラを起こす怪人トラップと、高校生探偵明星君の戦いが描かれる学園ミステリーっすよ！　主人公の明星君は天才的だし、敵のトラップも魅力的で二人とも格好いいんです！　球君もトリトラぜひ読んでください！」

トリトラと略すらしい。また新たな情報が増えた。なんか一気にラブコメっぽいタイトルになってしまった気がする。

「そうなんだ、ちなみに伏部長はこのトリック&トラップって読んだ事ありますか？」

「読んだ事ないな！　活字を見ると頭痛がするんだ！　困ったものだ！　わははっ！」

「……全然困ったようには見えないですけどね」

伏部長はいつもの調子だ。天変地異レベルの事が起きてもあまり困らない気がする。

「ああ、この作者さんに一度会ってみたいっすよねえ……、麹町綾って名前らしいんですけど、どんな頭をしていたらこんな面白い作品が書けるのか……」

番場が愛しのアイドルの顔でも思い浮かべるように呟いた。そこまで言われると俺まで興味が湧いてきた。なんと言ったってその作者は校内にいるのだ。

「麹町綾ちゃん……、そんな子この学校にいたっけな？」と呟いたのは三宅。

「……三宅ってもしかしてこの学校の女子のデータがほとんど入っているのか？」

「ふっふっふ、俺の脳内ハードディスクを甘く見てもらっちゃ困るな」

「めちゃくちゃ保存領域偏ってそうだけどな……」

たぶん女、女、女、事件、くらいの割合で埋めつくされているはずだ。しかしある意味そのデータが前回は活躍したから文句は言えない。

「よし、それなら今から会いに行くとするか！」

「えっ？」

伏部長がまた突拍子もない事を言い始める。あまりにも急な提案だ。でもタイタンならやりかねないと、この短い付き合いでも感じている自分がいる。

「い、今からですか？　会いに行くってそもそもどこに……、迷惑じゃないかと……」

「新聞部の部室だ！　連載を書いているのなら、今も活動しているという事だろう！　直接伺おうじゃないか！　私は新聞部の部長と同じクラスで親交もあるから問題ないぞ！」

そしてこの流れになってしまうともはや誰にも止められないという事を……。

「名案です部長！」

「是非行きたいっす！」

「興味あり」

ほら、これだ。一片の迷いの欠片もない。いつだって猪突猛進のノーガード戦法だ。

「じゃ、じゃあせめて、新聞部に行ったら、校内で他に事件が起きてないか聞きましょうよ！　特に今やる事もないし、新聞部だったら校内の情報も持っていそうですから！」

ずっと暇で仕方なかったのだ。別に筋トレも趣味じゃないし、何かしらの活動が欲しかった。しかし、『麹町綾に会いたい！』というのが最大の目的になっている今のタイタンに、この案は受け入れられるだろうか……。

「球人……」

伏部長が、俺の前に立ちはだかった。筋トレを終えたばかりでその胸筋は今にも破裂せんばかりに膨れ上がっている。

「素晴らしい提案だ！　さすが球人！　お前が仮仮入部してくれて、私はなんとも頼もしいぞ！　わっはっは！」

「あ、ありがとうございます……」

杞憂だった。三宅も番場も首をぶんぶん縦に振って賛成している。元々『事件』というワードは、このタイタンにとって大好物だ。心配する必要は一ミリもなかったのだ。

「さあ、出発だ！」

「おっす！」

いつものように、タイタンの部員が元気よく部室を飛び出していく。やはりまだ戸惑う事が多い。この勢いに慣れる時も来るのだろうか。それにしても、文化系の新聞部とゴリゴリの体育会系のうちの部なんて相性が悪そうだ。一ミリの、いや一抹の不安がよぎる。

○

「新聞部の部室へようこそ、歓迎するよ。ゆっくりしてくれたまえ」

ハキハキとした口調で迎えてくれたのは新聞部の部長、牧野葉子先輩だった。綺麗な黒髪をシンプルなポニーテールでキュッとまとめているのが似合っている。

「うひょー！　これがトリトラの生原稿っすか！」

来る前からテンションの高かった番場は、ここへ来て最高潮に盛り上がっていた。作業中の部員の原稿を覗き込んでいる。

「ちょっと！　まだ見ないでください！　発刊前ですよ！」

「あ、す、すみませんっす！」

まったく落ち着きがない。今は場を静観している三宅を見習ってほしかった。初めての新聞部の部室という事もあって、三宅も少しは緊張しているのだろうか。

「すまないな、こちらとしても素晴らしい新聞を届けたいから、先に見られてしまうのは困るんだよ。番場君、また月曜日を楽しみにしておいておくれ」

「お、おっす！」

女子部員と番場の間に割って入ったのは牧野先輩だった。この部長、その口調と佇まいからも、タイタンの部員との相性は悪くなさそうである。文化系の部といっても、色々なタイプの人がいるものだ。

「……なんか、女剣士みたいで格好いいな」

小声で隣の三宅にそっと話しかけたが、返ってきたのは奇妙な言葉の繰り返しだった。

「おっすおふ、おっすおふ……」

「はっ？」

三宅が呆けた顔をしたまま、「おっす」の応用版みたいな謎の言葉を呟いていた。その頬は牧野先輩を見つめてゆるみきっている。

「三宅！　しっかりしろ！」

落ち着いていた理由が分かった。牧野先輩に見惚れていただけだ。三宅って、こういう年上のお姉さんタイプも好きなのか……。

「新聞部素晴らしいよ、こんなポテンシャルを秘めていたとは、麴町綾ちゃんも期待できる。ぐふふ……」

「なんかもう色々ギリギリの顔してるぞお前」

三宅の鼻の下は飛行機の滑走路のように伸びていた。でも確かにこの部室にいると、少し舞い上がってしまう気持ちも分かる。机が並べられていて、その上に紙や写真がうずたかく積まれて雑然としているが、清涼感のある雰囲気で統一されていた。男臭い汗と三宅の謎の香水の臭いが広がるタイタンの部室とは大違いである。思えば色んな文化系部活を渡り歩いていた時も、新聞部には見学に行かなかった。もしかしたら、俺がこの部に在籍した未来もあったのだろうか。新聞記者の白石、悪くない気もする……。

「……あの、僕がトリック&トラップの作者なんですけど」

「へっ？」

俺たちのすぐ傍で、ノートにペンを走らせていた新聞部員がこっちを向いた。訳が分からない。相手は眼鏡をかけた小柄な男子生徒だ。作者？　この人が、麴町綾……？

「あ、綾ってどういう事……、君はそんなキュートなネームなのかい、……それとも何かあれかな、……まだ美少女に変わる変身を二回くらい残してるのかな？」

「何を言っているんだお前は」

のどちんこが丸見えになるくらい驚いていた三宅が、意味不明な事を口走る。

「実は、その……、麴町綾ってのはペンネームなんです。本名は綾小路周平と言います。三年F組です。紛らわしくてすみません……」

「そ、そんなあ！」

そこでうなだれた三宅の代わりに番場が飛びだしてくる。

「そうだったんすね！　あなたがあのトリトラの作者だったんっすか！　この学校に入ってからずっとトリトラ読んでるっす！　もう毎週月曜日が楽しみになってます！　どうやってあのネタを考えてるんっすか！　あのイタズラを仕掛けるトラップの目的はなんなんっすか！　それにトラップの正体は誰なんっすか⁉　サインもらっていいっすか⁉」

「え、あ、いや……」

浴びせるような番場の質問の連続に、綾小路先輩は大きく三歩後ずさりしていた。

「太郎、綾小路君を困らせてはいけないぞ、ここは少し私に話をさせてくれないか」

伏部長が間に入った。やはり部の長として、締める所は締めてくれるのだろう。ここは俺の出る幕じゃないみたいだ。

「綾小路君、改めて宜しく頼むよ。私が体育会系探偵部タイタンの部長、伏譲二だ。私も君に会いたいと思っていたんだよ。なんと言ったって、私は体育会系探偵として活動している人間だ。そして君はその手で立派な探偵を作り出している。つまり似た者同士という事だろう！　これからは気兼ねなく友好関係を持とう！　この私の右胸筋と左胸筋のように仲睦まじくな！　どうだ！　よく見ててくれ！　ほら！　は・じ・め・ま・し・て！」

「え、あ、はあ……、いや、その、うーん……」

「あ、あの！　伏部長ちょっといいですか！」

やっぱり俺の出る幕だ。綾小路先輩はピーマンとゴーヤをいっぺんに口に突っ込んだみたいな苦い顔をしている。伏部長は、胸筋を左右で三回ずつピクピク震わせて「はじめまして」と筋肉で挨拶したのだ。あの腕立て伏せは、このネタを披露するのが目的だったみたいだ。まだ地球をへこます壮大なプロジェクトの方がマシだった……。

「もうそろそろ校内で起きている事件か何か、その情報について聞きませんか！　もう目的のトリック＆トラップの作者さんには会えた訳ですし！」

「そうですよ部長！　さっさと仕事に取り掛かりましょう！　時は金なりって言うし！」

三宅も言葉を添える。麹町綾が男だった事もあって、途端に興味は事件の事だけに変わったみたいだ。やはり頭の切り替えの早さは失礼なくらいに迅速である。

「校内で起きている事件か、……さすが探偵部。いつでも事件を追い求めるという訳か」

言葉を発したのは、牧野先輩だった。

「事件と呼べるかはまだ分からないが、興味深い話があるよ。それもこの新聞部にね」

「本当か！　是非、聞かせてくれ！」

伏部長が目を輝かせる。新聞部というだけあって何か情報はあると思っていたが、まさか新聞部そのものに事件が眠っているとは思わなかった。

「いや、部長、その件は別に……」

しかし、そこで言葉を挟んだのはトリック&トラップの作者、綾小路先輩だった。

「いやいや遠慮はいらん！　聞かせてくれ！　さあ、聞かせたもう！」

「あ、は、はい……」

伏部長の勢いに、一瞬で綾小路先輩は従った。無理もない。俺だってあんなプレッシャーをかけられたら預金通帳の暗証番号だってすぐに教える。

「あの、実は僕が校内新聞で連載しているミステリー小説の事なんですけど、最近、そのトリック&トラップのイタズラ内容を実際に真似する人たちがいるみたいで……」

「イタズラを実際に真似する？」

思わず声をあげてしまった。その言葉を聞いただけでは意味がよく分からなかった。

「はい、例えば校内に保存している卒業写真を収めたアルバムでドミノをする、というイタズラを連載小説の中に書いたところ、実際にこの美浜高校に保存している卒業アルバムを使って、ドミノをした人がいたみたいなんです。それ以外にも何件か僕の書いた小説の内容と同じことをするイタズラが続いて……」

「……噂の模倣犯か」

ずっと黙っていた山岡先輩が口を開く。あれ、もしかしてさっき言っていたのは……。

「話題になっているっていうのはこっちの事ですか……？」

山岡先輩がコクリと頷く。当たりだ。校内新聞そのものが話題になっているのではなく、このイタズラの件で、噂になっているみたいだ。

「そ、そんな事が起きてたなんて初耳っす！」

「……なんで番場はあれだけ熱心なファンだったのに知らないんだよ」

やはり番場はどこか抜けている。でもそこがミスをしても憎めない所でもある。

「まあ僕としては、そんな事を荒立てなくてもいいかなと思っていたんですけど……」

事件の告白はしてくれたが、綾小路先輩は、はっきりとした意思を見せなかった。そんな真剣に困っている訳でもないのだろうか。

「こうやってタイタンの部員が来てくれたのも何かの機会かもしれないぞ。私からもぜひお願いしたい所だ。綾小路からも試しに、という事でどうだ？」

「ま、まあ部長が言うなら僕も、これ以上事件が大きくなるのは望んでいませんし……」

でも最後は牧野先輩の言葉もあって、綾小路先輩も承諾した。最初は何か事件の情報を仕入れる為に来たのだったが、思わぬ形で新聞部自体の事件に取り掛かる事になった。

「よし、決まりだな！　今回の一件は、綾小路の大切な作品が壊されてしまうかもしれない由々しき事態だ！　みんな、綾小路の表現の自由は私たちタイタンが守るぞ！」

「おっす！」

「ひょ、表現の自由、そんな大それた……」

戸惑う綾小路先輩をよそに、並々ならぬ気合の入った伏部長が号令をかける。

「さあ、タイタン出動だっ！」

「え、まさか……」

ちょっと待ってくれ。今度は俺が戸惑わざるを得ない。

まさか、ここでアレを始める気では……。

「全身全霊全力全開！　タイタン円陣行くぞ！」

やはりそのまさかだった。勘弁して……。

「し、新聞部の部室ですよ！　やめましょうよ！」

俺の言う事なんかもう聞いちゃいなかった。でも一応ワイシャツだけは着たままで上半身裸にはなっていない。多分女子が多いからその点には配慮しているのだ。いや、それくらいの気遣いがあるならそもそもこんな場所で円陣をしないでほしい。

「ゴォーッ！　タイタァーンッ！」

「ゴォーッ！」

新聞部に似つかわしくない、野太い男たちの声があがった。

「ゴウッ！　ゴウッ！　ゴウッ！　ゴウッ！」

そしていつものようにそのまま部室を飛び出していく。もはやタイタンの恒例行事だ。

「え、あ、いや、今のは、え、は……」

綾小路先輩が激しく動揺している。「仕事辞めてお父さんサーファーを目指そうと思うんだ」と突然父親から言い出された息子くらいに、動揺した顔だった。

なんて説明すればいいのか分からなかった。正直あの勢いとノリにはついていけていない。今回は円陣に加わらずに済んで良かったとホッと胸を撫でおろしているくらいだ。

……果たしてタイタンに仮仮入部したのは正解だったのだろうか。その想いが湧いては消える中、事件は幕を開けたのだった。

○

「それで、これから先はどんな作戦をする事になったの？」

教室では世界史の授業が行われている。しかし、俺は教師でもないのに詳細な説明を求められていた。相手は隣の席の美織である。

「……だから牧野先輩の提案で、新聞部の仕事に一週間密着する事になったんだよ」

世界史の田沢（たざわ）先生はお経のように教科書を読み上げるのが特徴的な先生だから、こうやってこそこそと話をする事がよくあった。おかげで中間テストは散々なものだった。

「新聞部の仕事に密着。……またタイタンの人達らしいなあ」

「何言ってんだよ、俺は反対したんだぞ。もっと今までのイタズラ事件の現場状況とか、何か些細な事でも知っている人の聞き込みから始めようと思ってたのに、結局この案でいく事に押し切られちゃったんだよ。絶対また無駄な事して遠回りしてるよなあ……」

前回も校庭を見回ったり、謎の穴掘りを始めたり、無駄な動きが多かった。しかし今回は牧野先輩が、俺たちが新聞部をよく知らないと思っていて、まずは知る事でそこから事件の糸口を見つけてほしいと提案してきたのだ。そして俺はタイタンの中でも、ほとんど校内新聞に目を通していなかったので、今回の提案に強く反論できなかったのである。

「きっと何か理由があるのよ。それに新聞部が発刊している校内新聞のトリトラがなんで標的になったのか、っていう点を踏まえると、やっぱり重要な事かもしれないし」

「……トリトラって美織も略してるのか。やっぱり読んでる人は読んでるんだな」

「図書室の入り口前が、丁度校内新聞の配布場所になってるからね。毎週月曜日の小さな楽しみなの。野球部とかサッカー部とかが活躍した写真が出ていると、水曜日頃には無くなっちゃう事もあるくらいだよ。結構毎週内容も凝っているし」

「そうなのか、知らなかったな……」

A3一枚ほどの小さな校内新聞には、新聞部の様々な思いが込められているみたいだ。早く俺も読まなければ……。

「ほら、球人はやっぱり校内新聞の基本的な事も知らないじゃない、まずは色々相手の事を知ってみるのは大事だと思うよ。急がば回れって言うでしょ」

「で、でも、善は急げって言うじゃないか」

同じようにことわざで返す。時には知力でも勝る所を見せたい。

「急いては事を仕損じる、とも言うでしょ。それにマハトマ・ガンジーは、『善はカタツムリの速度で動く』って言ってたわ」

「ほ、ほう。ガンジーね……」

ガンジーまで出されてしまっては、これ以上もう返す言葉も出てこない。語彙力で美織に勝負したのがそもそもの間違いだった。

「ここ、テストに出ますよー、寝てる人起こしてー……」

先生が眠くなるような声で、寝てる人を起こそうとしている。アルカリ性と酸性の液体を混ぜたみたいに中和されて、何も起きないかもしれない。

「……今の『善はカタツムリの速度で動く』って発言、テストに出るか？」

「出ないよ、むしろ非暴力不服従をモットーに、インドの独立を勝ち取った人と言えば誰？　って出ると思う」

　なぜか黒板の前とは関係ない場所で、もう一つの世界史の授業が始まっていた。だがまだガンジーが授業で出てくるのは大分先だ。

「そういえば、ちなみにその作戦はいつから始めるの？」

「……早速、今日の放課後からだな。また解決までに時間がかかりそうだよ。もしもこの依頼が文化系探偵部の方に届いてたら、あっという間にそっちは解決しそうだよな」

坂ノ下はトリック&トラップの愛読者でもあるだろう。気合が入らない訳がなかった。

「いいじゃない、前回もそうだったし、タイタンは一歩一歩、事件解決に進むんだから」

他人事(ひとごと)だと思って美織は気楽そうだ。いや、それよりもむしろ、また俺が事件の相談に来るのを期待しているのかもしれない。

「……タイタンはカタツムリの速度で動くってか」

「よくもう覚えられたね、花まるあげる」

美織が小さく笑って、シャーペンを持ったまま宙にぐるぐると円を描いた。

ああ、こんな世界史の先生がいたら、次の期末ではもっといい点が取れるのにな。


美織と過ごす時間はあっという間に過ぎ、放課後を迎えた。タイタン一同が集まったのは、美浜高校の最寄りの稲毛海岸(いなげかいがん)駅から三駅ほど離れた新習志野(しんならしの)駅だった。

「みなさん宜しくお願いします。板倉太(いたくらふとし)です。スポーツ面担当です」

「なんでこうなるかねえ……」

三宅はあれだけ女子部員がいたのだから、てっきり女子に密着できると思っていたらしく、落胆の色を隠せていなかった。相手は太、という名がぴったりの巨漢の男だった。ベルトは今にも外れそうなくらいピチピチだ。体重は二桁(けた)と三桁の間を行き来していそうである。初めての密着は、このスポーツ面担当の板倉と行動を共にする事になった。

「あの、校内新聞の件について密着されるという事ですけど、本当に大丈夫でしょうか？今までにタイタンの人たちが事件を解決したとかほとんど聞いた事ないですけど……」

新習志野駅から野球の練習試合が行われる秋津球場への道を歩き始めてすぐに、板倉が不安げに言葉を漏らした。さすが新聞部。タイタンについての情報も多少あるみたいだ。それに前回の新聞部の部室訪問の光景を見ただけでは不安にもなるだろう。仮仮入部の身の俺だって未だに不安でしょうがないのだ。しかし三宅は自信満々の様子で言葉を返した。

「あったりまえだろう！　前回のケルベロスが引き起こした事件だって見事に俺たちタイタンが解決したんだからな！」

「ケ、ケルベロス……？」

「いやただの雑種犬だぞ」

三宅が話を盛りに盛っていた。勝手に茶太郎が地獄の番犬扱いされている。

「いや、そんな事より、板倉君って、あのイタズラの真似の件についてはどう思う？　君も知っていたんだよね？」

話を強引に変える。これ以上三宅が話しても不安が拡大するだけだ。それよりも事件についての情報収集をしたかった。新聞部の密着だし、その中で仕入れられる情報も多いはず。ちなみに今回の事件は、『校内新聞猟奇的模倣犯事件』と名付けられた。また名付け親は山岡先輩だ。猟奇的という言葉はどう考えてもいらないと思う。

「どうって言われても別にそこまで気にしてもないですけどね。元々文化面って人気が無くて、あのトリック&トラップも一年半くらい前からずっと綾小路先輩が書いていたみたいですけど、一時は急に人気が落ちて掲載もやめようってなったらしいですし……」

「えっ、そうなのか」

「そうですよ。やっぱり体育会系の部の写真とか、でかでか載ってるスポーツ面の方が目を引くじゃないですか。カメラもこっちがいいの与えられてますし」

確かにカメラは上等な一眼レフが支給されていた。実績のある部活というものはちゃんとこういうものが渡されるらしい。実績がないタイタンとは大違いだ。

「まあ文化面担当とスポーツ面担当はほぼ完全な分業制ですからね、聞かれてもよく分からないというのが本音です。新聞が完成してから、相手の記事を見るくらいなので」

俺があの後早速見た校内新聞の印象とは違った。美織から見せてもらったものだが、全体的にかなりまとまった新聞のように思えたのだ。それもあの牧野先輩の手腕によるものなのだろう。一人であの新聞部をまとめあげるカリスマ性は確かに感じられた。

「いやー、それにしても今日の練習試合の相手は、あの南高洲高校ですから、タイタンのみなさんがついてきてくれるのが心強いですよ」

「えっ、南高洲高校ってそんなヤバい学校なの？」

ちょっと待ってくれ。初耳だ。そんな心の準備はできていない。

「おいおい球ちゃん知らないのかよ、うちの高校と南高洲高校の因縁をさ」

「いや知らないよ、……大体、俺学校家から結構離れてるし。因縁って一体なに？」

「11・18文化祭事件さ」

また全然知らない語句が飛び出してきた。まるで歴史の授業に出てきそうなワードだ。

「元は美浜高校って文化祭は6月にやってたんだよ。でも梅雨の時期で雨が降る事も多いし、11月の第三土曜日に変更になったんだ。それが悲劇的な事に一番近隣の高校、南高洲高校の文化祭と日付が丁度同じになったの。その最初の日が11月18日だったんだ」

三宅がまるでその頃を過ごしていた生徒のように、得意げに喋り始める。

「なんでそんな事で事件になるんだ？　大した事じゃないような気がするけど……」

「分かってないなあ、南高洲高校は男子校でしょ、それに学力と生徒に関しても、評判がいいとはお世辞にも言えない高校さ。そんな南高洲高校が唯一女子との接点を持てるのが文化祭の日だったんだよ。だからこそ文化祭の日には気合を入れて他校の女子を待ち構えるのさ。それもこれもすぐそばの白浜（しらはま）女子高校の生徒と仲良くなる為にね」

その名前は聞いた事がある。美織も第二希望として行こうとしていた高校だ。女子高で歴史と品のあるお嬢様学校である。

「お嬢様学校の中でも、南高洲高校の文化祭にひょっこりと事情もよく知らずに顔を出す生徒がいてね、それを奴らは高校生活の唯一の拠り所（よりどころ）にしていた訳さ。だからこそ南高洲高校にとっては文化祭は一大イベントだった。けど南高洲高校と美浜高校が同日で文化祭が行われるようになってからは、白浜女子の子たちはほぼ全員が美浜高校に来るようになったんだ。そのせいでフィーリングカップルなんて催しものも南高洲高校はやっていたのに、根こそぎ女子を奪われたから男同士でやる羽目になったらしい。まさに地獄絵図だね。地の獄だよ。そんなこんなで、『共学の癖に』とか、『偏差値が高いからって偉そうにしやがって』、と元から言っていた南高洲高校はますます美浜高校を敵視するようになったんだ。これが11・18文化祭事件の全容、そして因縁の歴史」

「なるほど……」

嫉妬、逆恨みのようにも思えるが、確かにその因縁は深そうだ。もしも三宅が南高洲高校に行って、その羽目に陥っていたら、真っ先にダークサイドに落ちて、悪の親玉になるくらいには美浜高校を恨んでいただろう。

しかしそんな事を気にしていないように番場が気楽な声をあげる。

「いやー、それでもスポーツはスポーツですからね、今日はただの野球の試合っすよ！」

「……そうだな、スポーツマンシップを期待しようじゃないか」

部長が淡々と言葉を続けた。いつもより元気がなく見えるのは、気のせいだろうか。その姿を見て板倉はますます心配そうになるし、俺まで不安になった。

「まあまあ変な心配はしないでさ、今日は気ままに野球観戦を楽しもうよ。どうせ南高洲高校なんてうちの野球部がボコボコにしちゃうんだからさ。今年は良い所まで行きそうなんでしょ？　大体あいつら野球のルールなんてちゃんと知ってるのかね、へっへっへ」

「お、おい三宅！」

「んっ？」

三宅を止めたのには理由があった。でももう遅かった。

「ぶち殺すぞてめえ」

ちょうど前を歩いていた学ラン姿の生徒が、今にも襲い掛からんばかりの勢いで、こっちを睨み立ち止まっていた。

「ひ、しゅ、す、すみません……」

南高洲高校の生徒だ。三宅は完全に怯え切って、山岡先輩の陰に隠れている。そして相手は「ぺっ」と地面に向かって唾を吐き捨てた後、その場を去った。

こわっ、南高洲高校やっぱりヤバいじゃん……。

それからたっぷりと二十メートルは相手が離れた後で、ようやく三宅が顔を出した。

「……さあ、みんなしまっていこう」

「お前が言うな」

○

「ど真ん中にぶちかませえ、コラァ！」

「刺せ！　刺しちまえ！」

物騒な言葉が飛び交っているが、今は試合の最中だ。刺せ、とはランナーを牽制でアウトにしろ、という事。ぶちかませはストライクを入れろ、という事である。だが南高洲高校の連中が言っていると、全く違う意味に聞こえるからおっかなくてしょうがなかった。

「応援に来ている奴ら怖すぎ……」

「いい加減ちゃんと顔出せよ」

思わずそんな呆れる言葉もでてしまった。三宅は山岡先輩の陰に隠れたままだ。因縁の対決という事もあって、練習試合にもかかわらず野球部以外の生徒も大勢、応援に来ていた。

「おらぁ！　ちんたら走ってんじゃねぇぞ！」

また汚いヤジが飛ぶ。そのスタンドに座るヤジの集団の中心には一人、他とは一風変わった雰囲気を纏った男がいた。高校生とは思えない禍々しいオーラを辺りに放っている。

「あいつ絶対ヤバい奴だろ、本当に同じ高校生かよぉ……」

三宅も相手に気づいたみたいだ。というか俺よりもビビッている。

「なんなんだよぉ……、うわぁ……、死んだ鳥焼いて食ってるし……」

「ただ焼き鳥食ってるだけだろ！　変な言い方するな」

三宅も充分ヤバい奴だと思う。アホなオーラを周りに放っていた。

「……あの男は酒井龍平ですよ、南高洲高校のボスです」

補足情報をくれたのは板倉だった。さすが新聞部。他校の生徒についてもある程度の情報は持っているようである。

「あの男、一体なんなんだ?」

「あの酒井って男はかなりの問題がある奴で、実は……」

と言って板倉が詳細を話そうとすると、意外な人物がその話を止めた。

「……今はそんな事どうでもいい。野球部の試合に集中するぞ。新聞部の密着取材として私たちは来ているんだからな」

口を挟んだのは、どこか張り詰めた顔をした伏部長だった。何かがいつもとは確実に違った。あの相手に隠された事情でもあるのだろうか。それともただ野球の試合に集中しているだけか……。

「さあ、一本繋げていくぞ！」

その時、爽やかな声が美浜高校のベンチから飛んだ。声をあげたのはついさっき俺たちの元までわざわざ挨拶しに来てくれた野球部の主将だった。名前は、菅原剛（すがわらつよし）。いかにもスポーツマン、高校球児、という精悍（せいかん）な顔つきだ。今年の夏の甲子園に向けて並々ならぬ努力をしていると聞いていた。

「……球人は、野球の試合を見るのは久しぶりか？」

伏部長がさっきの発言からまた話題を変えるように俺に話しかけた。菅原先輩とは同じクラスだと言っていた。そして板倉が、菅原先輩と伏部長はとても親しい関係だと教えてくれた。やはり伏部長と体育会系の部との繋がりは特に強く信頼も寄せられているらしい。日頃から些細な事でも助けになっているのだろう。廊下でもよく声をかけられる姿を見かけていた。

「……そうですね」

正直、こうしてスタンドから野球を見るのは久々だった。避けていたはずなのに、こんな場所まで来てしまうと否応なく思い出してしまう。この球場の熱気、仲間の掛け声、グローブの革の香り、ボールの感触……。

掌にじわりとかいた汗を握りしめて自分の気持ちを確かめる。俺の、今の本当の居場所はどこなんだろうか。もしかしたらやっぱりあのマウンドの上なんだろうか——、と。

今でも迷いはある。改めてこんな場所まで来てしまうと、その思いはどうしても募った。タイタンにいるのが正解なのか、それともやっぱり、他の道があるんだろうか……。

「球ちゃん……？」

「な、なんだよ？」

三宅が、やたらと心配した顔をしてこっちを見ていた。さっきまではあんなアホなオーラを放っていた癖に。

「いや、なんか、どこか遠くに行っちゃいそうな顔してたから……」

また、顔に出ていたらしい。美織から指摘された俺の悪い癖だ。

「……三宅って意外と鋭いんだな」

「えっ？」

試合は、五回を終わって、美浜高校が４－１でリードしていた。

○

野球部の練習試合の後は、他の陸上部や、バスケ部の取材に行った。そして三日間のスポーツ面担当の密着を終え、今週からは文化面担当に付く事になる。板倉からは思うような情報は得られなかった。やはり足踏みをしている感は否めない。この文化面担当の密着では、事件に繋がる真相を何か得たい所だ。しかし序盤から問題が発生していた。

「なんで君たちなんかから取材を受けなければいけないんだ！」

「いや、こっちだって別に……」

驚きの事実判明だ。文化面担当の最初の取材相手は、なんと文化系探偵部だったのだ。相変わらず坂ノ下はタイタンを毛嫌いしている。目を剝いて俺の事を睨んでいた。隣には美織も勿論いて、困ったような顔をしている。どうしようこの状況。いや、どうなってしまうのだろうか……。

「君たちに取材なんてちゃんとできるのかね！　まったく……」

「その点はご心配なく、新聞部文化面担当の私たちがいますので。今日は取材宜しくお願いします。文化面担当、二年D組の藤峰瑞葉です」

「二年G組の大木花子です、宜しくお願いします」

「二年G組の伊香保薫です、宜しくお願いします」

「あっ、こ、こちらこそ宜しくお願いします」

新聞部の文化面担当の三人の女子が挨拶をすると、坂ノ下の勢いが衰えた。あまりにも機械的な挨拶に驚いたようだ。今日はこの三人に、俺と三宅の二人が密着する形になっていた。藤峰先輩たちは、俺たちへの初めての挨拶の時も、まるで悪魔と何か契約をして感情を奪われたのかと思うほど機械的だった。ちなみに藤峰先輩は、初めて新聞部の部室を訪れた時、番場に注意をした女の子でもある。前回の一件からしても、タイタンとの相性の悪さがうかがえる。

「私は工藤玲香(くどうれいか)です。一応文化系探偵部の部長をやっています。それにタイタンのお二人もよろしくね、お手柔らかに」

前回も廊下で見かけた髪の長い三年の先輩だ。綺麗で大人っぽい。こんな風にしっかりとした女の先輩がタイタンに一人でもいたら、また部室の雰囲気も変わっただろう。案の定三宅は、「ほほう……」と呟いて鼻の下を伸ばしている。何が、「ほほう……」だ。

「大体なんでまた君たちの元に数少ない校内の事件がいってしまったんだか！　それに僕も愛読する校内新聞のミステリー小説を模倣した事件なんて……、すごいミステリーっぽいじゃないか！　ズルい、ズルすぎるぞ！」

また坂ノ下が騒ぎ出す。前回の事件の事もあってかなり根に持っているみたいだ。

「おい坂ノ下。それ以上騒ぐと文化系探偵部の悪評が来週の紙面を飾る事になるぞ？　ペンは剣よりも強しって言うからな。口のききかたには気を付けろよ？」

「な、なんだと！」

「……いやもう完全に三宅が悪者側（がわ）だけどな」

三宅が記者になったらほとんどゴシップ記事で埋めつくされそうだ。そして校内の美女のグラビアページがいくつも差し込まれる事になるだろう。

「三宅さん、何を言ってるんですか、記事の捏造（ねつぞう）は許しません、言語道断です。あなたにモラルはないんですか？」

「コンプライアンスという言葉は存在しないんですか？」

「あなたの事をフェイクニュースマンと呼んでもいいですか？」

「え、いや、い、今のはジョークのつもりで、あの、その、すみません……」

ボディ、ボディ、アゴ、みたいな新聞部女子部員による鮮やかなコンビネーションの三連撃だった。三宅はノックダウン寸前である。

「おや、今日は部室がやけに賑（にぎ）やかだな」

……最悪だ。ただでさえ苦手な文化系探偵部の部室に、最も会いたくない相手が現れた。文化系探偵部の顧問、千堂先生だ。タイタンに廃部の条件を最初に突きつけた張本人で、タイタンの天敵でもある。この人に比べれば坂ノ下のやっかみなんて可愛いものだ。

「……新聞部の取材に加えて、君たちも来てたからか」

興味無さそうに俺たちを一瞥（いちべつ）する。苦手な目つきだ。こっちは目も合わせたくない。

「残念ながらタイタンは廃部にはなりませんでしたからね。現在もフル回転で活動中ですよ。先生受け持ちのブンタンよりも忙しくて大変ですからね」

三宅が先制攻撃を加える。前回の一件もあったからこその仕返しだ。しかし千堂先生は、何事もなかったように言葉を返した。

「ああ、期待しているよ、せめてもう少し部としてのまともな実績を出してほしいものだね。前回の件だけではあまりにも御粗末だ。三宅君は厳重注意も受けているし、今この学校にとってタイタンは存在価値がないも同然だからね。これからその価値を証明する為にも校内のボランティアでもなんでもいいから精を出してくれると助かるよ」

「く……」

皮肉を言わせたら一枚も二枚も上手だ。そしてその攻撃は思わぬ方向へ飛んでくる。

「そして白石君、君には特に驚かされたよ……」

俺に向かって、千堂先生の視線が突きささった。

「君は中学の頃、野球部で活躍していたそうじゃないか。なのになんでこんな部活をよりによって選んだんだ？　また美浜高校でも野球部に入れば良かったじゃないか、怪我をした訳でもないのに。まさか最後の大会で自分のせいでボロ負けしたのが原因か？」

「いや、その……」

思わず目を背けた。言葉も思うように出てこない。まさか俺の事を調べ上げられていたなんて思わなかった。周りの視線も痛い。美織にはこんな姿を見られたくなかった。顔を上げる事もできないまま、千堂先生の言葉がどんどん降り注ぐ。

「今君は貴重な高校生活を無駄に消費しているのを分かっているのか？　ただ一度の大舞台で恥をかいたからってそれがなんだ。あまりにも情けなさすぎるだろう。大体、本当にタイタンは君を必要としているのか？　ただ廃部になりたくないから、君みたいに挫折して怯えた生徒を引っ張って来ただけなんじゃないのか？　別に君がタイタンに入った所で何か変わるとは思えない。それとも君自身が、そこに留まって傷の舐め合いでもしていただけか？　このまま逃げる気なのか？」

「それは……」

なんで、そんな事を千堂先生から言われなければいけないんだろうか……。

——でも今、こうやって言葉をぶつけられて、自分がこのままタイタンにいてもいいのかともやもやとしていた原因が分かってしまった。

自分自身がタイタンの中での自分の存在価値があるのかどうか分からなかったんだ。野球部でエースを張っていた頃は、自分の存在価値があった。ここが自分の居場所だと思っていた。でも今はよく分からなかった。タイタンに俺がいて、何か変わるのか分からなかった。俺の居場所は本当にここなんだろうか。タイタンにいてもいいのかと悩むのは、これが理由だったんだ——。

「……千堂先生、今は取材中ですので、私たちだけにしてもらっていいですか？」

「く、倉野尾さん？」

俺の代わりに言葉を放ったのは美織だった。そして一番驚いていたのは隣の坂ノ下。美織はまっすぐに千堂先生を見つめていた。

「……ああ、そうするよ。私こそ取材が来るのをすっかり忘れていた。出直してこよう」

ドアの閉まる音だけがむなしく響く。俺は何も言い返せなかった……。

「くそっ……、あの野郎ただじゃおかねえからな……」

三宅の背中が小さく震えている。拳をギュッと握りしめていた。その我慢した理由は分かる。何も言い返さなかったのは、ひとたび口を開けばきっとその手まで出てしまったからだろう。そんな事をすれば、タイタンが廃部に追い込まれてしまうのは間違いない。だから、三宅はガンジーのように非暴力を貫いたのだ。

じゃあ俺は？　何も言い返せず、ただ服従する事しかできなかったじゃないか……。

「……それでは、改めて取材を始めさせて頂きたいと思います」

藤峰先輩が仕切り直しの言葉をかけたが、重たい空気はなかなか元には戻らなかった。

○

「……あんな事を言う千堂先生を初めて見ました」

文化系探偵部の取材が終わって廊下を歩く中、開口一番に藤峰先輩が言い出した。

「けっ！　俺たちの前じゃいつもあんな調子だよ！　本当に腹立つあのスカシ野郎！」

三宅はあの後もずっと機嫌が悪かった。俺は腹が立つというよりもまた別の感情を抱いていた。千堂先生をただの苦手な教師だと思っていた。けど今は違った。嫌悪感を越えて恐れがあった。効果的に人を傷つける言葉を選択できる人間だったからだ。

「千堂先生は、生徒の指導にも熱心だし、この学校でも若手のホープとして期待されている先生なんですけどね。休日には無償で特別授業を行ったりもしているんですよ」

「違うよ、あいつはただの差別主義教師なんだよ！　他の体育会系の生徒もきつい言葉を吐かれたって愚痴ってたからな。自分の好きな生徒だけ優遇して差別してんだよ！」

「そうなのですかね……、私が聞いた話ですけど、かなり前に指導した生徒が大阪に引っ越した際にも、わざわざ車を半日以上もかけて運転して会いに行ったりされたと聞いていたので、生徒想いの先生だと思っていたんですが……」

「……そんな一面もあるんですね」

　とてもじゃないが信じられない。でも千堂先生を慕っている生徒は確かに他にもいるから、そんな部分が評価されているのだろうか。

「大阪なんて新幹線使えばあっという間じゃねえか！　なんでわざわざ車で行ったんだよ、バッカじゃねえの！」

「そんな事私に言われても知らないですよ」

　藤峰先輩も匙をなげる。確かにその事をぶつけるのはお門違いだ。

「ってかもうどうでもいいわ！　別にあんな奴の事なんて知りたくもない！　かたっぱしから忘れてやる！　フォゲット！　フォガット！　フォガットゥン！」

俺も同じ気持ちだった。さっきまでの出来事を早く忘れたかった。美織にも、酷く格好悪い姿を見せてしまった。……最低だ。

「……色々とありましたが、今日の活動は以上になりますけど宜しいですか。明日は将棋部に取材に行くことになっていますので、くれぐれもお忘れなく」

藤峰先輩が再び機械のように淡々と言葉を口にする。でも、このままじゃ終われない。千堂先生には滅多打ちにされた挙げ句、なんの収穫もなく今日一日を終える事なんてできなかった。少しでも、事件の解明を進めないと……。

「最後に、今回の新聞部で起きている事件について話を聞きたいんですけど……」

藤峰先輩が立ち止まる。大木先輩と伊香保先輩は何を話しているのか分からないが、俺達から少し離れた後ろの位置にいた。今はあの二人には話を聞く事はできそうにもない。

「……いいですよ、といってもそんなに詳しくは知りませんが」

「まずは今までにどんなイタズラが起きているかを詳しく教えてほしいんです」

「本当に新聞通りですよ、怪人トラップが小説の中で起こした事件の通り、そのままなんです。ここ最近のイタズラで言えば、アルバムでドミノが行われていたり、理科室のリトマス試験紙がただの付箋に替わっていたり、学ランが校長像に着せられていたり、トイレットペーパーに四コマ漫画が描いてあったり、プールの浮き輪で変なオブジェが作られていたり……。あっ、ちょうどその浮き輪の事件は先週でしたね……」

「本当に些細なイタズラばかりですね」

でもそれが幸いしている。人を傷つけるような危険なイタズラが真似されたら大変な事になっていただろう。

「アルバム、リトマス試験紙、学ラン……まさか」

突然、話を黙って聞いていた三宅が何かを閃いたように呟く。顎に手を当てて考える様は、若干名探偵のそれっぽく感じた。

「どうしたんだ、三宅？」

「……球ちゃん、よく考えてみてよ。今までのアイテムは示し合わせたかってくらいに学校の中にあるものばかりだ。……アルバム、リトマス試験紙、学ラン、これは何かの共通点を表しているんじゃないかな？　きっと事件解決の糸口になるはずだよ！」

「……トリック＆トラップは学園ミステリーですから、学校の中にあるものしか出てきませんよ。そんなの当たり前じゃないですか」

淡々とツッコミを入れたのは俺じゃない。藤峰先輩だ。というかもはやただの訂正。

「忘れて、今の忘れて……」

悲惨だ。三宅は恥ずかしそうに顔を覆っている。お得意のしょうもない推理だった。

「三宅、『……まさか』とか言って、さっき本格派探偵みたいな格好つけた顔してたな。事件解決の糸口がどうのこうのとか……」

「やめてやめて！　無かった事にしてぇっ！」

「はあ……そんな調子で本当に事件の解決なんてできるんですか？　まあ最初からタイタ

ンのみなさんにはあまり期待していませんからね。無理はなさらないで結構ですから。それじゃあ私は部室に戻ってまだ残りの仕事があるので。今日はお疲れさまでした」

「あっはい、さようなら」

いつの間にかタイタンの部室にたどり着いていた。そして他の二人も既に姿を消していた。もう新聞部の部室に先に戻ったのだろうか。取材の時もそうだったが、ほとんど大木先輩と伊香保先輩は一緒にいたにもかかわらず、藤峰先輩が他の部員と話す姿はそんなに見かけていない。

本当に献身的な部員たちだ。これからまだやる事があるらしい。毎週の発刊はそれほどきついのだろう。毎日が締め切り状態で前回の新聞を振り返る余裕もないと言っていた。放課後も遅くまで残っているし、土日だって毎週活動している。部活にかける時間は体育会系の部を凌ぐレベルかもしれない。

「はぁ、まいったぜ。最後の最後で醜態を晒しちまったよ。やっちまったよ、やっちまったピーナッツだよ……」

「……コアな千葉県民しか分からなそうなギャグはやめてくれ」

八街市というピーナッツが名産の市が千葉県にはある。千葉県民なら一度は口にしたくなるくだらないギャグだ。そもそもその市名すらも漢字が読みにくい。しかし千葉にはまだ匝瑳市、我孫子市という初見殺しの市がわんさか控えている。

「さて、もう久々に部室でゆっくり休もうぜ、球ちゃん。俺は疲れたよ」

なんだか俺も疲れた。といっても肉体的なものではなく、精神的にだ。もうできる事なら千堂先生とは顔を合わせたくなかった。会うたびに傷をえぐられている気がする。

「伏部長たちも、もう戻ってきているのかな……」

タイタンの部室に戻って来たのは久しぶりだ。最近はほとんど新聞部の部室や、取材で他の部へ行っていた。こんな時にはあっけらかんとした番場の顔でも見たい。そうしたら少しは気持ちも和むだろう。でも、ドアの先には思いがけない光景が広がっていた。

「三宅君、白石君……」

部室の中にいたのは、凛子先生だった。今にも泣きだしそうな顔をして、荒らされた部室の中で一人、立ち尽くしていた——。

○

事件の報告を受け、タイタンの部員全員が、部室に集まった。みんないつになく緊迫した表情をしている。そしてその中には、新聞部の部長、牧野先輩もいた。

「こんな事が起きてしまうとはな……」

その牧野先輩が、沈痛な面持ちで呟く。そして伏部長も口を開いた。

「部室は荒らされていたが、別に盗られた物はなかったんだな？　凛子先生も無事だったという事だし」

「そうです、凛子先生は荒らされた後に部室に入っただけでなんともなかったんです。ただ単にいきなり荒らされた部室を見てどうすればいいか分からなくなっただけで……」

その質問には俺が答えた。ありのままの事実だった。確かにいきなりこんな状況を目の当たりにして、パニックになるのも無理はなかった。

「こんな事件、トリトラには出てこなかったっすよ！　一体どういう事なんっすか！」

「そんなの分からねえよ……」

番場が声をあげてわめくと、三宅も頭を抱えた。俺にもこの出来事が一体何を示すのか分からない。でもただ一つ、その答えを出すヒントになるかもしれない物が、部室に落ちていた。今までそこには決してなかった物だ。

「酔い止め薬、か……」と伏部長が呟く。

床に一つだけ錠剤の酔い止め薬が残されていたのだ。犯人があえて残した物なのか、それとも落としていった物なのか、何に繋がるのかも今は分からない。しかし、これはもしかしたら模倣犯の事件へ近づいてしまったタイタンへの警告なのだろうか……。

「……牧野先輩、今回のこの件が模倣犯の起こしたものかどうかは分からないですけど、一連のイタズラ事件について何か知っている事は他にないんですか？　わざわざ校内新聞を真似するなんて事をしているし、何か新聞部として心当たりのある人物とか……」

俺が尋ねると、どんな時もまっすぐな牧野先輩の表情に、迷いの色が見てとれた。

——きっと、何かを隠している。そう確信してしまった。

「……知っている事があるんですね？」

牧野先輩が、コクリと頷く。

「……実は、今回のイタズラ模倣の犯人はうちの部員の中にいるかもしれないんだ」

「えっ」

想像もしていなかった言葉だ。まさか牧野先輩がそんな情報を隠していたとは……。

「……実は、部室の中である物を見つけてしまったんだよ」

「ある物？」

「……リトマス試験紙だ」

「リトマス試験紙って、あの付箋とすり替えられてたっていうイタズラの……」

「ああ、そうだ。うちの部室にあるはずのないリトマス試験紙が落ちていたんだ。たまたま私が部室に一番乗りした時に見つけてな……」

「だから犯人が部員内にいるかもって事か……」

「ああ、実は君たちタイタンに、部員達の密着をしてもらったのも理由があったんだ。密着する中で何か証拠が掴めるかと思ってな……。けど失敗したよ、こんな事になるなら最初から全てを話して、もっとちゃんとした対策を取ればよかった。すまない……」

「そういう事だったんですね……」

俺は密着という作戦に決まった時、納得がいっていなかった。事件解決までに遠回りをしているように思えたからだ。でも実際には狙いがあったのだ。そしてその理由を牧野先輩が言えなかったのも無理はない。

「本当に、申し訳ない……」

——だってそれはつまり、同じ部員を完全に犯人扱いする事になるからだ。牧野先輩も、そんな目を後輩に向けたくなかったはずだ。

「いいんです、気にしないでください牧野先輩」

「白石君……」

「部室だって別に少し荒らされただけで何か物が盗られた訳でもないんです。それに怪我人もいませんでした。凜子先生もいつも通り元気な顔を最後には見せてくれましたよ」

こんな風に誰かを励ますような言葉が出てくるとは思わなかった。でも、自然とこぼれ出ていた。いつも気丈に振る舞っていた牧野先輩に、何かしてあげたいと思ったのだ。

「ああ、球人の言う通りだ！　心配するな牧野！　後は私たちタイタンに任せろ！」

伏部長がバンバンと自分の胸板を叩く。その見た目にも言葉にも、厚みが伴っていた。

「そうっす！　タイタンはどんな時も最後の最後の地球最後の日まで諦めないっすから！」

「牧野先輩は大船に乗った気でいてください、そして事件解決の暁にはデートでも！」

「きっと、すべてうまくいきます」

「……みんな、……ありがとう。なんとも頼もしいよ」

初めて見る顔だ。三人が思い思いの言葉をかけると、牧野先輩の顔が今にも泣きだしそうな顔になった。一人で全ての責任を背負ってきたのだろう。部長として、誰にも相談できなかったのだ。この人は、新聞部で誰よりも頼りにされているし、こんなか弱い姿を部員の前では見せられなかったはずだ。

「この部には持ち前の体力と気力がありますからね。唯一の売りでもありますし」

最後に俺がその言葉を付け足すと、牧野先輩が顔をあげた。

「……体力と気力か、けど君たちの強みはそれだけじゃないと思うよ」

「えっ？」

「タイタンにあるものは体力、気力、それに……」

順々に、俺たちの顔を見渡してから一つの言葉を呟いた。

「チームワークだ」

「チームワーク……」

「時々そういう友情が羨ましくなるよ。それに前よりもタイタンはパワーアップしたように感じるしね。事件が無事に解決したら、またこの部室に遊びに来てもいいかな」

牧野先輩が、ふっと笑ってそう言った。

今までで一番優しい顔をしていた気がする。

──俺も、そのチームワークの輪の中に入っているだろうか。

「さあ、各自今までの状況報告をブリーフィングしてもらおうか」

「……状況報告とブリーフィングってほぼ同じ意味だぞ」

三宅が似合わない事をしている。眼鏡をかけてインテリキャラを気取り場を仕切り始めていた。そして早速の横文字の誤用。混沌たるカオス、みたいな間違った使い方だ。

「えーっと、自分は譲二部長、仁先輩と共に、他の新聞部員、町田、弘中両名に密着していましたが、その時に怪しい動きは特に見られませんでしたっ！　文章校正や、先生方へのインタビューなど、忠実に新聞部としての業務を行っていただけっす！　状況報告ブリーフィング以上っす！」

間違った言葉のまま番場も使い始めたが、この際無視しよう。番場のいた側でも特に怪しい人間は見られなかったらしい。板倉と藤峰先輩、そして大木先輩と伊香保先輩にもその兆候は見られなかった。後の二人に関してはほとんど話も聞けなかったが……。

「ふむ、ご苦労。これから事件にコミットする為には、どうすればいいのか。これからのアジェンダをリスケする必要性があるな……」

「……ちょっとそもそもの提案があるんだけど、いいか？」

三宅のこのインチキ横文字イングリッシュにイライラゲージはどんどん溜まっていった

が、それでもツッコミは入れたくなかった。何か入れたら負けな気がする。スルーだ、スルー、落ち着け、白石球人……。

「藪(やぶ)からスティックに球ちゃんどうした？」

「いやもうそれ、ただのルー大柴(おおしば)だからな！　もう横文字関係ねえわ！」

「……白石、落ち着け」

くそ、思わずツッコミをいれてしまった！　山岡先輩にもなだめられたし、立て直そう……。三宅のペースにはまってはいけない。しかし一体俺は何と戦っているんだ……。

「と、とりあえずだな、やっぱり今までに模倣して起きた事件のそれぞれの関連性を考えた方がいいと思うんだよ。もう事件は複数回起きている訳だし……」

「なるほど、関連性。リレーションね」

三宅が、はあん、と相槌(あいづち)を打つ。イライラゲージがまた反応した。落ち着け、俺。

「イタズラが起こったのは、新聞が発刊された三日前後に多いっすね。次の週の新聞が発刊される前には起きているみたいっす」

「事件自体は朝学校についていたら起きていたり、昼休みに起きていたり、下校の時間に発見されたり、とまちまちみたいだな」

「そうですよね、えっと、一応事件に出てきた小道具は、アルバム、リトマス試験紙、学ラン、トイレットペーパー、浮き輪。それに連載には出てこなかったので関係あるかわかりませんけど酔い止め薬も含めると……」

「ううむ……」

「えーっと……」

「…………」

　さっぱりわからん。小道具の件をまとめるので精いっぱいだ。あまりにも犯行にばらつきがありすぎる。というよりも部室を荒らされた件以外、新聞の連載通りに起きているから、実際の事件を追う意味はあるのだろうか。会議まで開いたのに憶測のしょうもない推理すらも出てこないのがむなしい。……やっぱりこの部に推理力は皆無だ。

「……よし、じゃあこう考えてみよう。犯人の動機だよ。今回の事件を引き起こすのに一番動機がありそうなのは新聞部の中で誰だと思う？」

　今度は違う方向からのアプローチだ。きっとこうやって当たりを少しでもつけていった方が、タイタンとしては事件の真相に近づける気がする。

「えっと、犯人は一体何を目的に今回のイタズラの真似をしているかって事っすよね」

　番場が、そう言った後に、伏部長が喋り始めた。

「うむ、例えば今の所は小さなイタズラで済んでいるが、今後大きな事件も引き起こされるとしたら、作者の綾小路にも責任がいってしまう可能性がある。それで文化面側はこっぴどく叩かれる事になって、もしもあの連載も中止になってしまうとすれば……？」

　推理というか国語の授業で登場人物の気持ちを考えているようでもあった。でも悪くないのかもしれない。この考え方で進めるとするなら……。

「もしかして、スポーツ面を担当していた板倉が一番怪しくなりますかね？　連載を中止させる為に事件の真似をしていたという事になって……。文化面の人気は気にしていないって言ってたけど内心、スポーツ面の人気を取られるかも、って焦っていたとか……」

俺がそう言うと、そこでずっと静観していた山岡先輩が口を挟んだ。

「……逆じゃないのか？」

「えっ？　逆？」

どういう事だ。なんの逆？　相変わらず山岡先輩は言葉数が少ない。でも、そのわずかな間の後、その真意に気づいてしまった。そういう事か――。

「……なるほど」

「えっ？　球ちゃん何が分かったの⁉」

「山岡先輩は、校内新聞を真似する模倣犯の噂を聞いて、トリトラの連載を読み始めたんですよね？」

「ああ、その通りだ。察しがいいな」

「ちょ、どういう事！　勝手に二人で盛り上がらないでよ！　俺にも分かるように説明して！」

三宅がインチキイングリッシュもすっかり忘れて慌てふためいていた。

「……なるほど、そういう事か。やはりさすが球人だ！　それに仁もでかした！」

「いやちょっと伏部長まで！　あれもしかして分かってないの俺だけ⁉　太郎ちゃんも全

部分かっちゃってるの⁉」

「いえ！　全然分かってないっす！」

「あー良かった！　セーフ！　ギリギリセーフ！」

「いや何がセーフなのか訳分からん」

呆れ言葉しかでてこない。でもこのままだとずっと、わめいていそうなので説明しよう。

「いいか、よく聞くんだ三宅。……つまり今回の一件は、炎上商法みたいなものかもしれないんだよ。こうやって実際に事件を模倣する人物が現れて校内に噂が立った。良い噂って訳ではないが大きな話題を呼んだ。……そして今回の事がきっかけで、校内新聞のトリック＆トラップを読み始めた生徒も飛躍的に多くなったんだ」

「という事は……」

「……綾小路先輩の自作自演の可能性がある」

「そ、そんなの嘘っすよ！　あ……、ありえないっすよ！」

驚いて反論したのは番場だった。確かに俺も嘘だと思いたい。しかし不自然な点はあった。綾小路先輩は最初に事件の話をした時も、解決にまったく気乗りしていなかった。あれは以前の俺と一緒で、無理やり事件化されるのを嫌ったと思ったが、実際は違ったのだ。きっと、自作自演で引き起こしたこの事件の真相を暴かれるのが嫌だったのだ——。

「……板倉も言っていただろ。こうやって噂になる前は、スポーツ面が校内新聞の中心で、文化面は人気がなかったたって。それに、実際に書いている作者だからこそ、今までに批判を浴びるような大きな事件が起こらなかったともいえないか？　人に危害を加えたり、実際に怪我人が出るようなイタズラを書いてしまえば、すぐに連載は中止になりかねない。全ては綾小路先輩の自作自演だったからこそ、意のままにやってこれたんだ」

「動機はバッチリだ。辻褄も合う。……確かに球ちゃんの言ってる事は正しいかも」

「そんな……」

納得する三宅の傍で、番場は崩れ落ちてしまった。無理もない。トリック&トラップの一番のファンだったのだ。それが、こんな結末を迎えてしまうなんて——。

「だがしかし、まだこれから決定的な証拠を見つけなければ犯人として綾小路をあげる事はできない。……球人、私は動機だけで全てを決めつける事はしないぞ」

伏部長の言葉には俺も同意だ。

「……勿論です、だからこれから証拠を見つけなければいけません」

「証拠っすね……」

落ち込んでいた番場がおもむろに呟く。そしてぴょんと飛び上がって宣言した。

「だったら俺は綾小路先輩に証拠が無いのを見つけるっす！　そしたら綾小路先輩が犯人じゃなくなりますから！」

「番場……」

思わず驚いてしまった。でも番場らしい意見だった。それも正しいはずだ。俺もここまで行き着いたのはただの憶測、真実とは完全に言えないのだから。

「俺は犯人が綾小路先輩じゃない証拠を見つけるっす！」

「……さっきからそう言ってるけど、それをアリバイって言うんだぞ」

やはり番場は心配だ。

「なるほど！　アリバイを見つけるっす！」

仮にも探偵部を名乗るならそれくらいの用語は知っておいてほしい。またワイシャツに米粒はついていないだろうか。

「……何か策はあるのか？」

そう俺が尋ねると番場が自信満々に答えた。

「ある作戦を遂行します！」

「作戦？　いや、そんな大それたものじゃなくていいんだけど……」

作戦と聞くと何か嫌な予感がする。前回実施されたのはローラー作戦だ。どうしようもないくらい時間だけかかって無駄の多かったあの作戦……。

「密着耐久張り込み大作戦っす！」

「また密着か……」

そのキーワードからして、嫌な予感しかしない。

○

新たな校内新聞が発刊されてから二日が経った。トリック&トラップの本誌の中で起きたイタズラは校庭のミントの一部を刈り取る、というものだった。ミントは繁殖力が旺盛(おうせい)で放っておくと凄い事になるらしい。今回もあまり迷惑とはいえない、むしろ用務員さんにとっては助かるような、些細なイタズラだった。

そして発刊されてから今日までの間、俺たちはほぼ一日中(いちにちじゅう)、綾小路先輩の後をつけていた。廊下、新聞部の部室、トイレ、登下校の帰り道と至る所について行き、時にはバスに乗った綾小路先輩を走って追いかけた。よく考えたら事件は校内で起きるはずだし、家までの追跡は行わなくてもいいんじゃないかと思ったけど、完全な身の潔白を証明する為に、常に一緒にいなければ綾小路先輩のアリバイにならない、と番場が譲らなかったのだ。

「ふうむ、今日も特に怪しい動きはないな」

今日の放課後は、俺、番場、三宅の三人で後をつけていた。綾小路先輩は新聞部の部室に行かず、図書室で過ごしている。きっと次のトリトラを書くうえで、何かヒントを探しているんだろう。本当に作品にかける情熱は並々ならぬようだ。

「くそー、綾小路先輩、全然尻尾出さねえなあ」

「尻尾なんていつまで経っても出しませんから！　綾小路先輩は犯人じゃないっす！」

「バカ番場！　静かにしろって……」

もう遅かった。当の本人の綾小路先輩は俺たちの存在に気づいて、傍にやって来た。

「……あの、何してるんですか？」

「い、いや、別にこれは……」

ダメだ。言い訳が思い浮かばない。

「……もしかして、僕の事をつけていたんですか？」

さすがミステリー小説家。素早い名推理で、すぐに核心にたどり着いてしまった。

「いや、つ、つ、つけてたなんてそんな事は、ななな、ないっすよ！」

番場、動揺しすぎだ……。

「お、俺たちはただ校内をめぐりめぐって図書室にたどり着いただけだよ！　本が俺たちを呼んでたんだ！　そう、よんでたんだ。本だけに……」

三宅、どうしようもなさすぎだ……。この状況がまさにやっちまったピーナッツだよ。

「どういう事ですか、白石君？」

「ああ、えーっとこれは、その……」

どうしよう、なんて言おうか。理由を明かしてしまったら今までの作戦が水の泡だし……、と答えあぐねて悩んでいた所で、思わぬ声がかかった。

「図書室ではお静かに。全員出て行ってください」

にこりと微笑みつつも、目の奥は笑っていないのがリアルに怖い。そういえば美織は文化系探偵部兼、図書委員だったのだ。

「美織……」

よく考えてみればさっきは、ただ単に三人で図書室に本を読みに来ただけ、と言えば良かったのではないか、とも思ったけど今となってはもう遅かった。

それから俺たちは綾小路先輩と共にタイタンの部室へ戻り、全てを白状する事にした。動機の面から綾小路先輩が怪しいと思った事。張り込みをして何か証拠を探そうとした事。時には帰り道やトイレまで後をつけた事だ。最後に関しては若干綾小路先輩も引いていたが、俺たちを責める事もなく、ぽつぽつと今の素直な気持ちを語りだしてくれた。

「……まあ正直、トリック&トラップがこんな形でも人気出て嬉しいのは本当だよ」

綾小路先輩の手には、二日前に発刊された校内新聞が握られていた。今、何を思っているのだろうか。切なさと悔しさが入り混じっているような複雑な表情をしていた。

「もう一年半近くもこの作品を書いているけど、最初は誰も読んでくれなかったし、本当に作品を続ける意味があるのかな、って何度も思ったんだ。それにそもそもミステリーを書く事自体が本当に難しくて、一時期スランプみたいになった時期もあったし……」

「そうだったんですか……」

綾小路先輩の切なる言葉に、思わず親身になって頷いてしまう。

「毎回苦しんで書いていたよ。本当に辛かったんだ。どうせ読む人もいないんだから、僕が新聞部にいなくてもいいんじゃないか、とさえ思う時もあった……。そうなると作品の事を考えるのも億劫になってきて……」

「……でもそんな時に、事件を模倣するイタズラが起きたんですね」

俺の言葉に、綾小路先輩がコクリと頷く。

「その通りだよ。それで徐々に人気が出た。見てくれる人も増えてきて、そう思うと創作意欲も新たに湧いてきた。今は授業中だって次の作品作りの事を考えている。結果的に僕はこのイタズラの犯人に救われたんだ。不本意だけど、嬉しかった……」

「綾小路先輩……」

分かる気がした。今まで苦労した分、どんな形であれ人気が出たのは、今までの努力が無駄じゃなかったと思えただろう。周りから認められて、その想いが救われたはずだ。

「……全員にここで報告があるんだがいいか？」

一度静かになった部室の中で手を挙げたのは、伏部長だった。さっきまでは別行動していたが、山岡先輩と共に部室に戻って来ていたのだ。

「どうかしたんですか？」

「今さっき、新聞通りのイタズラが起きたのが報告されたんだ。校庭の一部のミントが刈り取られていたよ」

「ほ、本当っすか⁉」

その報告を聞いて、番場の表情がパアッと明るいものに変わる。

「これで綾小路先輩のアリバイは証明されたって事っすね！　俺たちが密着していた間に起きたんだから、綾小路先輩はこのイタズラを実際にできる訳ないっすもん！」

「……確かに、その通りみたいですね」

綾小路先輩はあまり喜んではいなかった。元から身の潔白を証明する方法は他にもあったのだろう。というか今話してもらった内容を聞いて綾小路先輩が犯人の線は、ほぼないと俺も思ってしまっていた。明らかに自作自演をしているようには見えなかったのだ。

「それじゃあ僕は、また新聞部の部室に戻ります。まだ来週のトリック&トラップの原稿が書き終わっていないので……」

「了解っす！　毎週、最高傑作の更新を楽しみにしてます！」

番場がそう言って綾小路先輩を送り出し、残ったのはタイタンの部員だけになった。

「いやー本当にこの結果になって良かったっす！　今までの努力が報われました！」

番場がスキップまでして部室の中をちょこまかと動き回る。今までの努力が実った訳だから嬉しいはずだろう。でも事件としては振り出しに戻ってしまった。そしてそんな状況に意外な男が口を挟んだ。

「……良かったじゃないだろ！　事件は全然解決できてないし、もうこれで今までの活動も全部ゼロに戻ったんだぞ！」

「あ、す、すみません……」

番場が驚いた顔を見せる。声をあげたのは三宅だ。俺も驚くしかなかった。明らかに、いつもとは違う空気が辺りを取り巻いている。

「……今日はもう帰るわ」

そして三宅は途端に荷物を持つと、走りだしてタイタンの部室を出て行ってしまう。

――どうしたんだよ、三宅。全然いつものお前らしくないじゃないか。

「おいちょっと待てよ！」

その後ろ姿に声をかけたが立ち止まる事もなく、三宅の背中はどんどん小さくなっていくばかりだった。

○

次の日、三宅はタイタンの部室に姿を現さなかった。番場は自分のせいだと気にしていたが、俺としても三宅が心配になっていた。昨日の態度は、いつもの三宅からはかけ離れた姿だった。しかしよく考えると、俺はまだ普段の三宅の事を多く知っている訳でもない。どんな生活を日頃しているかも知らなかった。その点にも興味がないと言えば嘘になる。

そう思った俺は、部室をすぐに抜け出し、駅までの通学路を走った。そして三宅を見つけてその後をつけた。正直な話、この数日の間で尾行の技術は飛躍的にあがっている。普段から注意散漫の三宅をつけるのは容易い事だった。

学校のある稲毛海岸駅から二つめの蘇我駅で降りると、そこから十五分ほど道を歩く。郊外の住宅地までやって来ると、人影も大分少なくなった。ここから先は、前よりも慎重に息を殺して後をつける事にした。

「おぉ……」

そして立派な高級マンション前にたどり着く。大分、良い所に住んでいるな。香水やら、パーマやら、身なりに気を遣う金も余っているようだから当たり前か……。

「あっ……」

けど緊急事態だ。エントランスの自動ドアは鍵が無いと開かないし、これ以上は尾行を続行できそうにもなかったのだ。どうする。こんな場所に俺がいるのもおかしいし……。

「んっ？」

しかしそこから予想外の行動を三宅がとった。マンションの脇の、日も当たらない狭い道をそそくさと歩き始めたのだ。そしてそのまま姿を消してしまう。

「み、三宅……？」

お前どこに行くんだ。ここが家じゃなかったのか？

慌てて後を追う。するとその道を抜けた先に、オンボ……、いやレトロな佇まいのアパートが一棟建っていた。日差しはマンションによって完全に遮られた場所だった。

「なんだ、ここは……」

「あっ」

「あっ」

先に声を発したのは三宅だった。アパートの二階廊下からこちらを見下ろしている。

「球ちゃん……」

三宅がバツの悪そうな顔を見せる。そんな顔を見るのも俺は初めてだった。初めての単独尾行は、あっけなく失敗に終わってしまった。

「……別に隠してる訳じゃなかったんだけどね」

俺が何を聞くこともなく三宅はおずおずと語り始めた。ひょんな事から始めた尾行だったが、おかしな事態になっている。いつの間にか家にあがらせてもらっていたのだ。

そして三宅には、健太と康太という小学校低学年の弟が二人と、光里という中学生の妹が一人いる事も分かった。父と母も合わせて六人でこの家に暮らしているようだった。

「……そんな借金で家計が回らないとかいうレベルの貧乏じゃないからね。まあまだチビ達もいるから節約とか大変な時もあるけどさ。それでも昭和の大家族みたいなもんだよ。どこか懐かしい雰囲気もあるだろ？　新聞部を真似して今度は球ちゃんが俺に密着して『情熱大陸』風に取材してくれてもいいんだぜ？」

三宅が冗談っぽく言って笑った。しかしいつもより歯切れが悪い気もする。

「た、確かにそうだな。うちは兄弟いないから羨ましいよ……」

『情熱大陸』っていうか、どちらかというと『ザ・ノンフィクション』って感じがするけどなあ……。いや、そんな言葉は絶対に口に出せない。忘れろ、振り払え、雑念。

「い、いやー三宅って見た目にも気を遣ってるしさ、ほら髪もパーマかけてるし。どこぞのお坊ちゃんかと思ってたよ……」

「いやこのパーマはただの天パね」

「……天パか」

言われてから弟たちの頭を見て気づく。確かに雨が降った訳でもないのに、髪がうねうねと曲がっていた。おしゃれな美容院でかけたパーマとかじゃなかったのか……。

「部室にあった、高そうな香水とかは……」

「……あれはネットで安く買ったやつに水を継ぎ足して、中学からずっと使い続けてるんだ」

「……なんかすまん」

「……みんなには内緒で頼むよ。ははっ。バレたらますますモテなくなっちゃうよ、俺」

なにか三宅に聞けば聞くほど墓穴を掘っている。乾いた笑い声があまりにも切なかった。この話題は自分で掘った手前、墓場まで持って行こう。決して誰にも言わない。いや言えない。

「……そういえば、タイタンのみんな心配してたぞ。今日三宅が部室に来なかったから」

「ああ、明日行くつもりだよ。今日は親が遅いから、早めに帰らなきゃいけなくてさ

「……」

「……なあ三宅、なんでお前はあそこまで番場に怒ったんだ？」

未だに、三宅があんなに怒った理由は分からなかった。前回と違って事件解決の期限は無く、腰を据えて策を練り直す時間も充分にあった。焦る必要はなかったのだ。

「……俺聞いちゃったんだよ。千堂とか他の先生がまたタイタンの廃部の件について話し合ってたのをさ」

「えっ？　また廃部の件を？」

「うん、やっぱりたった一回事件の解決をしただけじゃ、廃部の危機にあるのは変わってないみたいなんだよね。千堂が推し進めてるのもあって、何かボロを出すのを待ってるんだよ。だから俺もちゃんと事件解決をして、他の生徒の助けになってタイタンの実績を出したくてさ……。一人で焦ってたんだ。だから今回の事件が振り出しに戻っちゃった時に、能天気に、良かったなんて太郎ちゃんが言ったのがカチンと来ちゃって……」

「そうだったのか……」

知らなかった。今もタイタンは窮地に立たされていたのだ。そして千堂先生の不躾な態度の理由が分かった。俺の存在が本当に邪魔だったのだろう。俺が仮仮入部なんてしなければ、人数不足という簡単な理由だけで、タイタンを廃部にする事ができたからだ。

「……タイタンはさ、俺にとってやっとできた居場所なんだよ。俺、中学の頃はサッカーで推薦が来るくらいに活躍してたんだ。でも大きな怪我してなかなか復帰できなくなってから腐った。別に部活やるくらいの余裕はあったのに家庭の事情もあるって言って逃げて辞めたんだ。……それからは退屈な毎日だった。サッカーやめた自分には何もないんだって分かった。自分の存在を肯定できなかったんだ。誰も認めてくれなかったから。でもそんな時に伏部長が声をかけてくれて、タイタンという存在を教えてもらった。そして俺がそこにいてもいいんだって居場所をくれた。もっと俺はタイタンのみんなの役に立ちたい。それにタイタンが好きなんだ。……俺は、本当にタイタンを無くしたくないんだよ」

「三宅……」

　三宅の様子は、いつもとまったく別物だった。心からの叫びを聞いてしまった。

――そして、三宅が俺と同じ想いを抱いていた過去があったと初めて知った。

　三宅もずっと打ち込んできたスポーツをやめてからは、自分を見失っていたのだ。活躍の場や仲間を失い、自分の居場所を無くしていた。そんな中で三宅は伏部長と出会った。そしてタイタンが、かけがえのない大切な居場所になった。タイタンが存在を認めてくれた事で、三宅は救われていたのだ。

「俺、知らなかった。三宅がそんな風に思っていたなんて……」

　俺にとっても、三宅のようにタイタンが自分にとってかけがえのない居場所になるのだろうか。そんな未来も、あるのだろうか――。

「ねえ、見てこれー！」

「んっ？」

さっきまで周りを走り回っていた弟二人が、何やら紙を広げて持ってきた。そしてそこにはでかでかと『みやけけ新聞』と書かれている。

「みやけけ新聞？」

「三宅家新聞って事だよ。俺が今新聞部の事件について調査しているって言ったら、自分たちで勝手に新聞作り出してさ」

「なるほど、将来が楽しみだな」

小学生らしいダイナミックな字が紙面に並んでいる。なかなか手が込んでいる作りだった。そしてまた何枚も弟たちが三宅家新聞を運んでくる。

「なんか本当にはまっちゃったみたいでさ、一日に何枚も好き勝手に所かまわず作っちゃう訳よ。読む方も大変だぜー」

と言いながら、三宅の表情はどこか嬉しそうでもあった。

「あっ……」

でも、俺もいくつもの新聞を眺め始めた瞬間に、あるアイディアが頭の中に閃いた。

――もしかして、いけるんじゃないか。

「どうしたの球ちゃん？」

今回の事件を解決する、素晴らしい作戦を思いついていたのだ。

「犯人が分かるかもしれない……」

三宅の尾行には、大きな収穫があった。時には密着も尾行も回り道もしてみるものだ。

――タイタンはカタツムリの速度で動くのだから。

○

「も、もう一体なんなんですか……、締め切りも二日後に迫ってるんですよ！」

「綾小路先輩、聞いてください。今回の事件を解決する作戦を思いついたんです！」

綾小路先輩を半ば強引にタイタンの部室へ連れて来ていた。もう強硬手段に出るしかなく、タイムリミットも刻一刻と迫っていたのだ。新聞部の部室を離れたのも、この作戦内容を他の部員に聞かれる訳にはいかなかったからだ。

「じ、事件を解決する……？」

「ええ、今回の作戦を成功させる為には、綾小路先輩の協力が絶対に必要なんです！」

三宅は今日になってもタイタンの部室に顔を出していなかった。意外と繊細な奴なのだ。番場だって見かけはあっけらかんとしているが、何か思う所もあるはずだろう。これから気まずくなってしまいそうなのは不安の種だ。

「そ、そんな事、急に言われても……」

ただ今はやれる事をやるしかない。なんとしてもここで綾小路先輩を説得しなければいけなかった。ここは作戦を成功させる為の第一関門でもあったのだ。

「もちろん、綾小路先輩の気持ちも分かります。連載の人気だって下がる可能性もあるでしょう。でも、いつまでもこのままにしておく訳にはいかないんじゃないでしょうか？」

「それは……、分かっているけど……」

簡単には首を縦に振ってくれない。一時は、トリック&トラップは連載中止にもなりかねないほどだったのだ。どうする、これ以上なんて言葉をかければ効果的なのか……。

「……なあ綾小路、新聞の人気に関しては心配するな」

「えっ……」

伏部長だった。そして綾小路先輩の真正面に立った。

「お前は必ず素晴らしい作品を書けるさ、模倣犯の噂や炎上なんて必要ない。お前が努力してきたのを知っている。それにお前には何よりも作品への愛がある！」

「部長さん……」

説得でも、相手の論理に訴えるでもなく、伏部長が行ったのはシンプルな激励だった。

「私が言うんだから間違いない！　お前ならできる！　今こうしてトリック&トラップの人気が出たのはお前が頑張ったからだ！　あんなに面白いものを書けるんだからお前は胸を張っていいんだ！　また必ず成功するに決まっている！　私が保証する！」

「そんな……」

その言葉は確かに響いている。伏部長は、変化球を投げる事も、策を弄する事も無く、ただまっすぐにドアをノックし続けた。

「私はお前の作品が成功するのを祈りも願いもしないぞ！　なぜか分かるか！　私はお前

が必ず成功すると確信しているからだ！」

「う、うう……、部長さぁん！」

そして綾小路先輩が伏部長の扉は開いたのだった。

綾小路先輩が伏部長の大きな胸に飛び込むと、その筋骨隆々とした腕で抱きしめた。

「泣くな綾小路！　まだ最終回には一足早いぞ！　わっはっはっ！」

「う、うう……ありがとうございます、ありがとうございます……」

「綾小路先輩……、本当に良かったですね……」

俺も思わず感動していた。作品作りにずっと悩んで苦しんでいた。だからこそ、こんなまっすぐに自分を褒めてもらえた事が嬉しかったに違いない。綾小路先輩にとって、一番かけてほしかった言葉だろう。ようやく綾小路先輩も報われたのだ。やはり、この人の言葉には誰かを勇気づける力がある。不思議なくらいに胸の奥底からエネルギーのようなものが湧いてくるのだ。部の長を務める牧野先輩や菅原先輩も、伏部長を信頼している理由がわかった。

「譲二部長ってトリトラ読んだことないっすよね」

「……番場、それは言うな」

すっかりその事を忘れていた。心の涙を返してほしい。

「なあ綾小路、それじゃあ今回の作戦を手伝ってくれるな?」

「作戦……」

綾小路先輩は、またも逡巡した。もしかして、自分の事以外に、何か気がかりな事でもあるのだろうか……。

「……分かりました。このままじゃいけないですよね。大きな間違いが起こる前に、自分ができるという事を証明したいと思います」

ついに承諾してくれた。良かった。これで作戦を決行できる。

「あの、でもこれから具体的にどうするんですか？　僕は何をすれば……」

「ここから先の説明は、うちの作戦参謀に任せる！」

伏部長が俺の肩をバシッと叩く。俺もエネルギーをもらったような気がした。

「この作戦に関しては、新聞部にも協力してもらう必要があります！　そこでまずは、来週発刊される新聞の仕上げを、俺たちに任せてもらいたいんです！」

「し、仕上げを任せる⁉　な、何を言っているんですか⁉」

「もちろん、綾小路先輩にも協力してもらいます！　さっき新聞部に入った時に進行状況を確認しましたけど、埋まっていないのは、トリトラの連載部分と文章校正のわずかな点でしたよね？　それを含めて入稿から最終チェック、発刊に至るまでの仕上げを俺たちと綾小路先輩だけでやるんです。新聞部の誰かが犯人の可能性がある以上、このやり方しかありません。協力できるのは、完璧なアリバイがある綾小路先輩だけですから！」

「た、確かに埋まっていないのはトリック&トラップの部分だけだからなんとかなるかもしれないけど、でも、仕上げだってかなり時間はかかるし、文章校正や印刷だって……」

「その点に関してはこの二週間しっかりと密着調査した事で、全て把握できているんです！　今まで無駄に過ごしてきた訳じゃないですよ！　牧野先輩からも承諾はもらっていますし！」

そう、ここへきて今までの密着調査が生きていた。山岡先輩は文章校正、仕上げ担当に密着していたし、伏部長は実際の新聞発刊、印刷担当に付いていた。改めて遠回りは無駄じゃないと思わされる一連の出来事だった。

「そうか、それならもう作業も少ないから、僕がトリトラを仕上げさえすれば……」

「いや、あのー、そのトリトラの原稿についてなんですが……」

そこに関して一番の問題を抱えていた。実を言うとこの作戦を成功させるには、甚大な労力がトリトラの制作に必要となるのだ。そして俺たちの作業量も膨大なものになる。正直言って、まだこの作戦が成功するかどうか、発案者の俺でさえ半信半疑の部分がある。

「――という事なんです」

「……そ、そんなの絶対に無理だ」

作戦の概要を伝えると、綾小路先輩は唖然とした顔を見せた。

「……もうやるしかないんです」

名付けて、『新聞ド根性発刊大作戦』――。

残された時間はわずか二日間しかない。そして正直な話、綾小路先輩には言っていないが、まだ犯人の見当はまったくついていない。この作戦の成功如何(いかん)で、全てが決まるのだ

――。

ああ、なんか緊張してきた。もしもこの作戦が失敗に終わったら、全部、俺の責任かもしれない。本当に成功するだろうか……。

――でもその時、部室のドアがガラリと開いて、ある一人の男が颯爽と現れた。

「……作戦は、全部聞かせてもらったよ」

三宅が遅れて到着したヒーローみたいにやって来た。そしてパンパンッ、と気持ちよく二回手を叩いてから、みんなの前に進み出てこう言った。

「さあ、しまっていこう」

○

それから瞬く間に時間は過ぎ、締め切りとなる日曜日を迎えた。今日の仕事は単純な作業だが、終わりの見えない膨大な作業量である。昨日から今日にかけて綾小路先輩が考えてくれた文章を、俺たちがどんどんパソコンに打ち込んでいくというものだった。

残り時間ももう少ない。タイタンのメンバーは不眠不休状態だ。結局トリトラの連載のアイディアを出すのに一日半を費やしてしまった。ただ話し合うだけ、というのがあんなにも疲れるとは思わなかった。そしてフルに頭を使うと腹が減るものだと初めて知った。

人一倍、いや人十倍、全ての力を使い果たして頭を捻りつくした綾小路先輩はもう、泥のように眠っていた。そして今日はタイタンだけの怒濤の打ち込み作業である。

「今日で仕上げるぞ！　みんな限界を超えるんだ！　タイタンならやれるぞ！」

「おっす！」

　まるで運動部の合宿だ。締め切りや発表前の文化系の部ってもはや体育会系なんじゃないだろうか。そして周りを鼓舞しながらも、伏部長の手は止まっていなかった。ダダダダッと機関銃のような音が響いている。その隣の山岡先輩も、圧倒的なスピードでキーボードを打ち続けていた。

「球君、自分たちも負けてられないっすね！」

　番場も気合が入っていた。パソコン作業はそんなに得意ではないみたいだが、その気力でカバーしてくれるだろう。

「三宅も頼むぞ」

「分かってるって、結構単純作業は得意なんだから任せてよ」

　三宅がグーサインをこちらに向けた。いつもと変わりないような雰囲気だったが、実際は微妙に違う。番場との会話はまだ一切なかったのだ。やはりお互いに引きずっている。早くいつもの調子に戻ってくれるといいけど……。

　それからタイタンの地道な打ち込み作業が続いた。タイピング音だけが地味に響き続ける。それにしても椅子に座りっぱなしの作業はしんどいものだった。体は凝り固まる。画面を見続けているから目の疲労と合わせて頭も重くなった。

――午後八時半。なんとか打ち込みの作業を終えた。その頃には全員がマラソンを走り終わった後みたいにグロッキー状態になっていた。ほぼ休みなしで動き続けていたのだ。

「みんな仕上げの作業に取り掛かって！　もう後三十分しかいられないんだからね！」

「り、凛子先生……」

リミットは午後九時。顧問の凛子先生も一緒に居てもらう事で、最大限に学校にいられる時間を延ばしていたが、その終了時刻も迫って来ていた。

「の、残るは印刷作業だけなので、大丈夫なはずです……」

「印刷室はこっちよ！　急いで！」

凛子先生がいつになくきびきびと動いている。確かに校則を破るのはまずかった。そこをきっかけに千堂先生から何か責められるかもしれなかったからだ。

「はぁはぁ……。よ、よし、これでセットして……」

印刷室には俺と番場と三宅、そして凛子先生の四人がいた。凛子先生の勝手なピックアップだったが、これを機にまだ修復していない二人の関係性に改善が見られるかもしれなかった。

若干の気まずい空気の中、印刷を待ち続ける。二人の仲を取り持ちたい所だが、今は疲労感たっぷりであまり頭も回らなかった。正直ここまで階段を上って来る事すらもしんどかったのだ。――しかし、そこで不吉な電子音がピーピーピー、と鳴り響く。

「へっ？」

そこにはインク切れ、と表示されている。

「……な、なんだ、インク交換か。凛子先生、替えのインクはどこですか？」

「……しまったぁ」

俺が尋ねると、凛子先生が痛恨の極み、みたいな顔をして頭を抱えた。まさか……。

「……もしかして替えのインクないんっすか⁉」

「職員室の隣の用具室にあるんだけど、もう部室とこの印刷室以外戸締まりしてもらった後だから私でももう開けられないのよね……。そうだよお、金曜使った時にインク少なくなってたの気づいたんだけどなあ、誰かが替えてくれると思って、ついつい……」

「ついついじゃないよ！　もう凛子ちゃん！」

本当に頼りない先生だ。そしてどうする、ここから……。

「替えのインクはどこかに売ってないんですか！　コンビニとか！」

頭を抱えている時間も惜しかった。早くしなければ。

「業務用のだからコンビニには……、あっ、でもうちの学校と提携している駅前の文房具屋さんにあるはずよ！　確かそこも九時まで開いてるはずだし！」

「文房具屋……、あそこか……」

十分で行って帰ってくれれば、時間ギリギリで完成できるはずだ。でもその為には、全力疾走を余儀なくされる。それに、本当に間に合うかどうか……。

「行きましょう！」

――迷っている暇なんてなかった。番場が先陣を切って走る。負けじと三宅も続いた。俺も印刷室を飛び出す。走れ、動け、俺の体――。

「はぁ……はぁ……」

走り出してすぐに全員の口から同じ呼吸音が漏れた。二日間の不眠不休作業の後の全力疾走はあまりにもきつかった。体が思うように動かない。足も鉛のように重かった。

「まだまだいけるっすよ！」

「負けてたまるか！」

番場と三宅が声を出す。明らかにお互いを意識していた。時間が差し迫っている状況なのにこんな場面でも競争しているなんて。俺には考えられない……。

「はぁはぁ……、これでよし……」

――八時三十七分。二分オーバーだけど、なんとか目当てのインクを買えた。後は学校に戻るだけ、もう少しだ。

店を出てから学校までの、街灯が等間隔で並んだ道を走る。駅から海へと伸びるまっすぐな道。潮の香りが辺りに漂っていた。傍の東京湾からか、それとも自分の体から噴き出た汗なのかは分からない。いつものコンディションならここを駆け抜けるのも気持ちよかっただろう。でも今は、一歩一歩が酷く重く感じてしまった。

「はぁはぁ……、みんな、あ、後、もう少しだぞ……」

三宅が声をかけながら走っているが、その足は明らかに鈍っている。

「き、気力を振り絞りましょう……」

いつでも元気百倍の番場ですら目に見えて衰えていた。いつの間にか競争する元気すらも無くなったようだ。そんなバカな事にエネルギーを使っている場合ではなかったのだ。

「はぁはぁ、くそっ……」

体力は限界に近づいていた。足が言う事を聞いてくれない。地面には接着剤がまかれているみたいに、一歩一歩足を取られていた。

「はぁ、あっ……、いたっ！」

瞬間、足に激痛が走った。そして地面が目の前に迫る。

「球ちゃん！」

「だ、大丈夫っすか！」

三宅と番場が足を止めて倒れた俺の元に駆け寄った。一瞬何が起きたのか分からなかった。でも、すぐに足が攣ったんだと理解した。

「さ、先に行ってくれ！」

足手まといになりたくなかった。ただでさえ、タイタンの中で役に立っているのか分からなかった。こんな所で俺のせいで、全てを無駄にしてしまう訳にはいかない……。

「こんな所でもたもたしてる訳にはいかないんだよ！　俺なら後から行くから……」

しかしその時、三宅がさっと俺の傍にやってきて、右肩を支えた。

「なっ……」

そして今度は左肩を番場が支える。

「な、なにやってんだよ！　全身全霊全力全開って部訓にもあるんだろ！　こんなちんたらしてる暇ないだろ！」

「何言ってんだよ、球ちゃん。これが今のタイタンにできる全力全開のスピードだよ！」

「その通りっす！　全身全霊で球君の事も支えるっすよ！」

「お前ら……」

……また、バカな事をしている。本当に遠回りしてばかりだ。でも、その言葉はダイレクトに俺の胸に響いてしまう。——そうだった。こいつらはそういう奴らだった。

「イチニッ！　イチニッ！　イチニッ！　イチニッ！」

規則正しい一糸乱れぬリズム。番場と三宅の息は双子のようにぴったりだった。

——お前ら、喧嘩してたんじゃなかったのかよ。もうそんな事すっかり忘れているみたいだった。そういえば何かで聞いた事がある。人が早く仲良くなるには、一緒に話して過ごしたり、食事をしたりするより、一緒にスポーツをする事だと。この二人にはそれがぴったり当てはまったのだ。今、目の前でその定説が見事に証明されてしまった。

「悪いな、足手まといになって……」

二人が仲を取り戻したのは良かったが、それでも切迫した状況には変わりなかった。

「だから何言ってんの、球ちゃんはまだ俺たちの事どう思ってるかわからないけどさ、俺たちにとってはもう球ちゃんは欠かせない存在になっているからね！」

「自分も思いますよ。球君が来てから間違いなくタイタンがパワーアップしてる気がするんすよね！　なんでかはわからないっすけど！」

「そんな……」

三宅の言葉に番場が続けた。でもその言葉には聞き覚えがあった。牧野先輩も同じような事を言っていた。もしかして俺が入った事で、そう思ってくれたのだろうか……。

「そういえばさ、部長もこんな事言ってたんだよ。球ちゃんの球の字は、救うって字を当てる方が今は似合うって」

「えっ？」

「人を救うと書いて救人、部長は球ちゃんの事を、頼りになる作戦参謀であり、タイタンに舞い降りた救世主だって言ってたからね！　きゅうちゃんだけに！」

「伏部長が……」

『球』の字の入った自分の名前が大嫌いだった。野球を中途半端（ちゅうとはんぱ）に辞めてしまったから、もう似合わないと思ったのだ。そしてこの名前こそ自分の存在の不確かさを、色濃くしているような気がしていたのだ。

――でも今は、嬉しく感じていた。『人を救う』と書いて『救人』。タイタンの救世主とまで言われるのは恥ずかしいけど、今の自分の存在に、意味が生まれた気がしたのだ。

初めてだった。野球部でエースだった頃もこんな言葉をかけられた事はなかった。中学の頃、あれだけ一緒に過ごしていた野球部の仲間は最後の大会が終わった後、蜘蛛の子を散らしたように消えていった。元々俺のワンマンチームだったから、不満も溜まっていたみたいだ。だから、自分の地元とは離れた学区外の高校を選んだんだ。中学の奴らにも、もう会いたくなかったからだ、野球の事も思い出したくなかった。

そしてこの美浜高校に来た。高校に入ってからずっと自分自身の存在を見失っていた。漫然と高校生活を過ごす中でタイタンと出会って、少しだけ生活が変わった。でも仮仮入部してからも違和感を覚えていた。自分がここにいていいのかと悩んだ。また足を引っ張ってしまったと思った。でも、そんな想いを吹き飛ばしてくれるような言葉だった。

俺がここに来たのは、間違いじゃなかったのかもしれない——。

「……自分の名前が前よりも好きになれる気がするよ」

そして三宅と番場のタイタンを愛する気持ちが少しだけ分かった。俺は今タイタンという居場所を心地よく感じてしまっている。もう少しだけここにいたいと思っているんだ。

——だったら俺も、このタイタンを居場所にしてもいいのかな。

不思議な感覚だった。さっきまで全部体力を使い果たしたと思っていたのに、今は足の先にわずかに力が漲(みなぎ)っていた。これが、気力というものだろうか。思いきり地面を蹴(け)る。

襲い来る疲労に負けないように……、地球の重力に負けないように……。

まだやれる、まだ走れる。

——進め、タイタン。

○

「球人お疲れ様。よく頑張ったね」

月曜日の朝、誰もいない教室。疲れ果てた俺を次の日出迎えてくれたのは美織だった。

「まだ授業が始まるまで時間もあるし、今回の事件の話をゆっくり聞かせてよ」

「ああ、そうだな……」

疲労は一晩たっぷり寝た事で完全にとれていた。こうやって美織と過ごせるのも久しぶりだ。ここ最近は昼休み、放課後、そして土日も三宅達と一緒だった。でもそのおかげで今回の作戦は無事に完遂する事ができた。本当に久々の何の予定もない一日だった。

「本当にお疲れ様、よしよし」

「へっ？」

何が起きたのか一瞬分からなかった。突然美織が俺の頭をその小さな手で撫でたのだ。

「偉いよ、球人……」

「お、おっすおふ……」

三宅のあほみたいな「おっす」の応用版が自分の口から漏れ出た。だって仕方ない。こんなの幸せすぎる。昨日頑張った分のご褒美(ほうび)を、神様が与えてくれたのか……。

「球人……」

そうやって俺の名前を呼ぶ美織の顔はいつになく慈愛に満ちていた。その手から温もりが直に伝わってくる。触れると全ての怪我や病気が立ちどころに治ってしまいそうだ。もはや美織自身が女神様のようだった。

「美織……」

俺も名前を呼び返す。するとなぜか美織もまた呼び返してきた。

「球人、球人……」

しかも二回。

「な、なに？」

「球人、球人、球人、球人……」

「な、なんなんだよ！」

そして今度は、名前を呼ぶタイミングに合わせてポンポンと何度も頭を叩き始める。

「球人！　球人！　球人！　球人！　球人！」

「うわあああぁぁ！」

「球人！」

「はっ！」

目を覚ますと、そこは教室だった。隣の席にはさっきまで女神様のような優しい眼差しをしていた美織が、鬼のような顔でこっちを見つめている。

「グッドモーニング、ミスター白石、黒板の英単語 idiot の意味を答えてくれるかな？」

目の前にはこれまた般若（はんにゃ）のような顔をした英語教師の武石（たけいし）先生がいる。寝ぼけ眼だったが現状をすぐに理解した。俺はどうやら授業中に居眠りをしてしまっていたみたいだ。

「わ、わかりません……」

「正解は、『ばか、まぬけ』だよ。つまり君みたいな人間の事だ。二日連続でいびきに授業を邪魔されたのは長い教員生活の中で初めてだよ。まったく君という人間は……」

キーンコンカンコーン。長い説教が始まりそうな所で救いの鐘が響いた。

「……バッドタイミング。ここで今日の授業は終わりだ。各自よく復習しておくように。特にミスター白石、君にはのどちんこが破れるくらいの教科書音読を宿題に出そうかな」

「は、ははっ……」

武石先生は呆れ顔で教室を出て行く。すると他のクラスメイトも各々席を立ち始めた。

「何度もコッソリ呼んで叩いたりもしたのに全然起きないんだから……、そんなにタイタンの活動が忙しかったの？　昨日今日と寝てばっかりじゃない」

そう、今日は月曜日でなく火曜日である。金曜の夜から日曜の夜にかけてほぼ不眠不休で体に鞭（むち）を打った為、火曜日になっても未だに生活のリズムが戻っていなかったのだ。どれだけ寝ても寝足りない気がする。それでもなんとか全ての新聞を印刷し終えた。そして昨日、新たな校内新聞を発刊したのだ。新聞部の部員には一人一人手渡ししたが、出来上がりの反応は悪くなかった。綾小路先輩もいたし、今までの校内新聞と遜色はないはずだ。後は待つのみ。作戦が成功するかどうかは、これからにかかっているのだ。

「そうだな、骨の折れる作業だったよ。本当に大変だったな……」

「ふーん、そう……」

それだけ言って、美織は黙ってしまった。不満そうだ。夢の中のようにお疲れ様、と言って頭を撫でてくれるような気配は毛頭ない。

「……もしかして、今回は事件の相談しなかったのを怒ってる？」

「……別に、そんな事ないけど」

いやいやいや、どう見てもそうだ。夢の中どころか、もはやいつもと様子が違う。

「……私は別に球人が事件の事を一人で抱えたり、その解決の手段を一人で思いついたり、それをタイタンのメンバーのみんなで実行したりとか、土日も連絡の一つもして来なかったりしたからって、私には全く関係ないし、全然気にしてないからね」

「めっちゃ気にしてる奴の言い方だろ！」

こんな長々と喋る美織の姿も逆に貴重だ。よほど不満がたまっていたみたいだ。

「最近は放課後もずっと密着調査とかしていて、私は一人で帰ってばかりだったし……」

「えっ」

もしかして、不満に思っていたのは、事件に関する事だけじゃないのだろうか。少しは寂（さび）しく思ってくれたりして……。

「また女神美織降臨のチャンスもアリか……」

「……何、女神美織って？」

美織が怪訝（けげん）な顔を向ける。

「いや、それは、その……」

余計な事を口走ってしまった。どうごまかそうかと思った所で、助け船が入った。

「おい球ちゃんっ！　こっち来てくれ！」

廊下から声をかけてきたのは三宅だ。

「起きたんだよ！　新しいアレが！」

三宅が話の内容を周りに悟られないようにしてぼかして喋る。

——その報告は、『新聞ド根性発刊大作戦』の成功を意味するものでもあった。

「わ、わかった！　美織、ちょっと俺行ってくる！」

「ねえ、球人」

そこで美織から呼び止められて、はたと気づいた。

まずい。また美織を放って事件に向かおうとしてしまっている。

「いや、ほら、諸々の事は全部後で話すから……」

「ううん、もうその事ならいいの」

また痩（や）せ我慢（がまん）か何かをしていると思った。でも俺の浅はかな考えは簡単に外れた。

「私は今の球人の方が楽しそうで良いと思うよ」

美織が小さく笑ってそう言ったのだ。そして言葉を続ける。

「いってらっしゃい。全部終わってゆっくりできるようになったらまた一緒に帰ろうね」

夢の中で見た美織より、やっぱり現実の方が数百倍可愛かった。


今回のイタズラは、図書室の図鑑の一部が、アイウエオ順からイロハニホヘト順に並べ替えられているというこれまたしょうもないイタズラだった。でも校内新聞通りの出来事である。そして、このイタズラを最初に見つけたのは山岡先輩だった。各箇所を分担して何かあったらすぐに駆けつけるようにしていたのだ。その為、今回のイタズラが起きたのを知るのは、校内でもごく数名となった。ここまで順調に作戦は進んでいる。

そして放課後になってから、新聞部の部室を訪れた。全ての謎を解き明かす為、新聞部の全員と相対する必要があったのだ。

「はぁ、疲れた……」

「やっと着いた……」

大木先輩と伊香保先輩が最後に部室に入って来る。時刻は午後五時半を過ぎていた。

「これで部員も全員揃った事だし、早速話を聞かせてもらおうか。犯人が明らかになったというのは本当なのかい？」

口を開いたのは牧野先輩だ。他の部員も真剣な眼差しをしている。その緊張感が伝わって来た。ここへ来てもうヘマはできない。また伏部長からは『新聞ド根性発刊大作戦』を成功に導いた優秀な作戦参謀という事で、推理を披露する探偵役に任命されたのだ。

「すみません、わざわざありがとうございます。そして犯人が分かったというのも本当です。……正直言って今まで犯人の見当は全くついていなかったんですけど、今回新たに起きたイタズラの模倣犯事件を経て確信しました」

「犯人の見当は全くついてなかった⁉」

「い、一体どういうことですか⁉」

大木先輩と伊香保先輩が叫び出す。確かにその反応も無理はない。半ば見切り発車のような状態で今回の作戦は始まったのだ。

「唯一分かっていたのは、この新聞部の中に犯人がいるかもしれない、という事だけでした。しかしその中に動機がありそうな人が多くいたのも事実です。例えばスポーツ面担当は、文化面担当の人気が出た事を良く思っていなかったみたいですし、また文化面担当ももっと人気を出したいと思って炎上商法を狙っていた可能性もありました。スポーツ面と文化面の担当はやや争っている部分もあったみたいですし……」

「そ、それは……」

板倉がやや口ごもる。文化面担当の藤峰先輩たちも少しだけバツの悪そうな顔をした。

「まあしょうがない事だ。争い合う中で良い記事が生まれる事もある。私はその競争心を否定する気はない。……君たちは、美浜高校新聞部員としてよくやってくれているよ」

牧野先輩がそう言うと、他の部員が安堵の表情を見せた。やはり絶大な信頼を寄せられている事が、そのわずかなやりとりからもうかがえる。

「白石君、これ以上変なプレッシャーをかけて部員を苦しめる事はしたくない。……単刀直入に言ってもらえないか。……一体、犯人は誰なんだ？」

「……わかりました」

牧野先輩はもう覚悟しているようだった。どんな答えを示されても受け入れる、そう言いたげだった。俺も一人一人、新聞部員の顔を見回す。そして言葉を告げた。

「……犯人は文化面担当の二年、藤峰瑞葉先輩、あなただ」

「えっ、藤峰さん……」

藤峰先輩以上に驚いていたのは、他の新聞部員だった。

当の本人は、さして臆する態度も見せないまま俺にある事を尋ねる。

「どんな推理をすると、私が犯人だってたどり着くんですか？」

「いえ、推理なんて一切していません」

「推理していない？　……一体どういう事ですか、ただの当てずっぽうって事ですか？」

「いや、ただ推理が少し苦手なだけです。その代わりにある事を試しました」

「ある事を試した？」

初めて藤峰先輩の表情が若干の変化を見せる。

「それじゃあ既に頼んでいた、昨日発刊されたばかりの各自に配った校内新聞を出してもらっていいですか？」

「……ったく、本当にこっちは大変でしたよ。私も薫も家遠いんですから」

「花子の方が一駅分だけ近いけどね」

大木先輩と伊香保先輩が不満そうに呟く。そう、集合が遅くなったのには理由があった。全員に配付した校内新聞をこの場に集めてもらう必要があったのだ。

「試したってこの校内新聞を取りに行かせた事ですか？　そもそもなんでわざわざ全員に取りに行かせたんですか、まだ何部も余っているし、みんな同じものなのに！」

藤峰先輩が珍しく声を荒らげた所で、伊香保先輩が何かに気づいたような声をあげた。

「あれ、これ……」

大木先輩もお互いの新聞を眺めて、ある事に気づいたみたいだ。

「違う……」

「えっ……？」

にわかに新聞部員たちがざわめき始める。受け取った校内新聞を全員が見比べていた。

「違うって、何が……」

「微妙に違うんですよ……」

板倉も戸惑う声をあげた。そして藤峰先輩が板倉の持っていた校内新聞に目を向ける。

「どこが……、違いなんて……、あっ」

——全ての種明かしをする時が来たようだ。

「……そう、校内新聞の連載ミステリー小説、トリック&トラップの物語が今回は一人一人違うものになっていたんです」

「今回、実際に模倣犯のイタズラが、どこでなにが起きたか分かれば、その内容を書いた校内新聞を受け取った相手が犯人だっておのずと浮かび上がるんです。まだみなさんも知らないと思いますが、今回の事件は図書室で起きたものでした」

「ま、まさか……」

「そんな……」

藤峰先輩が崩れ落ちる。全てのからくりを理解したようだった。

「いやー本当に大変だったよ。深夜まで綾小路君と一緒にネタ作りだもん。なんてったって、たったの二日間で全員分のストーリーを考えなきゃいけなかった訳だからね」

「それでもあのトリトラの作品作りに携われて嬉しかったっす！　トリックを全部考えてくれたのは綾小路先輩っすからね！　改めて綾小路先輩を尊敬します！」

三宅と番場の言う通りだった。本当にネタ出しの作業はしんどかった。当初は再来週の発刊に間に合わせようとも思ったが、一刻も早い事件解決の為に全力を尽くしたのだ。

「こんな事に気づかなかったなんて……」

「内容を変えていたのはトリック&トラップのわずかな部分だけでしたからね。それ以外は、どの新聞もそっくりそのまま一緒です。それに以前に、過去のものを振り返る余裕もないまま次の週の新聞作りをするのが日常茶飯事とも言っていたし無理もありません。学業と並行して、毎週校内新聞を発刊するというのは本当に大変な事だったはずです……」

勿論、多少の運はあった。新聞を発刊した翌日に、藤峰先輩が行動に移してくれたのも思わぬ幸運だった。偶然、他の部員と最新のトリトラの内容について話していたらこの作戦は失敗に終わっていたのだ。藤峰先輩自身が他の部員と距離があるのにも若干救われていた。大木先輩と伊香保先輩は常に二人でいたが、藤峰先輩とはほとんど話していなかったのだ。

「図書室の図鑑本が、イロハニホヘト順に並べ替えられているというイタズラの内容が掲載されていたのは、藤峰先輩に渡した新聞だけだったんです。他の部員には全く違うものが掲載されていました。理科室の人体模型が椅子に座っている、とかですね。ただ俺たちは犯人をあぶりだす為だけに、七つの物語を作りました。そして新聞部の部員の誰にどれを渡すか綾小路先輩に決めてもらって、作戦を実行に移しました。そして今回図書室の図鑑のイタズラが起きたからこそ……、犯人は藤峰瑞葉先輩、あなたなんだと分かりました」

「最近タイタンの人たちがずっと周りにいたから、今までは一回もしなかった、翌日すぐの行動が裏目に出るなんてね……」

藤峰先輩が、悔しそうに言葉を漏らした。

「藤峰さん……」

大木先輩と伊香保先輩が同じようなタイミングでその名前を呟いた。お互いを呼び合う時とは違う、その距離感のある呼び名に、どこか切なさのようなものを感じてしまう。

「……動機は、なんだったんだ?」

ずっと静観していた伏部長が、藤峰先輩に向かって尋ねた。

「羨ましかったんです。人気のあるスポーツ面が……」

藤峰先輩が拳をぎゅっと握りしめる。その手は小さく震えていた。

「うちの校内新聞ってスポーツ面がほとんど占めているじゃないですか、大きい写真を載せて、その方が見栄えもするし、他の生徒も読んでくれるからって……。それでなんか、いつも体育会系の部活だけが主役みたいになってて……。でも、そんな中で綾小路先輩は文化面担当として、一人で頑張ってトリック&トラップの執筆を続けていたんです」

「瑞葉……」

藤峰先輩の名前をちゃんと呼んだのは綾小路先輩だった。

——今、何を想っているのだろうか。

「……悩んで、苦しんで、誰よりも時間をかけて校内新聞作りに向き合っていたんです。だからこそ、なにか力になりたくて、もっと綾小路先輩の書いた物語を多くの人に読んでほしくて……。それで、どんな形でもいいから学校で噂になればいいなと思って、実際にトリック&トラップのイタズラ内容を真似る事を思いついたんです」

藤峰先輩の瞳に張った薄い涙の膜が、ぽろぽろと剝がれ落ち始めた。

「こんな風に、大きな問題にまでなってしまって本当に申し訳ないです……、私、間違ってました。私がしていた事は、校内新聞の為なんかにはなっていなかった。ただ、綾小路先輩に迷惑をかけただけです、本当に、本当にごめんなさい……」

部室の床が藤峰先輩のこぼした透明なインクで滲（にじ）む。イタズラを続ける事に罪悪感もあったのだろう。その懺悔（ざんげ）は、聞いているこっちまで胸が締め付けられるようだった。

「……ごめん、僕のせいでもあるよ」

綾小路先輩が、藤峰先輩の傍にやってきて言った。

「……瑞葉に心配をかけたせいだ。……僕がいけないんだ」

「そんな事ないです、私が……」

「ううん、もういいんだ……」

お互いが自分の非を責め合う中、綾小路先輩が藤峰先輩の肩に手を優しく置いた。

「……これからまた一緒に今までの分も頑張ろう。文化面もスポーツ面も全部合わせて、校内新聞をもっとみんなが読んでくれるものにしよう。……僕たちならきっとできるはずだ。……その為には瑞葉の協力が必要なんだ」

「綾小路先輩……」

藤峰先輩が、ずっと俯（うつむ）いていた顔をあげる。

「……僕も、これからは瑞葉が安心して読んでいられるくらいに人気の出る絶対面白いものを書くよ。もうとっておきの新作を思いついたんだ。トリック&トラップなんか目じゃないくらいの面白い作品だよ」

「う、うぅ……」

「……だから、その作品作りを手伝ってくれるかい？」

綾小路先輩が、泣き崩れてしまった藤峰先輩に向かって手を差し伸べる。

藤峰先輩がコクリと頷いてから、その手を受け取った。

「……ありがとう、瑞葉」

綾小路先輩が、最後に藤峰先輩の瞳をまっすぐに見つめながらその言葉を伝えた。

きっと、今までの全ての想いが、その言葉に込められていたのかもしれない。

○

その次の週、トリック&トラップは急遽、最終回を迎えた。その内容は、謎の敵であったトラップの正体と、今までの全てのイタズラの目的が明かされるというものだった。

カリスマ的な格好良さを放ち、あの番場も憧れた怪人トラップの正体は、なんと高校生探偵、明星のクラスメイトの女子だったのだ。トラップがまさか女の子だとは誰も思っていなかった事もあり、その展開には熱心な読者も唸ったようだ。

そしてその女の子は、高校生探偵明星の事が好きで、自分がイタズラ事件を起こしたらその謎を追ってくれるし、気を惹きたくてイタズラをしていただけだった、という事が明らかになる。そのなんともはた迷惑ではあるが、いじらしくもある可愛げな姿に明星は、「君には最後にハートを奪われるトラップを仕掛けられた」と言葉を告げる。そして二人は付き合い始め、物語は終わりを迎えたのであった。

「……ハートを奪われるなんてキザすぎないか、もしかしてルパンのパクリなのか？」

「最後はハートじゃないといけないんだよ」

教室で久しぶりに過ごすゆっくりとした昼休み、校内新聞を読みながらぼやくと、隣にいた美織が答えてくれた。今回の事件についてはもう、その詳細を伝えてあった。

「えっ、なんで？」

「今までに起きた事件を思い出してみなよ」

「今までの事件？　まず、アルバムのイタズラだろ、それに理科室のリトマス試験紙がすり替えられて、学ランが校長像に着せられて、トイレットペーパーに四コマ漫画が描かれて、浮き輪で変なオブジェが作られて、部室が荒らされて酔い止め薬があって、校庭の一部のミントが刈り取られて、図鑑が並べ替えられて、そしてハート……」

「何か思いつかない？」

「何かって……」

「事件に関係しているものの頭文字よ」

「えっ」

「最初はアルバム、それからリトマス試験紙、学ラン、トイレットペーパー、浮き輪
……」

「……あっ」

そこまで言われて気づいた。アルバム、リトマス試験紙、学ラン、トイレットペーパ

ー、浮き輪、酔い止め薬、ミント、図鑑、ハート。新聞には酔い止め薬はなかったけど、その頭文字を取っていくと、『ありがとうよ、みずは』となるのだ。そしてその言葉は、事件の真相が全て明かされた時、綾小路先輩が藤峰先輩に告げた言葉とほぼ一緒だった。

「まさか、そんなメッセージが込められていたとは……」

「素敵ね」

確かに素敵だ。というかあの時間の無い中でこんなものを仕込んでいたなんて、改めて綾小路先輩の凄さを知る。……でも、ふとそこである事に気がつく。

「あれ、ちょっと待てよ！ ありがとうよ瑞葉……、ってちゃんと順番になっていたって事は、綾小路先輩は既に犯人が誰か気づいていたって事なのか？ だって順番通りに『み・ず・は』ってメッセージになっているってそういう事だよな？ 模倣のイタズラは今まで実際の記事の内容とまったく同じものが行われた訳だし……」

「そうみたいね」

「……嘘だろ？」

――そういえば、全員分作った新聞を渡す相手を一人一人決めたのは綾小路先輩だ。

「ミステリー小説の作者だもの。犯人の事くらいピンと来たんじゃないのかな」

「……天才かよ。というか最初に言ってくれよなあ」

でも、納得している部分もあった。犯人が藤峰先輩かもしれない、と綾小路先輩は気づいていたからこそ、事件の解決に前向きではない部分があったのだ。藤峰先輩の為を思って、そのまま有耶無耶（うやむや）にしようとしたのだ。それに綾小路先輩は、「自分ができるという事を証明したい」とも俺たちに向かって発言していた。あれはてっきり読者に対して向けたものかと思っていたが、藤峰先輩に対しての宣言だったのだ。これから新しく人気の出る作品を書いて、藤峰先輩をもう心配させない、という事を誓っていたのだ。

「それにしても、藤峰先輩は、人気が出てほしいという理由があったとはいえ、なんでイタズラ事件を真似するようなあんな危険な事をしたんですかね、本当に不思議っす！」

話に割って入ったのは番場だ。違うクラスなのに昼食を食べに俺の教室に来ていた。

「バカだな太郎ちゃん、そんな野暮な事聞くなよ。おにぎり一つ没収しちゃうぞ」

そして三宅も来ている。なぜか当たり前のように二人ともいた。せっかく久々にゆっくり過ごせる美織との昼食の場なのに、まったく……。

「えっ、野暮ってどういう事っすか、訳分からないんっすけど！」

「ったくもう、恋する乙女は無敵なんだよなあ……」

なぜかこいつらは前よりも仲が良くなったようにも思える。喧嘩して仲直りして前よりも関係性が良くなるなんて、カップルじゃないんだから勘弁してくれ。

でも藤峰先輩があそこまでした理由はもう、誰もが気づいていた。藤峰先輩は綾小路先輩の事が好きだったのだろう。作品に対する憧れを超えて、好きになってしまったからこそ、あんなイタズラの真似までして、綾小路先輩の為に何かをしてあげたいと思ったのだ。

「球君！　野暮ってどういう意味の言葉っすか？　知らないっす！」

「分からないのは、野暮の言葉の意味かよ！　もう食い終わったら早く教室戻れよ！」

部室にいる時みたいに思わずツッコミをすると、美織がニコッと笑ってこっちを見た。

「なんだかすっかり仲良しだね」

「いやいやいや、今のでなんでそうなるんだよ！」

まずい、タイタンにどっぷり浸かっていると勘違いされている。俺は、「この二人本当に仲良くなったなあ」と思っていたが、美織からしたら、「この三人本当に仲良くなったなあ」と思っているかもしれない。何か微笑ましいものを見つめるようなその眼差しが証拠だ。いや、確かにタイタンという存在が、俺にとって悪くない場所になりつつはある。でもまだ全てひっくるめて仲良しこよしの一味にされるのは複雑だ。いきなり他の部室で雄たけびをあげて円陣を組んだり、意味もなく裸体を晒すような真似はしたくない……。

「美織ちゃんもそう言ってる事だしさ！　もう球ちゃんもタイタンに仮仮入部から昇格して仮入部って事にしようよ！　今回の事件だって作戦参謀として大活躍だったし！」

「賛成っす！　もう仮入部間違いなしっすよ！」

「か、仮入部か……、まあ、それくらいならな……」

……別に仮入部ならまだ問題ないだろう。いざとなったら引き返せるはずだ。たぶん。

「さて、それにしても、これから綾小路君と瑞葉ちゃんの仲はどうなるのかね」

三宅が弁当の蓋をしてから、気の抜けた顔をしてまたぼやいた。

「……それも野暮ってもんだろ三宅」

「えっ？」

これから先がどうなるか、その事については既に分かっていた。美織もにっこりと笑って頷いたから気づいているはずだ。

答えは校内新聞に書いてある。

明星探偵はトラップの女の子にハートを奪われて、二人は付き合う事になったのだ。

それもまた、きっと二人は、模倣するんだろう。

——こうして俺は、体育会系探偵部タイタンに仮入部したのであった。

第三話　戦えタイタン！　美浜高校無差別ツインズ公開事件！

「ああ、彼女が欲しい……」

「久々に姿を現したかと思えば、しょうもない呟きだな……」

新聞部の事件も無事に解決し、夏休みを間近に控えていた。日差しはジリジリと強さを増している。この部室も部員全員が集合して、熱気がムンムンとこもっていた。

前回の校内新聞の一件以来、テスト期間も重なっていたり、先生方からの雑用にも似た頼み事もなかったので、全員が放課後に集まったのも一週間ぶりだった。その中でも、特に三宅と番場は何やら頻繁に二人で過ごしていたみたいだ。二人で何をしていたかは謎である。また最初の茶太郎が引き起こした事件のように、良からぬ事をしていないといいけど……。

「だってさあ球ちゃん、夏だよ？　恋する季節じゃん！　ららぽーとの花火大会だってあるし、幕張の花火大会だってあるんだよ！　女の子と一緒に浴衣着て行きたいよ！」

「それなら秋まで我慢すれば花火大会もなくなるしどうでも良くなるだろ」

「いやいや、秋は寒くなって人恋しくなる季節じゃん！　養老渓谷とか一緒に行って紅葉狩りしてSNSにカップル写真あげたいじゃん！」

「……じゃあ冬は？」

「冬はクリスマスじゃん！　東京ドイツ村に行ってイルミネーション見たいに決まってるじゃん！　カップルのイベント盛りだくさんの季節じゃん！」

「……そしたら春は？」

「春は出会いの季節だから彼女欲しいじゃん！　千葉公園とかふなばしアンデルセン公園でお花見したいじゃん！」

「じゃんじゃんうるさいな！　なんなんだよお前！　千葉ウォーカーの回し者か！　結局、年がら年中彼女欲しいんだろ！」

三宅のしょうもない発言がいつもよりうっとうしく感じるのは、暑さのせいなのかもしれない。ギラギラとした夏の日差しは容赦なくやる気を奪っていく。

とりあえず俺はタイタンに仮入部の身となった。まだ本入部するかどうかは決めていない。本当にここが自分の居場所になるかどうかはまだ分からなかった。それでもひとまずこの部の居心地の良さは感じ始めている。この部室の扉を初めて開けた時の自分と比べるとまるで別人だ。最初は一刻も早くこの場所から立ち去ろうとしていたのに……。

「あのー……」

見つめていた部室のドアが突然開いた。そこには一人の男子生徒が立っている。

「どうしたんですか？」

ひとまず俺が応対する。三宅はスマホをいじっているし、伏部長と番場は筋トレに精をだし、山岡先輩は本を読み耽っていた。

「ここ、探偵部なんですよね？　ちょっと依頼があって」

「はあ、そうですか」

どうやら依頼者らしい。確かに悩みを抱えていそうな様子だ。

「なんか依頼者来たみたいですよ」

しかし、俺がそう告げた瞬間に、部室内に明らかな動揺が走った。

「い、依頼者っすか⁉」

「……そうだけど」

「来たー！　依頼者だー！」

タイタンの面々が飛び跳ねて声をあげる。ただ事ではない様子だった。

「な、なんでみんなそんな驚いているんだ？」

「何言ってんだよ球ちゃん！　依頼者のほうからこの部室を尋ねてきた事なんて俺が入部して以来初めての事だよ！　そりゃあ驚くだろ！」

「はっ？」

「今までは連君が声をかけて引っ張って来てくれた人がほとんどでしたからね！」

「わざわざ依頼者から来てもらえるとは本当に久しぶりだ！　私たちタイタンも茶太郎と新聞部の事件を通して、随分名を上げたようだな！　わっはっは！」

三宅と番場の後に、伏部長が高らかに言って笑った。確かにそういえばそうだ。俺も三宅に引っ張ってこられたし、最初の沢城も三宅が声をかけて連れて来たと言っていた。それに前回の綾小路先輩の時だって、こっちから新聞部に赴いて依頼案件になった訳だ。

「さあさあ、こちらにおかけください！　そして依頼内容をどうぞ気のすむまで語りつくしちゃってください！」

「あ、ああ……」

三宅の手招きを受けて、相手が椅子に座る。若干戸惑う様子はあったが、すぐにその詳細を語り始めてくれた。

「俺は二年Ｄ組の大川太一（おおかわたいち）。依頼内容ってのは、このＳＮＳに関する事なんだけど……」

と大川が言って、スマホのある画面を見せた。有名なＳＮＳのアプリだ。

「ツインズじゃん、これがどうしたんですか？」

ツインズとは、若者の多くが使っている有名なＳＮＳアプリ、『ＴＷＩＮＳ』の名称だ。何気ない日常の事を投稿したり、写真を撮ってあげたり、バンドを組んでいる奴などはこれで告知をしたりするのにも使っていた。この千葉界隈でも毎月のように高校生が主催するイベントが行われているようである。そういうのに参加して交流を広めている奴もいる。俺もとりあえずアカウントは持っているが、見るのが中心で、イベントの参加やオフ会はおろか、投稿すらもほとんどしていなかった。使い方は人それぞれだ。

「……今、このＳＮＳのツインズ上に、『聖なる者』っていうアカウントが作られていて、そいつが美浜高校の生徒を晒しているんだよ」

「美浜高校の生徒を晒している？」

「ああ、前にもちょっと流行ってただろ。不謹慎な行動をしていたり、どっかでバカな行為をしていたりする奴らが、写真とか撮られてネット上に晒されるアレだよ。今その中でも美浜高校の生徒だけを狙って、写真と共に投稿する厄介な奴が現れたんだよ」

「なるほど……」

SNS上では以前から問題になっているものだ。迷惑な行為や犯罪すれすれの行為などがアップされて、どんどん拡散される。終いには、本名や住所などの個人情報も晒されて、大きな騒動となるものだ。実際には、それで逮捕者も出ていた。

「このアカウントの暴走を止めてほしいんだよ。俺の友達も被害に遭って困っているんだ！　うちの高校だけ被害に遭うなんておかしいだろ。早いとこ止めてくれ！」

依頼者の大川は切迫した様子である。確かに実際に知り合いに被害が出ているなら悠長な事は言ってられないだろう。

「まあ確かにうちの高校だけ狙われてるってのは納得がいかないけどさ、実際問題起こしている奴が悪いんだから、自業自得でもあるんじゃないの？　品行方正に学生生活を過ごしていれば大丈夫な訳じゃん」

「いや三宅真っ先に狙われるタイプだろ」

三宅は校内の女子から、いつ晒される投稿があがってきてもおかしくないだろう。

「……いや、自業自得な奴がいるって事は俺だって分かっているさ。けどな、いきすぎてる部分があるんだよ。最近では彼女持ちの男が他の女の子と遊んでただけの写真とか、半目で爆睡して電車に乗っていた生徒の写真とか、コンビニの前で座ってただけの運動部の写真とかもあげられたりしてさ、それはさすがにおかしいと思わないか？」

「確かにそんな事まで晒すとは……」

大川の発言に頷いてしまっていた。不謹慎や、バカな行動とはとても言えないものまで晒されている。『聖なる者』というアカウントの割には、基準もかなり曖昧みたいだ。こんな事が起きているとは知らなかった。それに美浜高校だけが狙われているなんて……。

反論を受けた三宅も啞然とした表情を見せている。驚きを隠せないようだ。

「彼女持ちの癖に、他の女の子と遊ぶ、だと……」

「そこかよ！」

またどうでもいい所に食いついていた。相変わらずしょうもない男である。

「分かった。事情は聞かせてもらったぞ大川君、この依頼、タイタンが責任を持って取り組ませてもらおう！」

「あ、ありがとうございます」

伏部長が胸を張って答えたが、俺は未だに大川のスマホの画面にくぎ付けになっていた。その『聖なる者』のアカウントの投稿には写真と一緒に、あるランダムなアルファベットが併記されていたのだ。

CRURFBI－CR－FGIPI

WRSR－TR－FGIUO－TI
WRUFN－CO－SNMRFN
FRWRSI－CR－UFNMNSN
UFNPI－CR－OZRG－MR
ZITRZI－URSRFN－SONSON

○

次の日の昼休み、廊下をせわしなく行ったり来たりする凛子先生の下に俺たちはいた。一応顧問でもあるし、依頼が来た事を報告しに来たのだ。しかし凛子先生は既に『聖なる者』のアカウント騒動について耳にしていたようだ。

「もう学校側でも話にあがるくらいなのに、何か対策を取ったりはしないんですか？」

「まだただのイタズラ程度だからそんなに相手にしてないし、特に相談したりもしてないわ。警察だって動き出してくれるような状況でもないからね。これからまた大きな事件にでも発展すれば分からないけど……」

凛子先生がいつになく神妙な顔を見せる。授業中でもそんな表情を見せる事は少ない。

「大きな事件が起きるのは時間の問題だと思いますがね」

真剣な顔で呟いたのは伏部長だ。そしてその後に、ぼそりと山岡先輩が言葉を続ける。

「……美浜高校無差別ツインズ公開事件」

今回の事件名らしい。でも確かにその名に偽りはない。美浜高校の生徒が無差別に晒されているのだ。いつ自分がその標的になるかも分からないと思うと、不安も増してくる。

「まあまあ、今回の事件も俺たちタイタンがさくっと解決しちゃおうよ！　先生方の話題になるくらいの事件を解決したら、俺たちタイタンの評価も鰻上（うなぎのぼ）りのはずだぜ！」

しかし三宅がその調子に乗った発言をした所で、待ったの声がかかった。

「君たちが鰻上りなら、僕たちは鯉（こい）の滝登りで竜になるだろうな！」

聞き慣れた声がした。坂ノ下だ。そして両脇（りょうわき）には、工藤先輩と美織、それに千堂先生もいる。偶然にも、初めて顧問も含めてお互いフルメンバーで顔を合わせる事となった。

「鯉より鰻の方が高級品だろ！　タイタンの勝ちだ！」

「くだらない事を言うな！　こっちは竜になるんだぞ！」

「くだらない事を言っているのは坂ノ下君よ、みっともない言い争いはしないで」

「工藤さんの言う通りだよ、坂ノ下君。こんな相手と言い争いをしてエネルギーを使うなんて馬鹿らしいじゃないか」

最後に言葉を放ったのは千堂先生だ。その言い方が一番タイタンを馬鹿にしている。

「わ、分かりました千堂先生。……という事だ。タイタン諸君。僕たちも今は事件に追われている所だからね。我が美浜高校全体が、インターネットテクノロジーの発展に伴い加速するソーシャルネットワークサービスの危機に晒されている由々しき事態だからね！」

あれ、その端々(はしばし)に入っていた単語からするともしかして……。

「……それって、ツインズで美浜高校の生徒が晒されている事件の事か？」

「なぜ君たちも知っている!?　ま、まさか！」

「そのまさかみたいだな。俺たちにも同じ依頼が来たんだ、被害に遭っている生徒も何人かいるみたいだから、別々に依頼が来たって訳か……」

「ぼ、僕たちだけに依頼が来たと思っていたのに……、くそ！　なんでわざわざタイタンなんかに相談する奇特な人間が……」

「いいじゃないっすか！　仲間っすね！　一緒に事件解決を目指しましょうよ！」

番場が手を出した所で、坂ノ下がその手を払った。そして俺たちの事を睨みつける。

「冗談じゃない！　一緒に事件解決なんて目指すもんか！　僕たちは敵同士だぞ！」

そこで三宅も声をあげる。もう黙っていられなかったようだ。

「おうおう！　言ってくれるじゃねえか！　でもまあ今回に限っては俺も、坂ノ下に賛成だけどな！　この事件は、タイタンとブンタンのバトルだ！　これでどっちが探偵部としてこの美浜高校に役立つ存在なのかはっきりさせるいい機会だな！」

「いいだろう、望むところだ！　受けて立つ！」

「……おいおい、二人ともちょっと落ち着けよ」

俺が間に入ったが、二人はヒートアップしたままだ。やはり犬猿の仲である。今は千堂先生と凜子先生も居る場だというのに……。

「それでは、今回の事件解決に、お互いの廃部を賭ける事にしようか」

「「えっ？」」

三宅と坂ノ下の声が重なった。思わず俺も小さく「はっ？」と声が出た。今回の事件解決に廃部を賭ける？　まさか、そんな事があってもいいのか――。

「今回の事件を早く解決できた方を勝者とし、負けた方は廃部、という事だ。シンプルでいいだろう。それに探偵部同士の戦いとしてもこの上なく相応しいじゃないか」

「……本気ですか？」

「ああ、もちろん本気だ」

タイタンは一応、これまで二つの事件を解決している。しかし、見事な推理を披露した事は未だにない。しかもその途中で知恵を借りた美織は相手側にいた。あまりにも分が悪すぎる。探偵としての推理力でいえば、文化系探偵部が勝っているに違いない……。

「で、でもそれは、あんまりじゃないでしょうか、この子たち最近頑張ってますし……」

かろうじて声をあげたのは凛子先生だった。しかしその抵抗もやはり頼りない。

「凛子先生、これでも私は最大限の譲歩をしているくらいですよ。本来、私たちの部は、小説研究や課外実習、そして文芸誌の発行など多岐にわたる活動をしているので、廃部するいわれなど全くないんです。今回あえて、以前から廃部を迫られている体育会系探偵部と同じ土俵に立って勝負しているんですよ」

「で、でも、それじゃあ、……ぶ、文化系探偵部の子だって、廃部になったら、か、可哀相ですし……、その……」

凛子先生の声がどんどん小さくなっていく。もう目に見えて敗戦濃厚だ。

「戦う前から相手の心配ですか。その点ならご心配なく。私共の部員が、凛子先生の部の生徒に負ける事などありえませんから」

そう言って千堂先生が、坂ノ下の肩をポンと叩いた。

「も、もちろんです！」

息巻くように答えた坂ノ下だったが、プレッシャーもかかっているようで、いつもより上ずった声が聞こえた。

「いいかな、タイタンの諸君も？」

有無を言わさぬ口調だった。質問というよりも、ただの最終確認。そう感じた。

――どうする、この勝負を受けなければいけないのか。いつの間にこんな話の流れになってしまったのだろう。いや、千堂先生が言葉巧みにこんな流れに持ち込んだのか。

「……一つ、条件があります」

他の部員が答えを出しきれない中、千堂先生の前に進み出たのは伏部長だった。

「今回、私たちが勝利した暁には、金輪際タイタンの廃部の件を口にするのはやめて頂きたい。この事件を解決すればタイタンにとっては大きな実績にもなるはずです。前回の盗難事件の時も条件として突きつけられたばかりですので、これでケリをつけたい……」

「ああ、いいだろう。私からもタイタンが存続できるように誠心誠意掛け合う事にするよ。……それでは条件も揃ったし、決まり、という事だな」

伏部長は、視線をまっすぐに逸らさないまま相手を見据える。

「望むところだ」

以前と同じ言葉を伏部長が口に出した。でも今度は違う。その言葉には強い気持ちがこもっていた。迷いや戸惑いはない。その想いは他のタイタンの部員も同じだった。

「おう、ブンタンなんかに負けてたまるか！」

「やるしかないっすね！」

「この時が来たようだな……」

全員腹をくくっている。みんな、伏部長と同じ目の色をしていた。

俺としては、まだ仮入部したばかりの身だ。正直この先どうすればいいのか悩んでいる所である。その選択をするうえでも、このままタイタンが無くなってしまうのは困るのだ。

「やるしかないか……」

戦いのファンファーレは、いつの間にか吹き鳴らされていた。

○

「絶対に負けられない戦いが、人生の中にはある！」

伏部長の芯の通った声が響く。

「おっす！」

それにタイタンの部員が応える。

「それが今だ！　今だ！　今だ！」

「おっす！」

「全身全霊全力全開ッ！　ゴォーッ！　タイタァーンッ！」

「ゴォーーッ！」

いつにも増して気合の入った円陣が組まれた。そして迸る想いがこもっている。文化系探偵部との廃部を賭けた、絶対に負けられない戦いの火蓋が切られたのだ——。

「さあ、事件に取り組むぞ！　今までの状況報告からだ！」

「事前に被害者のリストはまとめておきました！　現在の被害者は九名。無差別事件と名付けた通り、被害者に学年やクラス、部活など共通点はありません！　投稿された内容も、日時場所、共に完全に脈絡のない校内外、朝昼夜、関係なく撮られています！　共通しているのは、全員いつの間にか気づかぬ内に証拠写真を撮られていたという事です！」

三宅がキビキビと一切のツッコミ所もなく報告を終える。やはり並々ならぬ気合が入っているようだ。広い人脈を通して聞き込みも早々に終えていた。

「……さて、作戦参謀、今回の事件にはどう取り組むべきだと思う？」

今度は伏部長が、俺に話を振る。すっかり作戦参謀というポジションが定着していた。

「そ、そうですね……、全員いつの間にか撮られていたという事なので、撮影者を見つけ出すのはかなり難しいと思います。まずはこのアカウントから手掛かりを探すしか……」

スマホを取り出し、ツインズの『聖なる者』のアカウント画面を映し出した。このアカウントの投稿を何度も見返していたが、やっぱりずっと気になっているものがあった。

最初に目にしたあの謎のアルファベットの羅列だ。

CRURFBI－CR－FGIPI

WRSR－TR－FGIUO－TI

WRUFN－CO－SNMRFN

FRWRSI－CR－UFNMNSN

UFNPI－CR－OZRG－MR

ZITRZI－URSRFN－SONSON

一体この文字は何を意味するのだろう。毎回晒し写真と共に投稿されていた。もしかして、何かの暗号だったりするのだろうか……。

「まずいな……」

だとすると状況は深刻だ。タイタンと暗号なんて最悪の相性に決まっている……。

「これは何かの英文なのか？　ハイフンもあるし……」

「いや、でも英単語らしきものはほとんどなくて……」

伏部長の質問には俺が答えた。大した理由も付け加えられないままの憶測だ。

「じゃあ英語じゃなくて何か他の言語の可能性は？」

「その可能性は低そうです」

今度の伏部長の疑問には、山岡先輩が答えた。

「既に同じ文や単語を打ち込んで検索してみましたが、特にヒットもしませんでした」

「手掛かりはなしって事か……」

まずい。このままではスタート前にリタイアだ。廃部が賭かっているっていうのに、どうしよう……。今の所、何も思いつきそうにない……。

「あーもう！　こんな文字ばっか眺めてたって意味ないでしょ！　こんなん解けたって事件解決に結びつくかどうかもわかんないし、そもそも解ける気しないから！」

ずっと黙っていた三宅が口を開いたと思ったら、出て来たのはただの文句だった。

「そんな事言ったってしょうがないだろ、手掛かりがこれしかないんだから」

俺がそう言うと、言い合いのような形になってしまう。

「こうしている間にもブンタンの奴らは着実に真相に近づいてるはずだよ！　このままじゃヤバいって！　もっとなんとかしないと！」

「なんとかって、なんだよ！」

三宅の焦る気持ちは分かる。でも今はこれくらいしか他に手立てもないのだ。

「しらみつぶしに犯人を捜すんだよ！　またローラー作戦で犯人が他の生徒を隠し撮りした瞬間を捕まえてやるんだ！」

「またローラー作戦かよ……、最初の捜し物や、綾小路先輩への密着とは訳が違うんだぞ！　この美浜高校の生徒千人近くを全員見はらなきゃいけないんだ！　そんなの無理に決まってるだろ！」

「それでもやるしかないじゃん！　廃部が賭かってるっていうのに、こんな部室でずっと縮こまってるなんて俺にはできないからな！」

「……良い作戦が見つかるまでしょうがないだろ。……今回は対決なんだから無駄な事はしていられないはずだ」

ここまで言えばおさまってくれると思った。勝負に勝ちたい気持ちは一緒のはずだ。だからこそ、ここは力を合わせて事件解決に向かってくれると思ったのだ。

「……もういい、太郎ちゃん行くぞ！」

——けどダメだった。

「俺達だけでもローラー作戦を敢行するんだ！　秘密特訓の続きもするぞ！」

「お、おっす！」

やや戸惑いながらも、部室を出て行こうとする三宅に番場が付き従った。

いやちょっと待ってくれ、こんな大事な時にタイタンの中で内部分裂してる場合じゃないだろ……。それになんだ、秘密特訓って。

「お、おい三宅！」

「タイタンは絶対に俺たちが守るからな！」

呼び止めたが聞く耳も持たず、三宅は番場を連れて部室を出て行ってしまった。

「……くそっ、……なんでこうなるんだよ」

思わず愚痴がこぼれる。強いタイタンへの想いが裏目に出る最悪の形になってしまった。さっきまで一枚岩だったはずのタイタンはいとも簡単に崩壊したのだ……。

○

朝のホームルームの時間。教室の至る所で会話が交わされていた。というのも凜子先生が出席簿を忘れて取りに戻ったからだ。こういううっかりは日常茶飯事だから生徒の方も慣れ切っている。みんなは夏休みを間近に控えて浮かれた顔をしているが、俺としては全然そんな気持ちになれなかった。トラブルが連続している。結局昨日、三宅と番場の二人はあのまま部室に姿を現す事はなかったのだ。

「そっか、大変な事になっちゃったね……」

隣の席の美織が深刻な面持ちで呟いた。不本意な争いが始まってしまったのは勿論だが、タイタンの中で衝突が起きてしまった事を心配もしていた。

「……こっちの心配してていいのかよ。そっちはどうなんだ？」

「うちは坂ノ下さんが凄い張り切ってるよ。タイタンの連中に負ける訳にはいかないし、千堂先生の期待にも応えなきゃって」

「千堂先生は何かアドバイスとかして来ないのかよ」

「君たちに全て託すって、タイタンの連中に負ける訳なんてないからって……」

「……ふんっ」

「ほんと、争う必要なんてないのにバカみたいだよ。最初に番場君が言ってた通り、力を合わせて頑張ればいいのに。タイタンの中でも仲間割れが起きちゃうなんて……」

美織がどこか怒りをぶつけるように言った。でも、もうこうやって戦いは始まり、問題も表面化してしまったのだから仕方がない。

「しょうがないだろ、もう腹くくるしかないって事だろうな……」

「……本当にそう思ってるの？」

「千堂先生のスカしたツラもいい加減見飽きた所だったしな、いい機会だよ」

たぶん、三宅との間にできたわだかまりをまだ消化しきれていなかった。その言葉の強さをそのまま美織にぶつけてしまう。そしてやはり千堂先生の発言にも腹が立っていた。

「……なんでそんな事言うの、事件解決を争うなんて私はやっぱり間違ってると思うよ。事件を解決して依頼者の人が喜んでくれればそれだけでいいじゃない」

美織のなだめるような口ぶりも、今は効果が無かった。

「……文化系ってやっぱりぬるいよな、普段から戦う事に慣れてないんじゃないのか？」

「……なにその言い方。体育会系の方が部として偉いの？　文化系だってコンクールとか競う事いっぱいあるけど？」

「別に、部として偉いとか、そんな事は言ってないだろ」

「いや、体育会系ってそういう所少しあるよね。なんだか自分たちが学校の中心にいるみたいに振る舞うっていうかさ……」

いつの間にか言い合いになっていた。ダメだ、こんなつもりじゃなかった。俺が怒りを向けるべき相手は美織や他の文化系の生徒なんかじゃないはずなのに……。

「……うるさいな、なんでも知った感じで言うなよ。どちらにせよこの勝負負けないからな。美織の手だってもう借りないからな」

でも、ついて出てくる言葉は相手を煽(あお)るような事ばかりだった。なぜか自分でもよく分からないくらいにヒートアップしている。

「……泣きついてきたって知らないからね」

「そっちこそ、泣きっ面かいたって、知らないぞ」

「ごめん、ごめん遅れちゃった！　それじゃあ出欠取るよー！」

良いタイミングなのか、悪いタイミングなのか、凜子先生が教室に戻ってきた。言い争いも強制的に終了になる。

「……球人のバカ」

小さく呟いたその声が、隣の席から聞こえてきた。

「大バカだ……」

後悔の気持ちしか湧いてこない。美織との口論は最悪の結末を迎えてしまった。四時間ほど前の自分を思いきりぶん殴りたい。なんであんな事になってしまったのか。あのまま今日一日全く会話もなかった。今思えば、前回も千堂先生の追及から美織に助けてもらったのに、まだその礼も言っていなかった。本当に俺は、どうしようもない男だ。三宅の次には美織と衝突してしまった。触れるものみな過敏に反応する思春期か、俺は……。

○

「どうした球人、そんな暗い顔して。問題を一人で抱え込むんじゃないぞ」

「伏部長……」

昼休み、部室で肩を落としていた俺に声をかけてくれたのは伏部長だった。

「……伏部長は、人間関係のトラブルとか起きたらどうすればいいと思いますか？」

試しに尋ねてみた。伏部長からしたら三宅との一件だけだと思うかもしれないが、俺は今美織との一件も抱えていたのだ。

「人間関係のトラブル？　そうだな、同じ人間と人間ならやはりちゃんとまっすぐにぶつかり合うのが大事だと思うぞ！」

「ちゃんとまっすぐにぶつかり合う……」

伏部長らしい意見だが、もっともな意見でもある。三宅と美織の二人ともぶつかり合いはしたが、まっすぐではなかった。変な意地を張ってしまっていた。

「つまり相撲だな！　大体それで問題は解決するぞ！」

「す、すも……」

いや全く参考にならない提案だった。まだ三宅との一件はいいものの、美織と相撲をとってもなんの解決にもならない。それどころか口をきいてもくれなくなりそうだ。

「今日もこの暗号と向き合うか」

話を切り替えるように、山岡先輩が前回のアルファベットの羅列を紙に写したものを机の上に広げてくれた。言葉は少ないが、それでも気遣ってくれているのが分かる。

「……そうですね」

俺もいつまでも落ち込んでいる場合じゃない。今は一つずつでも目の前の事をクリアしていかないと……。

「一つ気づいた事があったんだ」

山岡先輩がそう言うと、ある新たなアルファベットの羅列をその紙に書き記した。

FGITRJN_ZOTO

初めて見る一行だった。

「あの、一体これは……?」

「『聖なる者』のユーザー名だ」

言われて気づいた。確かにツインズのアカウントには、表示名と併せて、アルファベットや数字を使ったユーザー名が併記されている。例えば俺のアカウントは、『しらいし(@STONE_WHITE14)』となっている。『聖なる者』のアカウントは、『聖なる者(@FGITRJN_ZOTO)』となっていたのだ。アンダーバーが入っている辺りも含めて、何か暗号と関連性がありそうだった。

「さすが仁! やるじゃないか! 素晴らしいぞ!」

伏部長がバシバシと山岡先輩の肩を叩いた。山岡先輩もどこか得意げである。

「……実は私も一つ大きな発見をしたんだが発表してもいいかな?」

そう言ったのは伏部長だった。一見暗号とは無縁そうだが、こういう人物が謎を解く鍵を握っているのかもしれない。難解なパズルこそ、答えも単純だったりするし……。

「この中にRが出てくるの多いんだ! それにNとIも!」

「な、なるほど……」

全然大した発見ではなかった。見てくれだけならなんとでも言える。R,N,Iは確かに多い気もするけど。

「ユーザー名にも確かにR,N,Iが入っているな……」

そう呟いたのは山岡先輩だった。確かにそうだ。ただの偶然だろうか。でも、ここまでくると何らかのヒントにも思えてきた。……一体、何に結び付いているのか。

「……まさか」

伏部長が、何か確信を持ったように、紙の暗号を見つめながら呟いた。また新たに何か閃いたのだろうか。この暗号からヒントを得られればかなり形勢は逆転するが……。

「……フギティアルジェンゾット」

「フ、フギティアルジェンゾット?」

伏部長の口から飛び出てきたのは、俺が今まで生きてきた中で一度も聞いた事のない謎の言葉だった。一体今の言葉は、何を表しているのだろうか。

そして伏部長が、紙に書かれたある一行を指差した。

FGITRJN_ZOTO

「……無理やりユーザー名読んだだけじゃないですか!　いい加減にしてくださいよ!」

「す、すまん!　何か意味があるものかと……」

そんな謎の宇宙人が暮らす星のトイレメーカーみたいな読み方をされても困る。そんな言葉に意味があるはずもなかった。

「……じゃあ、こっちはきっと何かヒントになるはずだ」

そう言ってスマホを取り出したのは山岡先輩だった。こっちには否応なしに期待がかかる。ここでまた意味のないものが出てきたら八方塞がりだ。頼む、山岡先輩……。

「これを見てくれ」

山岡先輩が見せてくれたのは、二ヵ月ほど前に『聖なる者』が残していた、ある日本語の文章だけの投稿だった。

「なんだこれ……」

リンゴはボイン

ただ一言、そう投稿が残されていたのだ。そして二週間ごとに、定期的にこの「リンゴはボイン」という言葉が投稿されているようである。

「……リンゴはボイン、一体どういう意味だ？」

伏部長も戸惑わずにはいられなかったみたいだ。でも俺も全く同じ感想だ。やっと日本語の投稿が出てきたのに、それが何をさすのか全く意味がわからなかったのだ。

「リンゴって、あのリンゴですよね」

「ボインは……」

ボインとは、あのボインの事だろうか……。思春期真っ盛りの男子高校生である、俺たちの頭の中にはきっと同じものが浮かび上がっている。

「ボインボイン……」

「ボインボイン……」

効果音のように同じ言葉を繰り返す伏部長と山岡先輩。どうしたってそのワードはくだらないものに思える。三宅が居たら、『凜子はボイン』とかすぐに口走っていただろう。

「いや、待てよ……」

でも、もしかしてこれが何か暗示していたりするのだろうか。そういえば、凜子先生は前回、一人で部室に来た時に荒らされた現場に遭遇していた。でもあの時、凜子先生は一体何をしに部室に来ていたのだろうか——。

「ボインボイン……、ボインボイン……」

部室の中では、依然として伏部長と山岡先輩の謎の呟きがこだましていた。

今の所、文化系探偵部との勝負に勝てる気は全くしない……。

○

「体育会系探偵部の生徒は、至急職員室に来てください」

その日の放課後、ある不穏な校内放送がかかった。何事かと思い急いで向かった所、職員室の床に正座させられている三宅と番場の二人がいた。そしてなぜこうなってしまったのかがすぐに判明する。

「お前らが校内の生徒を盗撮してSNSに投稿していたんじゃないだろうな⁉　変な動き

して近づいてくる二人につけまわされて迷惑してるって苦情がたくさん来てるんだよ！」

「違いますよ！　逆ですよ逆！　俺らはその犯人を捕まえようとしていたんですから！」

「そうっす！　濡れ衣っす！　そんな事する訳ありませんから！」

　体育科の浜名先生が声をあげている。どうやら全校生徒への張り込みローラー作戦は、犯人に間違われるという最悪の結末を迎えてしまったみたいだ。なんだろうこの職員室で説教を受ける光景、前にもこんなことがあった気がする。

「伏！　どうなってるんだお前の部は！」

「も、問題を起こした事に関してはすみません……。しかしこの二人は完全な潔白です。依頼者の為に、真剣に向き合った結果起きてしまっただけの事ですから……」

「本当か？　証明できるものはあるんだろうな？」

　今日は前回の教頭もいなかった。ここは自分たちでなんとかするしかない。

「あの、前回も三宅は職員室に呼び出されましたが、結局は完全な無実だったじゃないですか。ですから今回も違うと思うんです。うちの体育会系探偵部も廃部の危機の今、そんな事をするほど三宅も番場も馬鹿じゃありませんから……」

「球ちゃん……」

　三宅がまた憧れかなにか混じったような瞳で俺の事を見つめた。こうやってこの場でかばうのはもう二度目だった。ただのリピート再生だ。

「まあその前回の件については、こっちが一方的に犯人扱いしてしまったからな……」

そこを突かれるのは弱かったみたいだ。前回は完全な濡れ衣だったのだ。そしてその後二言三言、「疑われるような真似をするのが悪い」「やっぱり三宅ってなんか怪しい」と偏見混じりのお叱りの言葉を受けると、昼休みが終わる前には解放される事になった。

「ご迷惑をかけて申し訳ない……」

三宅が廊下を歩きながら反省の弁を述べた。隣を歩く番場も沈んだ調子である。

「……大体変な動きして近づくってなんだよ、そんなの怪しまれて当たり前だろ」

「秘密特訓をしながら張り込みローラー作戦もしていたから、つい……」

「だからその秘密特訓ってなんなんだよ……」

どうせまたくだらない事に決まっている。そういえばテスト期間中も、二人で過ごす事が多かったみたいだ。まさかその特訓を二人でしていたのだろうか。

「……ったく、これに懲りて犯人扱いされるような真似はやめろよ。二人が不謹慎な奴として晒されてもおかしくなかったんじゃないのか。三宅なんて覗きの常習犯っぽいし」

「覗きなんてしないってば！　俺はパンチラだって自分から覗き込む事は絶対しないんだからね！　ラッキーウインドが起きてたまたま見えちゃった時しか見ない事にしてるの！　女の子の嫌がる事する訳ないでしょ！　俺には俺の美学があるんだからな！」

「なんの美学を力説しているんだ。……まあ、あんなただの布見ても意味ないもんな」

「いやそれは違うでしょ！　ただの布なんかじゃないよ！　そんな事言ったらグラビアアイドルの写真集は紙についたインクの塊かい⁉　美少女はただのタンパク質の集合体か

い⁉　違うだろ！　もっとそこにはロマンってものがあるだろ！」

「だからお前はなんの力説をしているんだよ！」

まわりまわってまたよく分からなくなってきた。やっぱりこの男はいつか覗きか何かで『聖なる者』のアカウントから晒されそうである。

「はあ……」

思わずため息が出る。事件の解決もまったく進展していないのにこんな事になるなんて……。まあ二人の写真が盗撮されたりしなかっただけ、マシだと思う事にするか……。

「……いや、待てよ」

「球ちゃん？」

あれ、もしも、三宅と番場の写真が撮られていたら……？

「いける……」

ある案が俺の頭の中には閃いていた。あの英文を読み解くなんてまどろっこしい真似をする必要なんてなかった。だってそんなのタイタンらしくもないじゃないか——。

「えっ？　どういう事？　球ちゃんさっきから一人でぶつぶつ何言ってるの？」

「……三宅が晒されればいいんだよ」

——作戦参謀の腕の見せ所が来た。

提案した作戦はシンプルだ。今までは三宅と番場がローラー作戦をしても失敗に終わっていた。それはあまりにも捜索範囲が広すぎた為だ。だからこそ今回は、こっちから思わず晒したくなるような現場をあえて作り出す事で、犯人をおびきだそうという作戦を考えたのだ。限定した範囲だったら犯人を捕まえる事もそう難しくはないはずだった。

「いや、なんで俺がこの役をやらなきゃいけないんだよ……」

「球君似合ってるっすよ！」

でも誤算があった。俺が見苦しい女装姿を晒す事になったのだ。スカートにブラウス、そして頭にはカツラまで被せられている。

「足もつるつるだねえ、球ちゃん思ったよりも美脚じゃん」

「すね毛まで剃る必要なかっただろ……」

毛が一本も無いうえに、スカートなんて初めて穿いたから違和感しかなかった。異様にスースーする。この下、パンツだけだぞ。こんな危険と隣り合わせで毎日女子は過ごしているのか。夏場はいいだろうけど、リスクありすぎじゃないだろうか……。

「制服も借りられて良かったね、てっきり美織ちゃんから借りるものかと思ってたけど、牧野先輩から借りられるとはね」

「ま、まあな……、ちょっと他に頼み事もあったし」

美織と喧嘩をしている事は三宅達にも言っていない。そうなると接点のある女子生徒もほぼいなかったのだ。そこで白羽の矢が立ったのが背が高い牧野先輩だった。頼み事に関しても快く引き受けてくれたので、俺としても結局良い形におさまっていた。

「作戦参謀、今回も見事な作戦を成功させる為に頼んだぞ！　参謀直々、必要な犠牲だと思って任務をしっかり遂行してくれ！」

「そ、それは分かってますけど……」

ちなみに今回の作戦名は、『犯人おびきだし一本釣り大作戦』と名付けられていた。

「後はちゃんと犯人が現れてくれるかどうかか……」

「それならぬかりない」

山岡先輩がぴしゃりと言った。最近は一人でこっそりと作業を行っていた。というのも、ツインズに新たなアカウントを作り、『聖なる者』との接触をはかっていたのだ。実際にやりとりができた訳ではないが、昨日、作戦を思いついた後にダイレクトメッセージを送り、今回、俺たちのいる現場で、覗きを行っている美浜高校の生徒がいるとタレコミをしたのだ。だからこそ、そのメッセージを見さえしていれば、この場所に姿を現すに違いない。なぜなら三宅は今、学校で噂に上がるくらいの人物なのだ。このタレコミの信憑性もかなり高くなるだろう。我ながら、三宅の失敗を利用した素晴らしい作戦だと思う。自分が女装をする羽目になったのが、唯一の誤算だったが……。

「太郎と連も、完璧な覗き頼んだぞ！」と伏部長が声をかける。

「おっす！　しっかり覗くっす！」

「どんな会話だ」

俺のスカートの中身を覗く役目は三宅に加えて番場にも託されていた。番場も三宅と一緒に噂になっていたから今回に限っては適任だったのだ。

「よし、それじゃスタンバイだ！　俺と太郎ちゃんは球ちゃんの後方に、そして部長と山岡先輩は離れた所に隠れて、いつでも出られるように準備って事だね！」

「ああ、頼んだ」

そう言うと、三宅達がその場を離れていった。女装姿のまま一人になると、本当に心細くなった。目的の場所まではまだ離れている。今知り合いに会ったら本当に最悪だ。こんな格好ではどんな言い逃れも無駄だろう。というか、覗きをしている三宅と番場よりも、変な女装姿で歩いている俺の方が、晒されたらまずい事になるんじゃないだろうか……。

口にも出せない愚痴を頭の中で吐き出しながら歩いていると、いつの間にか、メッセージでタレコミをいれた辺りの現場へたどり着いた。人通りも少ない、住宅街の道だ。近くには公園もある。狭い道に犯人に逃げられては追うのも難しくなるかもしれない。それよりもまず、実際にこれで犯人が現れるかどうかの方が、問題は先だが……。

——懸念通り、なかなか犯人は現れなかった。一度は離れてしまったが、もう一度同じ場所までやってきてやり直す。そしてその一連の行為が繰り返された三回目、突如、事態は大きく動いたのだった。

「いたぞー！」

「えっ？」

声がする方向に振り向くと、その瞬間に、ある一人の男が目の前を走り去った。マスクと眼鏡をしていたから顔は全然分からなかった。それに猛スピードで駆け抜けていった。

「今のが犯人だ！　捕まえよう！」

「おう！」

三宅と番場と共に、犯人を追って走り出す。遥か後方から声をあげた伏部長たちも、今はもう追いついて来ていた。

「待て、この野郎！」

三宅と番場が先を走る。しかし俺はどんどん離されてしまった。

「はぁはぁ、くそっ……」

失敗した。制服姿だから靴もローファーだし、バッグも持っているから酷く走りにくかった。おまけに下半身は風にひらひらと舞うスカートだ。伏部長達にもとっくに追い抜かれた。かろうじて見えたのは、犯人が住宅街の中へ逃げ込む姿だった。このままでは振り切られてしまうかもしれない……。

「逃がすかよ！」

「えっ」

でもその瞬間、驚くべき光景が目の前で繰り広げられた。

「よっと！」

番場と三宅が一斉にジャンプをして、ひょいと塀の上に上がり、そのまま悠々と走り出したのだ。そして今度は傍の家の倉庫の上に飛び上がってから、身をひるがえして地面に着地し、大幅なショートカットをしてみせる。一糸乱れぬ二人の軽やかな動きだった。

「パ、パルクール……」

確かフランス発祥の、走る、跳ぶ、登るの移動をとてつもなく身軽な動作で行うスポーツみたいなものだ。なんで、こんな技術を三宅たちが……。

「あっ……」

そういえば秘密特訓をしていると言っていた。そうか、パルクールの特訓をしていたのか。普通の探偵に必要とは思えないが、タイタンの一員としては相応しい技術だった。

「太郎ちゃんそっちから回って！」

「了解っす！」

この動きで張り込みローラー作戦も行っていたのだろう。苦情が入るのも分かる。こんな動きで張り付かれたら誰だって恐怖を覚える。でも今だけは二人が頼もしく見えた。犯人を追っている事も忘れてしまうくらいに、この躍動する姿に目を奪われていたのだ。

なんとか俺も近くまで来た。犯人は住宅街を抜けて、公園へ繋がる細い道を走っている。体力的にも、もうしんどそうだった。スタミナ切れだ。

「逃がすかよ！」

その機を二人は逃さなかった。三宅が公園裏にある家の塀からフェンスを越え着地して、そのまま前転した勢いで立ち上がり追い詰める。逆方向からは番場が、ブランコと飛び出たタイヤの遊具の上を突っ走ってショートカットしてきて、挟み撃ちにしたのだ。

「一丁あがりッ！」

「でかした！　連！　太郎！」

伏部長がガッツポーズして、二人を称える。そして俺たちもすぐさま現場に向かった。

「三宅も番場もすごいじゃないか！」

「特訓の成果が華麗に発揮されてしまったようだな、ふっふっふ」

「バッチリ完璧でしたね！　一本釣り大成功っす！」

確かに完璧だった。紛れもないお手柄だ。そして犯人の事も押さえつけている。

「さあ、観念しろよ。その正体を明かすんだ！」

犯人は未だに顔を手で覆って隠していた。

「いつまで顔を隠してるんだよ！」

三宅が強引に犯人の手を引きはがすと、マスクに覆われていたその顔が露になった。

「えっ……」

犯人は、俺たちが予想もしていなかった相手だった。

「大川……」

目の前の相手は、依頼者の大川太一だったのだ。

○

「一体どういう事なんだ……」

大川と対峙して一時間近くが経過したが、真相は何も明らかになっていなかった。

「くそっ、もう訳わかんねえ……」

三宅が不貞腐れた声をあげる。俺としても訳が分からなかった。大川はわざわざタイタンの部室に依頼者としてやってきたのだ。そして事件の早期解決を願っていた。それなのに、自分自身がこんな罪を重ねていたなんて……。

「今、晒す為の写真を撮ろうとしていたのは確かなんだな？」

「……ああ」

「なんで、依頼に来たお前がこんな事をやっているんだ？」

「…………」

踏み込んだ質問をすると、すぐに押し黙ってしまう。伏部長が目の前に詰め寄っても、態度を変えないままだった。

「もうダメだ、このままじゃ埒が明かないよ」

「なんかもう頭痛くなって来たっす」

三宅と番場も共にダウン寸前。山岡先輩もずっと押し黙って、時折スマホでツインズを確認するくらいだった。状況は一向に進展していない。

「一体どういう事なんだ……、なんでわざわざタイタンの部室にまで依頼にきた相手がこんな晒し写真を撮るような真似してたんだよ？」

俺の言葉に答えたのは三宅だった。

「あれじゃない？　盗撮衝動が抑えきれなくて、心の奥底ではそれを誰かに止めてほしかったとか、そんなんじゃないの？」

「……そんな事あるかあ？」

大川をチラリと見る。憮然とした表情を浮かべていた。どちらかというと、俺たちに自分が捕まるかどうかのスリルを味わっていた、という方が当てはまる気もした。

「あっ、でもまあさ、もう別になんだっていいんじゃないかな！」

三宅が根本から話を否定するような事を言い出した。その発言も訳が分からない。

「なんでだよ。良くないだろ」

俺がそう言うと三宅が達成感たっぷりの表情で答える。

「だって犯人は捕まえたし、俺たちは事件を解決したんだよ、これでブンタンの奴らとの勝負にも勝ったって事じゃん！」

「あっ……」

確かにそうだ。ここまでの過程や動機は不明のままだが、犯人を捕まえる事はできたのだ。決定的瞬間を押さえたのだから言い逃れる事もできない。

「何か、腑に落ちない所はあるがな……」

伏部長は納得のいかない表情だ。その気持ちもよく分かる。

「タ、タイタンの勝利って事っすか、勝ったんっすね……」

「ああ、そうだよ太郎ちゃん！　俺たちの勝利だ！　秘密特訓の成果も出せたしな！」

「勝った！　勝った！　ウィナータイタン！　ウィーアータイタン！」

三宅と番場が肩を組みながら、微妙に韻を踏んで謎の歌を歌い始める。もう浮かれた様子だ。

でもまあ、いいのか。本当に犯人は捕まえた訳だし……。

「……緊急事態だ」

山岡先輩が突然声をあげた。その手にはスマホが握りしめられている。

「ど、どういう事ですか？」

「……これを見てくれ」

そこには、『聖なる者』のアカウント画面が映し出されていた。そして新たな投稿がされている。投稿時間は三分前。今回は写真と共に、衝撃的な文言が載っていた——。

『美浜高校野球部主将、菅原剛の恐るべき正体！　部内暴力事件勃発！』

「な、なんだよこれ……」

「菅原先輩が……」

新聞部の密着時に練習試合で出会った野球部の主将の先輩だ。最後の夏に向けて並々ならぬ努力をしている人だった。

「剛……」

伏部長にとって菅原先輩は親友だ。うまく言葉も出てこないようだった。

「なんでだよ……」

三宅が、悔しそうに言葉を漏らした。

「どうして『聖なる者』の投稿が止まってないんだよ！」

○

野球部は、夏の甲子園の千葉大会の真っただ中だった。そして美浜高校は今、二回戦まで順調に勝ち進んだ所である。三年の先輩にとっては集大成となる大会だった。その重みは、中学野球しかしていない俺にもよく分かる。土日も放課後も、その高校生活のほとんどの時間を費やしてきたはずだ。その全てが今、最悪の結末を迎えようとしていた。

ほとんどの体育会系の部の長が職員室前に集合している。その中で先頭に立っているのは伏部長だ。その姿からも伏部長が一目置かれている存在なのだと分かった。

「剛！　大丈夫か！」

「譲二……」

職員室から出てきた菅原先輩に、前回の練習試合の時のような快活さは微塵も見られなかった。その顔には、悲愴感だけが漂っている。

「一体どういう事なんだ、あのバカげたデマは一体何なんだ。私は分かっているぞ、お前が暴力事件なんて起こす事のない男だと……」

「今年はうちの野球部もかなりいけそうだったんだ……。だからこそいつも以上に、練習にも気合が入ってた。そんな中でグラウンドでふざけていた一年がいてな、きつく叱ってしまったんだ。グラウンドには硬球が飛び交っている。気を抜いていたら危険なんだ……。だから、ついそれで、押し出すようにグラウンドから一年を出してしまって……」

「……それだけか」

「ああ、それだけだ……」

「……そんな事で暴力事件なんてありえないだろう！　ただのデマじゃないか！」

伏部長が怒った声をあげる。そしてそれと同時に、他の野球部の生徒も声をあげた。

「そうです！　菅原先輩は悪くないです！」

「暴力なんて一切してません！　俺たち全員が証人です！」

廊下には、多くの野球部員の姿もあった。この集まった人の数を見るだけでも、暴力事件なんかを起こす人ではないと分かった。あんな投稿、ただの間違いに決まっていた。

「……お前たち、ありがとう。……後は、頼んだからな」

菅原先輩のその言葉の真意が分からずに、野球部員が、みな目を丸くする。後は頼んだ……、一体、どういう事だろうか。

「えっ？」

「……俺が押し出した後輩も既に証言してくれたし、俺が暴力を起こしていない、というのは学校側も認めてくれた。……でも、このままじゃダメなんだ。今朝から学校側には、暴力を起こした野球部をこのまま活動させてもいいのかと、何件も苦情の電話がきている。学校側としても、何らかの処罰を下さないといけないんだ……」

「そんな……」

炎上騒ぎとは、こういう事なのだろうか。あれほど一心不乱に、ただ白球を追いかけて、最後の大会へと全てを賭けていた先輩の未来が今、失われようとしていた——。

「……試合には出られそうにない。野球部も退部するしかないと言われたよ。そして、停学にもなるだろう、ってな」

——こんな事が、あっていいのだろうか。

「退部……停学……、嘘だ……なんで、なんでだ」

「譲二……」

「……なんで剛がそんな目に遭わなければいけないんだ！」

伏部長が、声を荒らげる。きっと菅原先輩が今まで誰よりも努力してきたのを知っているはずだ。菅原先輩は、その情熱も時間も、全てを捧げてきたのだ——。

「……いいんだ、これで」

「何がいいんだ！　断じてありえない！　こんな事があってたまるか！　私が怒鳴り込んできてやる！」

「譲二！　やめろ！」

伏部長が職員室に飛び込もうとした所で、菅原先輩がひと際大きな声を放った。

「剛……」

「もう、いいんだ……」

菅原先輩はそう言うと、廊下の人の間をゆっくりとくぐりぬけて、その場を離れて歩き出した。野球部の部員も、タイタンの面々も、廊下に居た誰もが、その後ろ姿を見送る事しかできなかった。

「……くそぉっ！」

停学から、そのまま退学になってしまった生徒もいると聞いた事がある。あまりにも重すぎる罰だった。

「なんで、なんで菅原が……」

伏部長がこんなにも感情を露にしたのは初めてだった。

俺はただ、その怒りに震える伏部長の背中を見つめる事しかできなかった。

○

翌日になってタイタンの活動が再開された。菅原先輩は自分の身と引き換えに、野球部の大会参加を嘆願したようだった。伏部長が職員室に飛びこもうとした時に止めたのもこれが理由だったのかもしれない。この一件は校内にも衝撃を与えた。そして美浜高校の誰もが、諸悪の根源は、『聖なる者』の存在だと認識していた。もう文化系探偵部との戦いという事だけではない。正義を気取ったこのアカウントの存在を許す訳にはいかなかった。

「……くそっ、わからん！」

伏部長が悔しそうに言葉を漏らす。その視線はあの謎のアルファベットの羅列に向けられていた。犯人をおびきだすという前回の作戦が一定の成果をあげられなかった以上、作業は振り出しに戻っていた。土曜という事もあって、大川の家を訪ねてみたが、姿を現さなかった。このままではなんの進展もしない。そして投稿も止まる気配はないからこそ、今はタイタンの全員が、この一枚の紙と向き合うしかなかった。

「……逆から読んだり、並べ替えたりしても全然意味が通らないんだよな。そもそもこの言語はなんなんだろう、文字はローマ字のアルファベットだけど」

「えっ、ローマ字だから英語じゃないんっすか？」

「違う、ローマ字はただの文字の名前。英語や日本語、他の中国語やイタリア語も、ローマ字で表す事ができる」

番場の疑問に答えたのは山岡先輩だ。時折こうやって博識を披露してくれる。最初に暗号と向き合った時も色々なヒントをくれた。

「英語や日本語以外だったらお手上げじゃん……」

「自分、英語もお手上げっす、というか日本語だって怪しいっす……」

三宅と番場が切なそうに呟いた。俺も英語は苦手だ。

「……いや、でもこれ日本語じゃない気もするんだよな」

「えっ、球ちゃんなんでそう思うの？」

このランダムなアルファベットの羅列を改めて目の前にして、そう思ったのだ。

CRURFBI－CR－FGIPI
WRSR－TR－FGIUO－TI
WRUFN－CO－SNMRFN
FRWRSI－CR－UFNMNSN
UFNPI－CR－OZRG－MR
ZITRZI－URSRFN－SONSON

「いやなんか日本語だったらもっとこうさ、なんか日本語っぽい感じというか……」

「日本語っぽい感じってどういう事？」

「ほら、日本語なら母音のA.I.U.E.Oの五文字があるじゃん。それがローマ字読みなら二番目に来る事がほとんどのはずなのにてんでバラバラだし……」

「うーん、じゃあ並べ替えたら読めるようになるって事なんじゃないの？」

「いや、そうだとしても母音のA.I.U.E.Oの中でもA.Eが全然ないのもおかしいし……」

「うーん……」

一同がまた頭を捻って考え込む。果たしてこの暗号を解き明かす突破口は見つかるのだろうか。それとも、もっと良い策が他にあるのだろうか……。

「あれ、母音の逆ってなんでしたっけ？」

番場がふと、何かを思い出したように質問した。

「子音」

またその質問には、山岡先輩が答えた。

「なるほど、母音子音、母音子音……」

「母音、母音……」

三宅が呟き始める。

「子音、子音……」

「あれ、それどこかで……」

何か聞き覚えがある。前にもこうやって似たような事があったような……。

「あっ」

ボインボイン、と伏部長達が呟いていた——。

「あれ、もしかして……」

「どうしたの、球ちゃん？」

「リンゴはボイン……」

その言葉を自分で言った瞬間に、雷に打たれたような衝撃を受けた。

「リンゴはボインだーー！」

「へっ？」

周りは褒めるというよりもむしろ軽蔑(けいべつ)するような顔をして俺を見ていた。「リンゴはボインだーー！」と急に叫び出した変質者扱いだ。

「いやだから！　前に『聖なる者』が投稿してただろ！　暗号を読み解く為のヒントだったんだよ！　リンゴはボイン！　つまり、リンゴは日本語の母音なんだ！」

「リンゴは日本語の母音？　どういう事？　言ってる意味が……」

「だから、この文中の、R,I,N,G,O が日本語の母音、A,I,U,E,O に当たるって事だよ！」

「ええっ⁉」

「伏部長が前に、R,N,I が多いってこの暗号を見て言ってたんだ！　それもヒントになったんだよ！」

「ま、まさか！　本当にそんな事ありえるの!?」

「ああ、確信がある！　だって、R,I,N,G,O の文字はこの中に多く出てきている上に、ほとんどが二番目に来ているんだよ！　つまり、これは日本語のローマ字の母音で間違いない！　ちょっと貸してくれ！」

紙の横に、R,I,N,G,O の部分だけ A,I,U,E,O に当てはめたものを改めて書き記した。

○A○A○○I－○A－○EI○I
○A○A－○A－○EI○O－○I
○A○○U－○O－○U○A○U
○A○A○I－○A－○○U○U
○○U○I－○A－○○AE－○A
○I○A○I－○A○A○U－○○U○○U

「それぞれのアルファベットが他のアルファベットに対応してるって事か……」

三宅が納得したような顔を見せる。

「さすがタイタンの救世主だ、やはり私の目に狂いはなかったな！」と伏部長も言葉を続けた。

他にも「球君天才」とか「名探偵現る」とか、それぞれが賞賛の言葉をくれる。なんとも誇らしい気持ちになった。思えば今までも美織から事あるごとにミステリー小説の話を聞かされていたのだ。それで俺の推理力も知らず知らずの内に底上げされていたのだろう。それに野球部でピッチャーをしていた時から観察力と洞察力には定評があった。ここへ来て起死回生の名推理が飛び出したのだった。

「い、いやあ、そんなに褒めるなよ、照れるぜ。はっはっは」

「それで、こっから先はどうすればいいの⁉　まだよく意味は分かんないけど！」

「そうっす！　続きを早く教えてください！」

三宅たちの目は爛々としていた。まずい……。

「え、い、いや、こっから先は……」

「んっ？」

「……もう俺には分からないよ」

あっという間に、その目の色がドブのように濁った。

「おいおい球ちゃん、そりゃないって！」

「こ、ここまで分かっただけでも充分だろ！」

「最初の一行だって『ああいあえいい』じゃ訳わかんないって！　一青窈（ひととよう）の『もらい泣き』かよ！」

「変な例えはやめろ！　うだうだ言ってないで三宅ももうちょい良い案出せよ！」

さっきまでの名探偵扱いが嘘のようだった。白石株の暴落だ。

「みんな落ち着くんだ！　球人は素晴らしい働きをしてくれたはずだ！　またここからみんなで知恵を合わせてこの暗号を最後まで解き明かそうじゃないか！」

伏部長が声をあげて、仕切り直す。確かに俺も詰めが甘かった。でもまだ挽回のチャンスはある。R=A, I=I, N=U, G=E, O=O と対応している所まではもう既に判明したのだ。

「アルファベットは合計で二十六文字だろ。ここまでで五文字は確定した訳だから、他の二十一文字も判明すれば、全て分かるって事だけど……」

俺がそう言うと、番場がすぐに反応した。

「一つずつ当てはめていきますか!?　ローラー作戦の出番っすね！」

「当てはめていくったって、このアルファベットの羅列がなにを表すのか分からないから、闇雲に当てはめても意味ないんだよ、このリンゴみたいな法則を見つけないと……」

「あっ、そうっすね……」

番場が落胆した顔を見せる。どうにも気力でカバーするのも難しそうな状況だ。まだ虫食いの箇所が多すぎる。何か言葉を類推して当てはめようにも、まるで見当が……。

「ここまで来たのに……」

また取っ掛かりも何もない状況になってしまった。一度は消えかけていた、諦めの二文字がまた浮かぶ。そしてそんな時に追い討ちをかけるような出来事が起きてしまった。

「……メールが来ている」

「えっ？」

山岡先輩が部室に置かれたパソコンを開いてそう言ったのだ。そしてそのメールの内容は衝撃的なものだった。差出人は、文化系探偵部、坂ノ下登――。

「……全ての謎は解けた、僕たち真の探偵部の勝利だ。明日になれば全ての決着がついているだろう。……はぁっ⁉」

三宅がメールの本文を読み上げた後に叫び声をあげた。俺だって同じ気持ちだった。

「ぶ、文化系探偵部の人達は全ての謎が解けたって事っすか？」

「あいつの事だから、本当だろうな……」

番場の言葉に頷きながら、あの坂ノ下の自信満々な顔を思い出す。今回の暗号についてもあっさり解いてしまったんだろう。それにあっちには美織もいるのだ。……ただ一つ疑念はあった。全ての謎を解き、廃部を賭けた戦いにも勝利したにもかかわらず、ただのメールだけで済ませるような奴だろうか。もっと勝ち誇った態度で部室を訪れて勝利宣言でもかましそうなものだが。

「終わってしまったのか……」

どんな時でも諦める事のない伏部長がふと漏らしたその言葉に、本当に終わりなんだという事を実感してしまった。

――これで、体育会系探偵部は廃部となってしまうのだ。

「あまりにもあっけない……」

山岡先輩がぽつりと呟く。

俺の耳には、二人のその最後の言葉が焼き付くようにいつまでも残っていた。

○

今日は日曜日、タイタンの活動もなくなり、ただの休日になっていた。しかし俺の足はいつの間にか学校へと向いていた。そして、休日も開放されている図書室を目指す。あれ以来、美織とは会話らしい会話は交わしていない。教室でもお互い避けるようにして過ごしていた。今更どんな風にして話しかければいいのか分からなかったのだ。でももうそんな日々も終わりにしたかった。勝負は終わったのだ。変な意地を張ったまま夏休みに入りたくはなかった。いつ何が起きるのかも分からない。タイタンだって突然の終わりを迎えてしまった。事実上、昨日がタイタンとしての最後の活動日だったのだ。

「美織……」

今日は図書委員の作業も無く窓際の席で本を読んでいた美織のそばに立った。そしてずっと言わなければいけなかった言葉を告げる。

「……あの、美織さ、……ごめん。この前の事。なんかあんな事言うつもりじゃなかったのに、喧嘩みたいになっちゃって」

もしかしたら無視されるかとも思ったが、美織は本を閉じてこっちを向いてくれた。

「……ううん、その事なら私も悪かった」

「美織……」

「早く仲直りしたいって思っていたのに、球人も忙しそうだったから、教室でもずっと言い出せなくて、ごめん……」

「いや、全部俺が悪いんだ……」

なんで早くこうする事ができなかったんだろう。いつも助けられてばかりだったのに。

「今日は、どうして図書室に？」

美織が切り替えるように違う話を振った。だから俺も前と同じセリフをわざと口にした。

「……悪いけど、話があるんだ」

「……なんだかそう言われるの久しぶりな気がする」

そう言って美織がふっと笑う。またあの時と同じように、助けを借りる時が来たのだ。

「……あの暗号の答えを教えてほしいんだ。もう対決も終わったし」

決着がついても、このアルファベットに隠された真実は知りたいと思ったのだ。

「……なるほどね。球人たちは、どこまで解読できたの？」

美織の対面に座り、部室でも使っていた暗号を写した紙をテーブルの上に広げる。

「……母音を当てはめる所までは来たのね。そしたらここからは、ある一行にこの母音を当てはめるのが重要になってくるんだよ」

「ある一行？『聖なる者』のアカウントの投稿も遡ったけど、このランダムなアルファベットが使われていたのは、この六つだけだろ？」

「ううん、実はあともう一行、既に目にしているはず」

「えっ？」

そう言うと、美織がスマホを取り出して『聖なる者』のアカウント画面を見せた。

FGITRJN_ZOTO

「フギティアルジェンゾット！」

「えっ？　フギティアルジェンゾット？」

「あっ、いやこっちの話で……」

思わず以前に伏部長が呟いた謎の呪文を口走ってしまっていた。でも落ち着きを取り戻してから、この文字列を見てある事に気づく。

「R,I,N,G,O が全部入ってる……」

「そう、ここに R=A, I=I, N=U, G=E, O=O の法則に則って母音を当てはめる。すると……」

OEIOAOU_OOOO

「これで、母音だけを読んでみて」

「えっと……、えいあうおお？」

「もう気づいたでしょ？ というよりも、このユーザー名は……」

「聖なる者……、えいあうおお……」

母音がぴたりと一致していた。

「このユーザー名こそが、第二のヒントでもあったのか……」

「そうね。これで『FGITRJN_ZOTO』という文字列が、『SEINARU_MONO』と訳す事ができて、F=S, T=N, J=R, Z=M と他のアルファベットの対応も分かる。これで二十六文字中、九文字が判明。こういう風にみんなローマ字の文になっているのよ」

「す、すげぇ……」

「ここから元の暗号に、新たに分かったアルファベットのS,N,R,M を当てはめていく」

○A○AS○I－○A－SEI○I
○A○A－NA－SEI○O－NI
○A○SU－○O－○U○ASU
SA○A○I－○A－○SU○U○U
○SU○I－○A－OMAE－○A
MINAMI－○A○ASU－○OU○OU

ジグソーパズルのピースを埋めるかのように、徐々に言葉が浮かび上がって来た。

「これで読めてくる箇所もあるよね。ここからは国語の授業みたいになるけどついてきてね。上の五つの文に、真ん中辺りにアルファベット二文字の箇所があるのが分かる？」

「ああ、このCR,TR,COとかだな。確かにある」

「アルファベット二文字、つまり日本語だと一文字。その一文字で文を繋ぐ時に出てくるもの。つまり、助詞ね。文中に、CRというのがよく出てくるのが分かる？」

「ああ」

確かに、区切られた所に、三ヵ所もCRが出てきていた。

CRURFBI－CR－FGIPI
WRSR－TR－FGIUO－TI
WRUFN－CO－SNMRFN
FRWRSI－CR－UFNMNSN
UFNPI－CR－OZRG－MR
ZITRZI－URSRFN－SONSON

「文を繋ぐ助詞であり、母音が『あ』になるものは、『か、が、や、は、ば』の五文字に限られる。でもこれだけ頻出するものは通常の文の中では、『は、が』くらいね。そして上から三行目にも助詞のCOがある。もしもCRが『が』だとしたら、C=Gとなる。でも『ご』なんて助詞は存在しないから、それは間違い。消去法でCRは助詞の『は』となる。助詞だから、『は』は、WAという表記ね。つまりC=W、これで十文字まで判明」

「な、なるほど、なるほど……」

分かるような、分からないような、……いや、よく分からない。置いてけぼりにされてる感は否めないが、話の腰を折るのも悪いのでうんうんと頷いておこう。

「こうやって文中に登場回数の多い文字を分析する事で、暗号は少しずつ解読できるのよ。頻度分析って言って、実際に古代文字を読み解く時とかにも使われているの。まったく読めない文でも、その登場回数の多い文字が母音だったり、何かのキーワードになっている事は分かるからね。それからここまで来ると、他の文は類推して読める箇所が出てくるでしょ。例えば最初の文は、『WA○AS○I－WA－SEI○I』ってほぼ浮かび上がってる。最後の○の箇所はGが入れば、『正義』という言葉になる。聖なる者っていうアカウントにぴったりの言葉ね。そうすると、『わあすいは、正義』っていう文になる。これはもう、『私は、正義』って文になるはずだから、これで、U=T, B=H, P=Gとなって十三文字まで判明」

もう美織の独壇場だ。きっとこの調子で全ての暗号を解き明かしてしまったのだろう。

「……やっぱり暗号勝負なんかで敵う訳なかったんだよなあ」

今の考察を披露されては白旗をあげるしかなかった。俺達ではどうやったってそこまで行き着く事はできなかったはずだ。

「ううん、そんな事ないと思うよ。母音が対応している事が分かれば、それをユーザー名の『FGITRJN_ZOTO』に当てはめただけで、犯人まで行き着けていたかもしれないし」

「えっ？　どういう事だ？　俺たちはその助詞がどうとか、他の文の類推なんて……」

俺が戸惑っていると、美織は暗号の中の最後の一文を指し示した。

「ここの答えだけは、すぐに想像できたと思うよ」

MINAMI－OAOASU－OOUOOU

「みなみ、ああす、おうおう……」

呟きながら、その文が何を指し示しているのか分かってしまった。

「……南高洲高校」

「正解」

「そんな、まさか……」

今までの全てのこのアカウントの騒動は、南高洲高校が引き起こしていたものだったというのか——。でも思い当たる節はあった。新聞部と一緒に練習試合に同行した時に、両校の因縁については聞いていた。動機はそれだけでも充分だった。美浜高校を陥れたいという輩は多いはずだし、美浜高校だけが被害を受けているのも納得だ……。

「球ちゃん！」

と、その時、俺がまだ動揺も抑えきれない所に、三宅が図書室の入り口から俺の名前を大声で呼んだ。どうやら三宅も学校に来ていたみたいだ。明日になれば全ての決着がつくと坂ノ下が昨日言っていたし、居ても立ってもいられなくなって来たのだろう。

「ちょっと、図書室では静かに……」

「坂ノ下が大変なんだ！」

美織を遮って三宅が叫んだ。

「坂ノ下さんが……？」

三宅の口から出るはずの無いその名前を聞いて、美織も表情を変える。

窓から見える空は、今にも降り出しそうな黒々とした色をしていた。

校舎から正門までをがむしゃらに走る。美織を気にかける余裕もなかった。そして慌てて駆けつけた正門で見たものは、目を背けたくなる光景だった。

「坂ノ下……」

そこには、見るも無残(むざん)なボロボロの姿になった坂ノ下がいた……。

「さ、坂ノ下さん！」

美織が遅れてやって来る。坂ノ下は工藤先輩の傍で地面に横たわっていた。顔は腫れあがり、口と鼻からは未だに血が流れ続けている。トレードマークの眼鏡も割れていた。制服も至る所が破けていて、その傷跡が生々しく広がっている。

「どうしたんだよ……、何があったんだ坂ノ下……」

まだ、自分の気持ちを整理する事ができなかった。言葉が震えている。

「タ、タイタン……」

今にも気を失ってしまいそうな姿のまま、かろうじて坂ノ下がこっちを向いた。

「……誰だ、誰にやられたんだ？」

「……君たちには、……関係ない」

「ふざけんな！　関係あるだろ！」

「ちょっと、大声出さないで！」

工藤先輩が口を挟んだ。でも俺は自分を抑えられなかった。声を張り上げずにはいられなかった。なんで、なんで坂ノ下がこんな目に——。

「……私、先生呼んできます」

「私も手当てするものを持ってくるわ。あなたたち、ここで坂ノ下君の事を見ていてあげて」

「……はい」

美織と工藤先輩が、その場を離れる。残ったのは俺たち三人だ。

そしてそんな時になってぽつぽつと雨が降り出してくる。

「……坂ノ下。一体誰にこんな事やられたんだよ」

三宅も俺と同じ質問をした。でも坂ノ下は、依然として口を割らなかった。

「……南高洲高校の奴らにやられたのか？」

「えっ……」

俺がそう言うと、一番に驚きの声をあげたのは、坂ノ下ではなく三宅だった。そういえば、まだあの暗号の答えを三宅に教えていなかった。

「……よく分かったな、……それに、君にもあの暗号が解けたとは驚きだ」

こんな時でも坂ノ下の生意気な口調は変わらなかった。それとも、俺たちに心配をかけまいと気を張っているのか……。

「……さっき、美織から教えてもらっただけだ。……俺は何もわかっちゃいない」

「……どうせそんな事だと、思ったよ」

坂ノ下が、起き上がろうとして、雨で濡れた地面に手をつく。

「だ、大丈夫か！」

「どいてくれ！　くそっ……！」

俺の体を弾き飛ばそうとしたが、その腕にはもう力が残っていなかった。手を滑らせて、逆にまた坂ノ下が地面にひざまずく。

「……悔しい」

雨は徐々に強さを増していた。

「坂ノ下……」

「犯人を捕まえられなかったのは僕のせいだ……。僕が、弱いからだ！　……あんな暗号を解読できたってなんの意味もない！　この細い腕じゃ何もできやしないんだ！」

雨が、その坂ノ下の傷ついた腕に打ちつける。

「……何が真の探偵だ。……僕は何もできやしないんだ、……ただの無力な人間だ！」

「坂ノ下！　やめろ！」

拳を地面に打ちつける坂ノ下を止めた。また血が流れだしている。その痛みが、自分のもののようにも感じた。あまりにも、痛い――。

「なんで、くそっ……」

「……お前は無力なんかじゃないだろ！　あの暗号を解いたんだ、それだけで本当の探偵だって分かる。お前は凄い奴だろ！」

「知った風な口をきくな！　お前らに何が分かる！　この痛みが……」

「分かるよ……」

坂ノ下が涙をぽろぽろと零す。そんな姿も俺たちには絶対見られたくなかったはずだ。

「……分かってたまるものか」

いや、分かるんだよ嘘じゃない。本当に今、手に取るように分かるんだ。それこそ名探偵みたいに――。

「……同じ探偵部だろ」

昨日までは敵だった。紛れもないライバルだった。でも今は違う。同じ仲間だ――。わずかな逡巡の後、坂ノ下の目に、小さな光が灯った気がした。

「……タイタン」

坂ノ下が、今にも雨に負けてしまいそうな、か細い声で俺たちの名前を呼んだ。

「……助けてくれ」

――体育会系探偵部、タイタンの出番だ。

○

あのプライドの高い坂ノ下からは出てくるはずのない言葉を聞いた。あれほど嫌っていたタイタンに助けを頼んだのだ。だから俺たちは立ち上がった。反対する者も、躊躇する者も誰一人いなかった。そして俺たちは、あるライブハウスの前にたどり着いていた。

「……ここか」

伏部長が眼前にその建物を見据える。あの後、学校には誰ともなくタイタンのメンバーが集まっていた。そして、戻ってきた坂ノ下の姿を見て、誰よりも怒りに震えていたのは伏部長だった。山岡先輩、番場、三宅もいつになく真剣な顔つきを見せている。

今日のライブの開演には時間が大分ある。小規模なライブハウス。百人程度が入るのが精いっぱいだろう。このライブハウスを利用して、南高洲高校の連中は定期的にイベントを週末に開いているようだった。このイベントに関しては他のアカウントからツインズに告知もされていた。十代の若者を集めた交流ライブイベントと題されている。しかしライブとは名ばかりで、実際は既存のアーティストの音楽を勝手に大音量で流し、後は適当に歌って踊ってを繰り返して金儲けをしているだけのようだった。

「反吐が出るぜ、あいつらのやり方にはよ……」

　金を稼ぐだけなら、まだ利口なやり方だったのかもしれない。しかしそれだけではなく、何もよく知らずに参加した女の子の飲み物に強い酒を混ぜて、酷い目に遭わせたりしているという噂も立っていたのだ。

「……成敗しなければいけないっすね」

　ここに騒動を引き起こしていた南高洲高校の連中がいる事も、今までのイベントでの被害についても、全て坂ノ下に教えてもらっていた。坂ノ下は南高洲高校へ単身乗り込んだ後、あの野球場にも居た酒井龍平にここに連れて来られて、大勢から暴行を受けたのだった。

「……行くぞ」

　伏部長が、殺気にも似たものを放ちながら、みんなに声をかけた。今回の一件に南高洲高校、そして酒井が関わっていると聞いた時、明らかに目の色を変えていた。そういえば、この前も板倉が酒井の話をしようとした時、会話を止めたのは伏部長だった。もしかして、何か過去に関係でもあるのだろうか……。

階段を一段一段ゆっくり下った。その足音が反響する。心臓の鼓動も聞こえた。

そして階下にたどり着くと、おもむろに伏部長が会場入り口のドアを開け放つ――。

「……なんだ、お前ら?」

そこには、南高洲高校の生徒が数人集まっていた。今日これから行われるイベントの準備を行っているようである。その顔触れは、あの日秋津球場のスタンドにいた面々とほぼ同じだった。そしてその中心には酒井がいた。

「さっきの奴の仲間か?」

相変わらず、一人だけ異質な禍々しいオーラを放っている。

「同じ美浜高校の連中だろ、さっきも中坊みたいなガキが来たんだよ。『僕は探偵だあ、事件を解決しに来たあ』とかわめいてよ」

酒井が坂ノ下の声色を真似すると、周りの男たちが笑い転げた。心から愉快そうに笑っていた。きっと、そうやって罪悪感もなく、坂ノ下の事も痛めつけたのだろう。

「坂ノ下を馬鹿にするなよ!」

三宅が猛然と声をあげる。以前のような怯えはもう微塵も感じられなかった。

「……『聖なる者』のアカウントはお前なんだろ。そして今まで、美浜高校の生徒を晒し続けていたのもな!」

俺も相手を目の前にして、怒りを抑えきれなかった。

「ああ、別に逃げも隠れもしないぜ。その通り、おかげでバカな生徒が減っただろ?」

「ふざけるな！　どれだけ迷惑がかかったと思っているんだ！　菅原先輩も……」

「菅原？　……ああ、あの野球部の奴か。そうか、罰をちゃんと喰らったみたいだな。試合でも調子に乗っていたからいい気味だな。最高に笑えるぜ」

「何が最高だ……」

「人が必死こいて努力してきたものが一瞬で無駄になるんだぜ、その馬鹿さ加減と言ったら滑稽で仕方ないだろ」

最低な男だった。何も分かり合えない気がした。俺が綺麗だと思うものをこいつは汚いと思うのだろう。逆にこいつが綺麗だと思えるものが、俺にとっては汚く見えるはずだ。それくらいに、あまりにもこいつとは物事の価値観がかけ離れている。

「本当に愉快だったよ、どいつもこいつも脅しをかければ充分に働いたからな」

「脅し？」

「ああ、証拠写真を撮った奴の中から脅す奴を何人か作るんだ。写真を晒されたくなかったら、誰でもいいから三人の晒し写真を撮ってこいってそいつらに言ってな。そうやってお前らの高校の中に倍々式で俺らの工作員を作っていくって訳。まあ今じゃもう、どこまで広がってるかも分からねえがな」

「そういう事か……」

つまり、大川も脅されていたのだ。何らかの写真を撮られ、晒される寸前だった。そして脅しを受けて、他の生徒の晒し写真を撮ろうとしながらも、タイタンに救いの手を求めたのだ。犯人さえ捕まってくれれば、自分の写真が晒されることもなくなるし、他の人の事も撮らないで済む。あらゆる場所で、多くの人がターゲットになっていたのも、美浜高校の内部まで敵の手が忍び込んできていたから、という訳だったのだ。

「……理由は一体なんなんだよ、こんな事して何が楽しいんだよ！」

「理由か、まあその一つは傍の奴に聞いた方が早いんじゃないか。……なあ、譲二」

「……酒井先輩」

「えっ……？」

伏部長が相手を先輩付けして呼んだ。俺の予感は的中したみたいだ。二人にはやはり面識があったのだ……。

「……何があったんですか、過去にあの男と」

「ふっ、昔話でもしてやったらどうだ」

酒井に促されたからなのかは分からない。でも、伏部長はぽつぽつと語り始めた。

「……酒井先輩は、私の中学時代の一つ上の先輩だ。同じボクシング部だったんだ。今は南高洲高校で一年留年したらしく、同学年という事になっているがな」

伏部長が先輩付けしている理由はすぐに判明した。そういう事だったのか。

「……当時から何かと問題の多い人だった。しかし教師にはバレないようにうまく事を起こしていた人でもあった。しかし、とうとう隠し切れない、酷い事件を起こしたんだ。女性を脅したうえに暴行を加える、というれっきとした犯罪だ。……そしてそれが明るみに出た時、私を犯人に仕立てあげようとしたんだ。……結局その後は、他の生徒が私の身の潔白を証明してくれて、酒井先輩の悪事が暴かれた。……そして酒井先輩は、私のいた中学から姿を消した。その後の行方は分からなかったが、一年ほど前に南高洲高校に在籍しているという事実を知った。また、こういう形で会うのは避けたかったが……」

——そんな過去が隠されていたなんて知らなかった。知る由もなかったのだ。

「酒井先輩、これが今回起こした事件の全ての理由なんですか？　だったらなぜこんな美浜高校全体を陥れるような真似を……」

「勘違いするなよ、理由の一つだと言っただけだ」

酒井が口を挟んだ。そしてその理解もできない答えを口にする。

「暇つぶしだよ、暇つぶし」

「……暇つぶし？」

まさか、それだけ……？　嘘だろ……。

「このライブイベントだってその暇つぶしの一環さ。それにうちの高校と美浜高校には因縁が昔からある。うちからしたらそいつらを標的にするのは当たり前だ」

言っている事が理解できなかった。何が当たり前なのかまったく分からない。

「俺と同じように、美浜高校を嫌っている連中は南高洲高校にたくさんいた。鬱憤は溜まっていたんだ。それで遊び半分で始めたんだよ。美浜高校の評判が下がると俺たちは心から愉快になるんだ。最高の暇つぶしだよ。本当にこの遊びを始めてから毎日が楽しいよ」

酒井の周りの男たちも、愉快そうに笑って頷いた。

「俺たちの暇つぶしが原因で停学だの、退学だの処分を受けた連中は運が無かっただけだな。もしくはただのバカだろ」

――許せなかった。こんな奴のせいで菅原先輩は処分を受ける事になったのだ。高校生活を賭けた最後の大会に出られなくなってしまったのだ。坂ノ下も大きな怪我を負った。イベントで被害を受けた生徒もいる。全部、全部、こいつらが……。

「で、お前ら何しに来たんだっけ？」

「……事件を解決しに来たんだよ」

俺は自信を持ってその言葉をぶつける。

「事件？　何だ、探偵ごっこがそんなに流行ってるのか？　さっきのガキも似たようなこと言ってたが、何もできずに返り討ちにあったぞ。お前らに何ができるって言うんだ？」

俺たちに謎は解けなかった。アジトの場所だって分からなかった。推理なんてできなかった。最後まであの暗号を読み解く事はできなかったのだ。

でも――。

「お前をぶっ倒せる」

「……笑わせるなよ」

そう言った酒井の顔はピクリとも笑っていなかった。言い表しようのない緊張感が辺りを包みこむ。そしてそこで先頭に立ったのは伏部長だった。

「私はくだらない喧嘩をしに来た訳ではありません。だからこそここは、スポーツマンシップに則ってケリをつけたい」

　そう言って伏部長は、学校から持参したグローブを酒井に差し出した。そして自分自身もそのグローブを装着する。

「お互いに元ボクシング部同士、ボクシングでケリをつけましょう。私と一対一で戦う事が怖くないのならですが……」

「……ふんっ、その安い挑発に乗ってやるよ」

　酒井がにやりと笑って仲間の助けを借りてグローブをはめた。この対決方法は、俺が考えたものではない。伏部長が提案したものだった。伏部長らしい、真正面からのぶつかり合いを選択したのだった。

「うらあっ！」

　じわりと近寄って来ていた酒井が突然、スタートの声も上げずに右の拳を思いきり振り回す。体重の乗ったロングフックだ。

「むう……」

　伏部長は咄嗟に腕をたたんでガードする。でも防ぎきれなかったようだ。唇から血が滴り落ちる。そして畳みかけるように、酒井が素早いジャブを二発放った。続けて右のストレートを繰り出してくる。上背では伏部長が勝っているが、伊達に酒井も南高洲高校の頭を張っている訳ではなかった。元ボクシング部の切れ味はまださび付いていない。喧嘩慣れもあるのだろう。伏部長が防戦一方に追い込まれている。

「だ、大丈夫かよ、部長……」

三宅が心配そうに言った。確かにまずい状況だ。伏部長も何とか手を出し始めたが押されっぱなしのままだ。まさか、伏部長が負けてしまう事なんてありえるのだろうか……。

「うぐっ……」

そしてついにその固いガードを割って、酒井の右拳が伏部長の腹にめり込んだ。ここを早速の勝機と見たのか、酒井はダッキングして懐に入り込む。伏部長は腹に重い一撃を喰らった事でガードが下がっていた。下から突き上げるように、酒井の右拳が伏部長の顔面目掛けて飛んでくる。

「くっ！」

——間一髪、伏部長がその拳をかわした。大ぶりのパンチの後で酒井の体は泳いでいる。今度は伏部長がお手本の様なワンツーを相手のガードの上から何度も叩きつけた。

「行け！　伏部長！」

酒井はガードしているが、その圧に負けるようにじりじりと後ろに下がっていた。それにわずか数分の打ち合いで息が上がっていた。伏部長と違って部活をやめた後はトレーニングを怠っていたのだろう。スタミナの差がここへきて出ていたのだ。

「いける、いけますよ、伏部長！」

流れは完全に変わり始めていた。このまま形勢は逆転し、伏部長が勝利を収めると思った。でも、その時だった――。

「うがっ……」

伏部長が突如、苦しそうに床に倒れこむ。

「ぶ、部長！」

三宅は一体何が起きたのか分かっていないようだった。でも俺には見えていた。追い詰められた酒井はあろう事か、膝蹴りを伏部長の下腹部に向かって繰り出したのだ。

「汚いぞ！　これはボクシングの試合のはずだぞ！」

口を挟まずにはいられなかった。しかし酒井は悪びれる様子もなく言い放つ。

「はぁはぁ……、甘い事言ってんじゃねえよ。やっぱりぬるいな美浜高校の連中は……」

そしてそのまま伏部長の隣に立った。

「なあ譲二！」

酒井が伏部長の腹へさらに蹴りを入れる。周りの仲間ものしかかるようにして、伏部長の体を押さえつけ始めた。もうボクシングの試合の形なんてまったくなくなってしまっていた。酒井は最初から真面目に勝負する気なんてなかったのだ――。

「……今度はお前らの番だな」

酒井が余裕を取り戻したように、またにやりと下卑た笑みを見せる。さっきまでギャラリーを気取っていた他の男たちも立ち上がった。

「な、なんだよ……」

そして裏手からも新たな仲間たちが現れた。その手には、金属バットやバールのようなものまで握られている。

「イベントの一つや二つやってると、ゴタゴタも多いからな、そういう時にはこういう人手がいるんだよなあ」

「く、くそっ……」

こっちはたったの四人。かたや相手は二十数人。明らかに絶体絶命の状況だった。

じりじりと相手が詰め寄ってくる。

一番の戦力であり、頼みの綱でもある伏部長を失ってしまった俺らに。その距離はわずか数メートル——。

「球ちゃん……」

さっきまで自信に満ちていた三宅も、今は怯え切った顔をしていた。

——どうする、どうすればいい。俺はタイタンの作戦参謀だろ？　この窮地を脱するような作戦を思いつかなければいけない。考えろ、考えろ……。

「……三宅、そんな顔すんな」

「えっ」

決めた。もう考えるのはやめよう。

だって。俺たちがやる事はいつでも決まっている。

——諦めずに最後までやるだけだ。体力と気力を振り絞って、負けると分かっていても挑むしかないのだ。

坂ノ下はやれる事をやった。謎を解いてくれたのだ。伏部長も立派に戦ったのだ。

だからこそ俺たちは、こいつらをぶっ倒さなければいけないのだ——。

「……戦おう」

「球ちゃん……」

三宅の瞳から迷いの色が消えた。

「挑戦の先には成功がある！　失敗の先には成長がある！」

そしてライブハウス中に響き渡るような声を突然上げた。

「どんな時も最後の最後の地球最後の日まで諦めない！」

隣の番場も叫ぶ。

「全身全霊全力全開！」

山岡先輩も声をあげた。

「戦えタイタン！」

「うおおおおおぉぉ！」

最後に俺が声をかけると、四人全員が雄たけびをあげて、二十人以上の敵に向かって突っ込んだ——。

つま先で思いきり地面を蹴った。低い体勢のまま相手の懐に飛び込んでタックルをかます。ぐはっ、と相手の呻き声が漏れた。そのまま両の腕で相手の両足を摑んで、地面に打ちつけるように倒す。もう躊躇なんてしていられない。相手を一人残らず倒さなければいけなかった。そして、酒井に一発くれてやる。坂ノ下の仇をとらなければいけない。諦める訳にはいかなかった。――でも、調子よく進んだのは最初だけだった。多勢に無勢。相手の上にまたがった俺に、横から飛んできた蹴りをよける術はなかった。モロに喰らってしまう。そして運悪くつま先の部分がみぞおちに入った。

「う、うがっ、はぁ……」

胃の内容物が全て出てきそうだ。必死で飲み込む。

「おらあっ！」

それから、くの字になった俺の腹に向かってまた蹴りが飛んでくる。容赦がなかった。

――痛い、苦しい。こんな気分初めてだ。意識が遠のきそうになる。

床に転がりながら、視線を上に伸ばした。他の仲間はどうなんだ。俺はダメでも、三宅と番場は、そして山岡先輩は……。しかし、そこには凄惨な光景が広がっていた。

三宅と番場は既に俺と同じように床に転がっていた。途中まではパルクールを駆使して相手をかき回して攻撃していたようだが、ひとたび捕まってしまってはなす術もなかったようだ。山岡先輩も一人か二人は相手を倒したみたいだが、今は四人の男に取り囲まれて、身の自由を失っていた。伏部長は必死で上に乗った連中を振りほどこうとしていたが、逆に殴る蹴るの暴行を雨あられと受けていた。戦況は火を見るより明らかだったのだ。絶体絶命の状況は何も変わらなかった……。

「譲二、残念だったな……」

にやりと笑みを浮かべながら、酒井が床に転がったままの伏部長に近づく。そして、その髪を乱暴に掴み無理やり顔を持ち上げた。

「俺とお前の関係性は変わらないままだ。誰に歯向かったか分かってるんだろうな」

「さ、酒井先輩……」

「二度と逆らえないようにしっかり教育してやるよ」

そう言ってから、なぜか酒井が俺の方に向かってくる。

「な、なにを……」

「お前の我慢強さは中学の頃から知ってる。殴ってみても反応が薄いし、全然反抗もしなくて面白くなかったからな。でも一度だけ俺に盾突いた事があったよな。一年のお前の後輩をスパーリングと称してボコボコにしてやった時な……」

酒井が、今までにも見せなかったくらいの下卑た表情になる。

「何をする気だ……」

「おい、よこせ」

酒井が隣の男に向かって催促する。受け取ったのは金属バット──。

「や、やめろ！　やるなら俺にやれ！　他の部員は関係ないだろ！」

伏部長が声をあげる。でもそんな言葉は無駄だった。俺だって分かっていた。もうなす術は無いのだ。俺の上にも男二人が上半身と下半身に乗っかっている状態だ。わずかに自由なのはその相手の体からはみ出した右腕だけだった。

「やめろ！　やめろ！　やめてくれー！」

伏部長が必死の形相で叫ぶ。しかしやめてくれる訳もなかった。酒井は俺の右腕に狙いを定めている。もう逃げ場はなかった。

――もう、ここまでだろうか。この右腕を潰されてしまったら、二度と野球はできないだろう。いや、それどころかキャッチボールすらできないはずだ。金属バットはこんな事に使うもんじゃないのに。なんだか、妙に頭の中がクリアなのが、不思議だった。そしてこんな状況になって浮かんできたのは、わずかに過ごしたタイタンでの日々だった。

ああ、三宅と番場はいつもバカなことをやってたな。でもパルクールの時は本当に格好良かった。俺も教わりたかったな。山岡先輩は未だによく分からない事が多いけど、本当に優しい人だった。今度茶太郎にもまた会いに行きたいな。伏部長は、いつでも頼りになる人だった。まさにタイタンの部長に相応しい人だった。今だって、ずっと最後まで諦めずに抵抗を続けている。

でも、もうダメみたいだ。野球どころか、タイタンの活動すらもできなくなるだろう。まだ正式に入部もしていないのに――。

「なあ、俺の靴をピカピカにその舌で磨きあげて謝ったら気も変わるかもしれないぞ？」

酒井が、焦らす様に金属バットを持ち上げたまま、憎たらしい笑みを浮かべて言った。くそ野郎。そんなの受ける訳ないだろう。こっちは謝る気なんてさらさらないんだ。だってこっちは悪い事なんて一切していないのだ。

——ただ、この勝負に負けただけだ。後悔はない。今日負けて失敗したけど、俺たちは必ず成長する。そして次は成功する——。

だから、俺はこんな状況だって全てを受け入れていた。

俺が選んだ。俺が望んだ。タイタンといる事を——。

「……バーカ、くそくらえ」

俺がそう言うと、ぎゃはは、とまた酒井が笑った。

そして、金属バットが振り下ろされる——。

カァンッ、と床と金属のぶつかる音が響いた。まさか酒井が狙いを外したのだろうか。いや、実際は違った。金属バットはそのままカランカランと床を転がったのだ。

ありえない事が起きていた。白い光の玉がすぐそばを通過して、酒井の左太ももも辺りに的中したのだ。そして、その正体が明らかになる。

「野球ボール……」

俺が初めて三宅と出会った時に目にした光の玉はテニスボール、でも今度は違った。高校野球で使われる硬式球だ。なんでこんな所に……。まだこの状況についていけなかったが、次の瞬間にライブハウスの入り口のドアから何人もの男がなだれ込んで来た。

「お、お前たち……」

なんと、そこには美浜高校の体育会系の生徒が大勢集まっていた。サッカー部、野球部、ラグビー部。空手部、柔道部、剣道部。その他諸々の体育会系の生徒が集まっていたのだ。初めて見た人もいる。それもそのはず、総勢四十人近い人がいたのだ。

「譲二！　助けに来たぞ！」

「いつも世話になってる礼だ！　南高洲高校の連中なんかに負けんぞ！」

「美浜高校の底力見せてやろうぜ！」

伏部長に向かって、それぞれの部のキャプテンが声をかけた。そういえば菅原先輩が処分を受けて廊下で待っていた時も、伏部長は体育会系の部の代表みたいに先頭に立っていた。そしてその菅原先輩や新聞部の牧野先輩からも頼りにされていたのだ。ある意味当たり前の光景だった。伏部長が自ら築きあげてきた仲間との絆の証だったのだ。

そして俺は、その中心に思いがけない人物を見つけた。

「……さ、坂ノ下」

そう、まるで坂ノ下が全体の指揮を執るように中心にいたのだ。どういう事だ。もしかして、坂ノ下がこの仲間を呼んでくれたのか……。

「な、なんだこいつら……」

さっきまでの余裕な酒井の姿は消えていた。こんな事態は想定していなかったようだ。

「……行くぞ！　美浜高校突撃！」

諸葛亮孔明が扇を振るかのように、坂ノ下が号令をかける。すると一斉にサッカー部、野球部の遠距離攻撃が始まった。サッカーボール、硬式球が一気に乱れ飛んだのだ。

「いで！　いでて！」

その攻撃には敵味方の見境がなかった。俺たちも被弾する羽目になったが、相手を一瞬怯ませる事もできたので、その間に相手から距離を取って離れた。こうして美浜高校側と南高洲高校側の陣地が出来上がる。

「第二陣、行け！」

今度はヘッドギアをつけたラグビー部が綺麗に横に並んだ。そしてそのままスクラムを組んで相手に突進をかます――。

「う、うわあ！」

一気に美浜高校の陣地が広がった。そしてそのラグビー部のスクラムの後ろには空手部、柔道部、剣道部の猛者たちが待ち構えていた。日頃の鍛錬の成果を余すことなく披露して敵を打ちのめしていく。相手も抵抗はしていたが、美浜高校の部員同士の巧みなコンビネーションには敵わなかった。相手にはチームワークというものが一切なかったのだ。

「すげえ……」

壮観な光景だった。みるみる内に相手の生徒の数が減っていく。こんな状況でも美浜高校側は相手へのダメージを最小限にとどめているのはさすがだった。無駄に痛めつけるのが目的ではない。降伏させて制圧する。部活の対外試合かなにかを見ているようだった。

「な、なんだと……」

そして、あっという間に、酒井一人が残る状況となった。美浜高校の生徒が酒井を円で取り囲んでいる。そしてその中心に向かって、立ち上がった伏部長が歩を進めた。

「……もう諦めてください、酒井先輩」

「クソ……」

酒井が一歩引きさがる。そのまま逃げ出すのかと思った。でも違った。酒井は伏部長に飛び掛かる為に一歩引いたのだった。

「うらあぁぁっ！」

始まりと同じロングフックを酒井が繰り出す。しかし、あの伏部長に対して同じパンチを見せるのはあまりにも悪手だった。伏部長は腕を交差させるように、そのままカウンターのパンチを酒井の横っ面にお見舞いしたのだ。酒井の体がピンボールの様に吹っ飛ぶ。

「ふ、伏部長、やっぱつえぇ……」

三宅がまるで自分が殴られたかのように声を漏らした。確かにそうだった。伏部長が負けるはずなんてない。体育会系探偵部タイタンの絶対的部長なのだ。伏部長が常に鍛え続けていたのを知っている。あの日々はきっとこの時の為だ。自己満足の為でも、人に見せつける為でも、誰かを痛めつける為でもない。今、大事な仲間を、守る為――。

「う、はぁっ！」

「……もう終わりにしましょう」

「う、うう、クソ、なんで……」

伏部長も、これ以上無駄に拳を振るいたくなかったはずだ。酒井に近づいてから降伏を促す。もう決着はついたと思った。ここからひっくり返る状況なんてありえなかった。

でも酒井は諦めていなかった。床から勢いよく立ち上がった酒井の手にはナイフが
——。

「部長——！」

その瞬間、体が勝手に動いた。床に転がっていた硬球を素早く摑む。そして右腕を振りかぶった。肩にも肘にも、痛みはない。さっき助けられたおかげで無事だった右腕だ。あの日以来、そう、ボロ負けした試合以来の本気の投球だ。その全ての一連の流れを体はしっかりと覚えていた。目を瞑ってだって投げられる気がした。

ボールはまっすぐに飛んでいく。そしてその白球が、酒井の右胸に当たった——。

「いでっ！」

ナイフが床に落ちる。手首を狙おうかと思ったが、外れるリスクも踏まえ、狙いを変えたのが功を奏していた。そしてその瞬間に、伏部長がナイフを壁の端に蹴飛ばす。

「……助かったぞ、球人。さすがタイタンの救世主だ」

「ク、クソ、さっきのガキか……」

酒井は、頼みの綱を失い、負けを悟ったのか、憎まれ口を叩いたまま床に膝をついた。

「……俺の名前は白石球人だ。ガキなんかじゃない」

「ふざけた名前しやがって、クソ……」

そんな言葉も一切俺には気にならなかった。こうしてまた俺は伏部長を救う事ができた

のだから。球人でも、救人でも、俺にとっては胸を張って宣言したくなる名前だった。

「俺の名前を、お前の頭にしっかり刻み込んでやるよ」

——そして、さっき投げたボールを拾い、そのまま酒井に歩み寄る。

「お、おい……」

酒井の瞳に怯えのような色が映った。そしてその真正面に立って、まっすぐに酒井を見据える。そしてワインドアップのモーションをとった。

「う、嘘だろ！　やめろ！」

俺は、この男を許せなかった。坂ノ下の事、菅原先輩の事、美浜高校の被害にあった生徒の事、そしてここのイベントで被害を受けた生徒の事、今までの全ての恨みを——。

思いっきり振りかぶってボールを投げる。くらえ、酒井——。

「うわあぁぁぁ！　いやだあぁぁぁ！」

次の瞬間、ドガバキイィッ！　と、顔面の骨が粉砕するような音が響き渡った。

——なんて事は一切なく、響いたのは酒井の情けない断末魔の叫びだった。

「ひ、ひぃぃ、ぇぇ……」

ボールは綺麗に酒井の顔面の真横の壁に当たっていた。狙い通り、抜群のコントロールだ。元から当てる気なんてなかった。もう決着はついていたし、無駄に痛めつける必要なんてなかった。あくまでここに来たのは試合のつもりだったのだ。

だけど、最後にこいつに向かって言ってやりたい事はあった。

耳の穴かっぽじってよく聞け――。

「……O・O・W・R・S・R！」

「え、は……？」

俺が言ったアルファベットの羅列が何を示していたのか、酒井には全く理解できなかったみたいだ。なんだよ、お前らの作った暗号のはずだろう。

この『大馬鹿』が。

○

南高洲高校での一件から二日が経った。ライブハウスでの戦いを終えた後、坂ノ下は病院へ直行し、ようやく学校に復帰した。事件当日は無理をして練習をしていた体育会系の生徒へ呼びかけたみたいだ。美織と工藤先輩も一緒になって人を集めてくれたと言っていた。あの日集結したメンバーの中に他に大きな怪我人が出なかったのは、不幸中の幸いともいえるだろう。

今回の争いについては勿論、箝口令（かんこうれい）が敷かれる事となった。そしてこの一件については、南高洲高校でも完全なトップシークレットとして扱われる事がほぼ決まっていた。ライブハウスで起こしていた悪行は相手にとっては決して明るみには出てほしくない事実だったのだ。そしてなんといっても、南高洲高校にとってはもっとひた隠しにしておきたい理由があった。追い詰められた酒井はなんと、お漏らしをしてしまっていたのだ！　大ではなく、小であったのが唯一の救いである。その決定的瞬間を写真に収めさせてもらった。そして「この写真をバラまかれたくなかったら、今回の事については一切他言無用だ。それにもう二度と美浜高校に関わるなよ」と言っておいたのだ。証拠写真がある脅しが効果的なのは身をもって分かっているだろう。酒井は力なくうなだれるだけだった。

結局その後あのライブハウスや他の場所でも南高洲高校の出入りは禁じられる事がほとんどとなり、こうして、『美浜高校無差別ツインズ公開事件』は無事に幕を閉じたのだった。

「いやー、それでは美浜高校の勝利、そしてタイタンの存続決定を祝って、カンパーイ！」

三宅が調子の良い声をあげて音頭を取った。そう、文化系探偵部との戦いも結局は同点、決着は持ち越し、という結果になったのだ——。謎を解いたのは紛れもなく文化系探偵部だった。しかし最後に事件解決のために戦ったのは、体育会系探偵部とその仲間たちだった。結局美浜高校から他の生徒が駆けつけてくれたのも伏部長の信頼が大きかったのが一因だ。そして坂ノ下にとっては、一度タイタンに助けを頼んでしまった、という事も大きな負い目になっているらしい。両者とも全部員と顧問の集まる場で話し合ったが、結局はこういう結果になった。

「とりあえず一件落着か……」

学校側にも、文化系探偵部の工藤先輩や美織から、今回の一件の顚末（てんまつ）を報告した。表向きには南高洲高校との諍いがあったが、高校生として真っ当な試合をして、穏便に事態は収束したと言ったみたいだ。やや気にかかった点はあったようだが、信頼を寄せている文化系探偵部の生徒の言う事なので、先生方も納得したようだ。

正直、ホッとしている。体育会系探偵部としても、文化系探偵部としても一番の結果になったのではないだろうか。これでお互いに活動を継続する事ができるのだ。

「……ところで、球人はこれからどうするんだ？」

「えっ？　なんですか急に……」

最初は、伏部長が突然口にしたその言葉の意味が分からなかった。

「……これからは、球人が好きな道を選んでいいんだぞ」

でもそれは、これから俺が、どの部に所属するのかという事だった。俺はまだタイタンに仮入部の身だったのだ——。

「……野球をしたければ野球部に入ったってかまわないんだぞ、あの時のピッチングは見事なものだった。それに野球部の部員からも誘われているんだろう？」

「それは……」

実は、今回の南高洲高校との戦いの後、野球部の先輩から声をかけられていた。あの中に俺が中学時代に活躍していた事を知っている人がいたのだ。そしてそれを聞きつけた野球部の顧問からも直々に、「今年の夏にはもう間に合わないが、来年の夏に向けて、大きな戦力となるから是非入ってほしい」と言われていた。

——本音を言うと、野球部に心が動いた自分もいる。あの金属バットで殴りつけられそうになった瞬間、最初に頭をよぎったのは今後、野球ができるかどうかだった。伏部長を救った時も体が勝手に反応して投球をしていたのだ。そして何よりも、野球部は俺の存在を大いに必要としてくれていた……。

「でも、いや、もうタイタンに仮入部もしていますし……」

はっきりとした否定の言葉は出てこない。どうやら俺は、野球という存在を体の隅々から追い出せていなかった。それどころか、またあのマウンドの上に立ちたいと思っている自分もいる。そんな迷いを抱えていたのは伏部長にも見透かされていたみたいだ。どうしよう、俺は、どうすれば……。

「いや、でももうぶっちゃけ球ちゃんの役目は済んでるからさ、本当に好きにしちゃっていいと思うよ」

「はっ？」

突然、事態を全く把握していないアホ発言をしたのは三宅だった。てっきり三宅辺りは引き留めに必死になると思っていたのに……。

「だって、今回の一件でタイタンの部継続の確約は取った訳だし、もう充分なんだよ。最初は球ちゃんに数合わせでいてもらっただけだからもう用は足りたって事で！」

「な、なんだよ！　その言い方！」

「いやいや、どう考えたって球ちゃんは野球部行った方がいいよ！　もうタイタンは別に球ちゃんを必要としてないしさ！　ほら、美浜高校を甲子園に連れてって、きゃはっ」

三宅がブリッコしてどこぞのアイドルみたいな言い方をした。いい加減頭にくる。全くもって会話にならないじゃないか。何を言っているんだこの男は——。

「ふざけんなよ！　そんな風に思ってたのか！」

「あっ、ごめんごめん、つい本音が」

「うるせえ！　もう分かったよ！　こんなクソみたいな掃き溜め部には元々一日たりとも居たくなかったんだよ！　この大バカ野郎が！」

言葉の勢いに任せていきり立ったまま部室を出る。叩きつけるようにドアを閉めると、あっという間にタイタンと俺の間に大きな隔たりを作る壁ができた。

「なんなんだよ、くそ……」

でもその瞬間、部室からわずかに小さな声が漏れ聞こえてきた。懲りない三宅の憎まれ口かとも思ったけど、その内容は全然違った。

「ふえぇぇ、球ちゃん……、寂しいよぉぉ……」

それは、三宅のあまりにも情けない悲痛な叫びだった。

「泣くな、連、よくやったぞ」

「断腸の思いで、連君も言ったんっすよね。格好良かったっすよ」

「……これで、白石もちゃんと自分の気持ちを優先して行く末を選択する事ができるな」

そして部室から続いて聞こえてきたのは、赤裸々なタイタンの部員たちの想いだった。

もう俺が傍にはいないと思って、話し始めてしまったみたいだ。

「なんなんだよ、本当に……」

——俺の為に、やってくれたんだ。このまま自分たちが足枷（あしかせ）にならないように、ちゃんと俺自身にこの先を選ばせるために……。

「……バカ野郎、バレバレじゃねぇか」

ワイシャツの袖（そで）を使って、瞳からこぼれて来た液体みたいな何かを拭った。決して涙なんかじゃない。そんなものが出る訳はなかった。校舎の中にも雨が降っているみたいだ。

——俺も、ちゃんとこの先の選択をしなければいけない。

そして、俺はその答えを出す前に、ある事にケリをつけなければいけなかった。その件をかたづけた後でなければ全ての答えを出す事なんてできない。

——実は、まだもう一つだけ解決していない事件が残っていたのだ。

ある人物を、体育館裏に呼び出していた。本当なら甘酸っぱい告白でもする為に呼び出したい場所だが、そういう訳ではない。他の誰にもこの話を聞かれない為、この場所にする必要があったのだ。

「……君からの呼び出しとは、意外だね」

——そこに姿を現したのは、千堂先生だった。

「少し、先生に聞きたい事がありまして」

「……聞きたい事？　南高洲高校の一件についてはもう充分坂ノ下君たちから聞いたが」

俺が聞きたいのはその事ではない。ここからは単刀直入に話をしていくしかなかった。

「……千堂先生は、十五年前のこの学校の卒業生ですよね？」

千堂先生の眉(まゆ)がピクリと動く。初めて見せる動揺の兆候にも見えた。

「そして、ミステリー研究会に所属していて、校内で起きたどんな些細な出来事もたちまち解決する探偵役として名を馳(は)せていた……」

「……よく調べ上げたみたいだね」

以前に千堂先生は、俺の過去を詳しく調べ上げていた。だから、実はこっそりと俺も千堂先生の事を調べていたのだ。情報を集めるのはそう難しくなかった。なぜならこの学校には、毎週力作の校内新聞を発刊するほどの立派な新聞部がある。囮(おとり)作戦で牧野先輩の制服を貸してもらった時の頼み事とはこの事だったのだ。

「伏部長から探偵部設立の歴史も聞きました。探偵役の生徒がいたミステリー研究会が探偵部と呼ばれるようになった事も……。つまり、この学校の初代探偵部を作ったのは千堂先生だったんですね。そして逆上した体育会系生徒の暴行に遭ったのも……」

「……ああ、その通りだな」

十五年前に起きた、この学校の文化系生徒と体育会系生徒が分断された事件。その発端となった、暴行に遭ったのは千堂先生だったのだ。そして今回、坂ノ下が同じような目に遭ってしまい、過去の出来事がもう一度引き起こされたかのようだった。

歴史は繰り返されたのだ。なぜ繰り返されたのだろうか。

——その答えは、千堂先生自身に隠されているはずだった。

「そんな事が分かったくらいでどうしたんだ、それをただ告げに来ただけか？　別に私としてはそんな事隠していた訳でもないぞ。調べればすぐに分かる事だ」

千堂先生は依然としてポーカーフェイスを崩さない。でも、俺はそんな事だけを言いに来た訳じゃなかった。

「まだ続きはあります。……今回の勝負、そして以前に起きた事件に関しても、さまざまな不可解な事があったんです」

「不可解な事？」

「ええ、改めて考えてみると、今回わざわざ暗号が使われていた事から既に不自然でした。暗号を利用するなんてミステリー小説に精通しているような人間がする事じゃないですか、酒井たちはそんな手の込んだ真似をするような相手には思えなかった……」

俺が最後に暗号法則に則った言葉を告げたのに、全く酒井が理解できていなかったことで、その違和感は膨らんでいた。明らかに不審だったのだ。そして事件は遡る——。

「……今思えば第一の連続盗難事件に関してもおかしかったんです。三宅の机にハンカチが入っていて、犯人扱いされた事がありましたよね」

「ああ、あったな。あれは確か犬が勝手に入れたという事になっていたみたいだが……」

「千堂先生ほどの人が自分で言っていて気づきませんか？　あれもどう考えても無理があ

りますよ。もしも茶太郎自身が三宅の机に突っ込んだのなら、あのハンカチに犬の毛一つすらもついていないのはあまりにおかしくありませんか？」

「……確かに、……そうだな」

「あれは嵌められたんです。誰かの手によって三宅が犯人に仕立て上げられようとしていた。三宅を追い詰める為に、そして問題を起こしたタイタンを廃部へ追い込む為に……」

千堂先生は、頷く事も、否定する事もしなかった。

「そして、第二の事件、新聞部の事件の中でも不可解な事が起きました。タイタンの部室が何者かの手によって荒らされていたんです。当時は、結局連載の事件に結び付けてしまっていた。『酔い止め薬』が部室の中に残されていたのがミスリードになったんです。そしてそれが偶然にも、『ありがとうよ、瑞葉』と一連の隠されたメッセージに入ってもあまり違和感のないものになってしまった。けど、よく考えてみると、この『よ』というのは明らかに不要です。『ありがとう、瑞葉』だけで充分だ。綾小路先輩が最後に告げたのも『ありがとう、瑞葉』という言葉だった。つまり部室が荒らされたのはまったく新聞部と関係ない出来事だったという事です。そして残された『酔い止め薬』、これは一体誰のものなのか。シンプルに考えると乗り物酔いをよくしてしまう人のものですよね……」

千堂先生を見つめる。その顔は曇って見えた。

「……例えば、電車や飛行機を避けて、自分が運転する自動車にしか乗らない人とかは怪しいですよね」

「……私を疑っているのか？」

千堂先生の声が冷たいものに変わった。

「……新聞部から、先生がわざわざ大阪の生徒に会いに行くのに、自分の車を運転して行ったと聞いていました。それで、よく乗り物酔いする人たちの共通項みたいなものを思い出したんです。他の人が運転する乗り物では酔ってしまうけど、自分が運転する乗り物では酔いにくくなる、というのがありますよね。運転に集中していたり、進行方向に合わせて体が動くので揺れを感じるのも少ないから、と言われています。千堂先生もそういうタイプの人間だったんじゃないかと。……だから酔い止め薬を常備していた。そしてタインの部室の中で捜し物か何かをしていた時に、急に部室に戻って来た凜子先生に慌てて、逃げ出した際に落としてしまった、そういう事なのじゃないかと」

こう考えてみると、当時の俺の第一の事件と第二の事件に関する推理は的外れな部分がいくつもあったみたいだ。やっぱり推理は苦手だ。でも、こうやって様々な一連の出来事が、最後に結びつくとは思ってもみなかった。謎解きは奥が深い。

「暗号解読の分析についても千堂先生は前に、文化系探偵部の中で教えるとも言ってましたよね、さっき言った暗号に精通する人、というのにも千堂先生は該当します」

この発言は、以前に千堂先生が言っていた事だ。それを聞き漏らしてはいなかった。

「……暗号解読なんてミステリー小説の中では当たり前の事だよ。その事について話をするのも顧問としてごく自然な事だ。特に坂ノ下君は次の文芸誌で暗号を入れたミステリー小説を執筆したいと言っていたからね」

千堂先生に屈する様子はなかった。しかしまだ論拠はある。

「……そして、今回のツインズの晒し事件。あの暗号にもヒントは隠されていたんです。全ての文を翻訳したものをここに書き写してありますから見てください」

紙を広げた。全文の翻訳は、事件解決後に美織から教えてもらったものだった。

FGITRJN_ZOTO　聖なる者
CRURFBI－CR－FGIPI　わたし　は　せいぎ
WRSR－TR－FGIUO－TI　ばか　な　せいと　に
WRUFN－CO－SNMRFN　ばつ　を　くだす
FRWRSI－CR－UFNMNSN　さばき　は　つづく
UFNPI－CR－OZRG－MR　つぎ　は　おまえ　だ
ZITRZI－URSRFN－SONSON　みなみ　たかす　こうこう

「……ここに、バカな生徒に、という一文があります」

千堂先生が無言のまま覗き込む。

「『生徒』という言葉を同じ高校生である人間が使うのも、少し引っ掛かりがあるんです。確かに僕たちでも使う時はありますが、それでも一般的にこの『生徒』という言葉を使って僕たちを呼ぶのは、教師の立場の人間ではないですか？　もしも南高洲高校の人間だったら、『馬鹿な奴らに』とかの方が適している気がします……」

千堂先生はまだ何も答えなかった。今、何を考えているのだろうか。俺には分からない。でもそのまま、ある決定的な事を告げた。

「……そして、このユーザー名は、『聖なる者』です。正義という言葉を使っているにもかかわらず、『正なる者』ではなかった。だからこそ、この『聖』には意味があった」

まっすぐに千堂先生を見据えた。

「つまり、『聖なる者』とは、『聖職者』。教師を意味しているんじゃないですか？　千堂先生、そうですよね？」

──ずっと目を合わせなかった千堂先生が、ようやくこっちを向いた。

「……君の事を少し見くびっていたようだな」

千堂先生が漏らすように呟いたその言葉は、全てを認めるような発言でもあった──。

「今回の勝負で廃部を提案したのも千堂先生ですよね……、それにタイタンの事も嫌っていた。それはやっぱり十五年前の出来事が関係しているからですか？　体育会系の生徒から酷い暴行を受けた。それから一度は共に探偵部を作ったものの、結局は袂(たもと)を分かってしまって、だからこそ、ずっと体育会系の生徒や問題を起こす生徒を憎んでいて……」

「ここまでの推理は完璧だったが、動機に関しては、不充分だな……」

「えっ？」

「問題はそんな憎しみだとか些細なものではない」

千堂先生が、きっぱりとした口調で言い放つ。

「……こうして教師になったが、やはり思うのは、どうしても分かり合えない他者が存在する、という事だよ」

「分かり合えない他者？」

「君も目にした事はあるだろう。こんな小さな学校の中でもはみ出し者はいるんだ。平穏に、真面目に暮らしている私たちに害をなす者だよ。……君だって学校外や、何かのメディアを通してそういう人種の存在を知っただろう？　現に君は出会っているはずだ」

「そ、それは……」

俺の頭には、酒井の姿や南高洲高校の連中の顔が思い浮かんでしまっていた。あのライブハウスで出会った時、絶対に分かり合えないと思った。価値観が全く違う生き物だと思ってしまった。千堂先生が言っているのは、きっとそういう奴らの事だと思った。

そして千堂先生は、俺の答えも待たずに、質問をまたぶつける。

「……なあ、どうして問題や争いは、世界や社会、そしてこの小さな学校の中でも起きると思う？　誰だってそんなもの望んではいないだろうに」

「それは、やっぱり……、意見がぶつかる事とかもあるし……」

「……それも良い一つの意見だ。むしろ真っ当だと思うよ。だがな、そういう問題に関してはお互いが真っ当な人間なら答えを模索したり、妥協点を探り合う事もできるものだ。……しかし、争いや問題の起きる本質は違うんだよ」

千堂先生が、言葉を続ける。

「争いや問題は、ある日突然、全く関係のない、ただの害をなす者からもたらされるんだ。どんなに真面目に、平穏に過ごして善良な生き方をしていても、突然その誰かから危害を加えられるんだ。そうすると日常は急に変貌する。そしてその者たちには、どんな教育をしようと、どんな法を整備しようと関係ないんだ。……なぜならそいつらは、そういう奴らだからだ。元からそういう人間なんだ。一定数そういう人間が存在しているんだよ。どうやったってそういう奴らとは永遠に分かり合う事はできないんだ。僕たちとは全く異なる価値観と倫理観を持っている奴らだからね。……そしてその者たちを避ける事はできない。なぜなら私たちはその害をなす者と同じ世界で生活しているからだ」

まるで倫理か何かの授業を受けているようだった。千堂先生の話は止まらなかった。

「なあ、悪い事を起こすと牢屋に入れられるだろう。あれは一般的には、反省や更生を促すための罰となっているが、私から言わせてみれば違う。……あれは一定期間だけでもいいから、この世界から害をなす者を排除しているんだよ。そういう奴らが存在しない世界を少しでも作ろうとしているんだ。だってそういう奴らが存在しないだけで世界は少しだけ良くなる。……この国には死刑という制度があるね。あれこそまさに、この世界からの究極的な排除だと思っている。絶対に分かり合えない人間をこの世界から消す訳だ。少しでも穏やかに、平和に生きる人たちの生活がこれ以上脅かされないために、この世界を少しでも良くするために行っているんだと私は思っているよ」

「この世界を良くするために……」

死刑や罰なんて、そんな事にまで話が飛躍するとは思っていなかった。ただ今は、千堂先生の話を聞き取るのに精いっぱいだった。

「……ここまで大言壮語したが、別に私はこの全世界を変えたいなんて馬鹿な事を思っている訳ではない。なぜならそんな事は不可能だからだ。一定数のそういう奴らはどこにでも存在するし、また生まれてくる。……だから私は、この学校の中だけでも、もう少し良い世界にしたかったんだ。真面目に正しく生きる生徒が報われる学校にしたかった」

「……だから、ツインズで問題のある生徒を晒し始めたんですか」

俺が尋ねると、千堂先生がゆっくりと答える。

「……最初はあれも、ただ小さなきっかけを与えただけだった。美浜高校と南高洲高校に因縁があった事は私もよく知っていた。だからこそそれを利用した。昨今のＳＮＳ上で生徒の炎上投稿は問題になっていたからね。それを利用して、美浜高校を標的にするのも面白いかもしれない、と私は提案したんだ。彼らは少しの躊躇もなく乗ったよ。退屈していたんだろう。面白いおもちゃを与えられたようだった。後は私が暗号を作って与えると、そこから先は私の手を離れて勝手に事は動き出した。南高洲高校の中心人物、酒井の元にそれが渡る頃には、もう私でも止められないものになっていたんだよ。まあ暗号の最後に彼らの高校名も記載したし、遅かれ早かれ破綻するると思っていたけどね」

ずっと千堂先生の話を理解しようとしていた。今の心境を推し量ろうとしていた。

――でも、無理だった。その淡々とした他人事のような物言いが腹立たしくて仕方なかったのだ。

「……分かってるんですか」

「何がだ？」

「……あんたのせいで、坂ノ下はあんな怪我を負ったんですよ！　もしかしたらもっと最悪な結果になっていたかもしれなかった！」

そこで初めて、千堂先生が逡巡するような表情を見せた。

「……分かっている。その事に関しては、私としてもショックだった」

「本当に分かってんのかよ！　野球部の菅原先輩だって処分を受けた！　停学になるかもしれない！　暴力事件なんて実際はなかったんだ！　素晴らしい先輩だったんだ！　それなのに、それなのに……、最後の大会に出られなくなるなんて……、それにこのままじゃ……」

やっぱり許せなかった。このままでは最後の大会どころか菅原先輩は退学の危険性もあったのだ。なんで、どうして、こんな事に……。

「……その事に関しても申し訳ないと思っている。あれも間違いだった」

今更認めたって菅原先輩は報われない。どうする事もできないのだ。

「……今までの全ての事を、学校でも、警察でも、どこにでも話すといい。全てを受け入れるよ。坂ノ下君にも、菅原君にとっても、それが私の罰になるはずだ」

千堂先生が、全てを悟ったような顔をしてそう言った。こんな最後の状況になっても、千堂先生の感情の色は見てとれなかったのだ。——でも、その時だった。

「白石君、そこをどいて」

後ろから女の人の声がかかる。振り向くと、そこには凜子先生がいた。

「み、水谷先生、なぜここに……」

千堂先生も驚いた顔をしている。俺も驚いた。今までの話を、すべて聞いていたのだろうか。話に熱が入って周りを気にする事ができていなかった。凜子先生がつかつかと千堂先生の前に歩み寄る。そして毅然とした態度のまま、まっすぐに千堂先生を見据えた。

「千堂先生、あなたの事を同じ教師として尊敬していました。でもこれは一体なんですか……」

「なんですか、とは……」

いつもとはまったく違う凜子先生がそこにはいた。

「……どうして、もっとちゃんと向き合おうとしないんですか！　事件の事だって、もっと生徒と向き合えば違う答えが見つかったんじゃないですか！　なぜあなたはその事から逃げて、ただ自分と違う人間を排除するなんてやり方を選んだんですか！」

「水谷先生……」

「……先輩教師として、さまざまな事を千堂先生からは教わりました。何を考えているのかよく分からない時もありましたけど、それでも内側に生徒への熱い思いを持った素晴らしい先生だと思っていました。それなのに、これはなんですか！」

初めてだった。凛子先生は、千堂先生にはまったく頭が上がらない事で有名になるほどの人だったのだ。そんな人が、必死に訴えかけてくれていた。俺は誤解していた。凛子先生はここぞという時、誰よりも生徒の為に戦ってくれる頼りになる先生だったのだ。

「……凛子先生の言う通りだよ、あんたはただの愚かな教師だ」

「白石君……」

「今までやってきた事は、自分と考えの合わない奴らに、害をなす奴らって勝手にラベルを張り付けて、排除しようとしただけだろ！　世界を良くするだとか、罪だとか、そんなのどうでもいいんだよ！　あんたが勝手に学生時代のコンプレックスを引きずって、その憎しみをぶつけてるだけじゃねえか！」

「……そんな事では断じてない」

「違わねえだろ！　教師の癖に生徒と向き合う事から逃げやがって！　今だって俺と向き合う事を避けてるだろ！」

「……そんな事ない」

「そんな事あるだろ！」

「……お前みたいな奴に私の気持ちが分かってたまるか！　ふざけるな！」

初めて千堂先生が出した大声に驚いてしまった。そしてそのまま言葉をぶつけてくる。

「私が前の学校に勤務していた時の教え子はな、そういう害をなす者達の酷いイジメで学校を去る事になったんだぞ……」

「それってもしかして、大阪まで会いに行ったたっていう……」

「ああ、そうだ。良い生徒だった。真面目で、本を読むのが好きで、日差しが続いた時には、誰よりも早く気づいて花に水をあげるような優しい生徒だった。そんな真面目に生活をしていて、誰も傷つける事のなかった善良な生徒が、なんで学校を去らなければいけない……。排除されるべきは、その害をなす者達のはずなのに……」

なんて言葉をかければいいか分からなかった。さっき言ってた事も、俺と千堂先生のどっちが間違いかどうか分からなくなった。きっと両方正しいんだ。正しい事と正しい事のぶつかり合いだった。俺が千堂先生に聞かれて答えた争いが始まる理由、意見がぶつかる事と一緒だった。

でも、その続きなら千堂先生も言っていた。真っ当な人間同士なら、妥協点を探り合えるし、答えを模索する事もできる、と。

——だから俺たちは、まだちゃんとまっすぐにぶつかり合っていないだけだった。

「ぶつかり合いましょう、千堂先生……」

「何を言っている……」

「……こっちから行きますよ」

その瞬間、俺は千堂先生に掴みかかった。といっても殴り倒すとかそういう事ではない。掴んだのはズボンのベルトだ。そしてそのまま押し出そうとする。

「し、白石君⁉」

俺の行動に驚いたのは、千堂先生だけではなかった。凜子先生も突然の出来事に明らかに動揺している。でも俺たちはちゃんとぶつかり合っていなかった。ずっと俺も千堂先生を避けてしまったし、千堂先生もその想いを全く口にしていなかった。だからこそ、こうしてぶつかり合う必要があった。伏部長だって言っていた、ちゃんとまっすぐにぶつかり合う事が大事だって。その為には小細工なしの体と体のぶつかり合い、相撲だ——。

「バ、バカな、離せ！」

「いいからかかってきてくださいよ！」

凜子先生も、千堂先生もまだ面食らっているけど、俺だって驚いている。今までだったらこんな対決を選ぶなんて絶対になかったはずだ。でも体が勝手に動いていたのだ。

「ク、クソッ！」

千堂先生もこのまま倒されるのを嫌ったのか、俺のズボンのベルトに手をかける。お互いにがっぷり四つの体勢になった。千堂先生と俺の、初めての戦いが始まったのだ——。

「う、ぐぐ……」

上背は若干、千堂先生の方がある。それでも体つきが良いのは俺だ。最近ではこっそり筋トレもしている。もう何年も運動していない千堂先生に負ける訳にはいかなかった。

「く、はあ……」

　でもそれは千堂先生も同じだ。生徒であり、今回の謎を解き明かした俺に負ける訳にはいかないと思っているはずだった。

「はぁはぁ……」

　膠着（こうちゃく）状態のまま時間が過ぎる。千堂先生の額からも汗が滴り落ちてきていた。こんな姿を見るのは初めてだ。いつものクールでポーカーフェイスな姿は完全に消えていた。

「が、頑張って！」

　凜子先生が声をかける。どっちを応援しているのかは分からない。でも、俺の事だと信じたかった。

「うおお！」

　勝負をかけた。思いきり力を入れてすくいあげる。千堂先生の体が一瞬浮いた。

　この機を逃す訳にはいかない。一気に畳み掛ける――。

「うらあああっ！」

　次の瞬間、千堂先生は地面に倒れていた。

　――ギリギリの所で、なんとかこの戦いに勝利したのだった。

「はぁはぁ……」

　俺も最後の力を振り絞っていた。もう限界だった。一緒に千堂先生の横に寝転ぶ。

「だ、大丈夫⁉　二人とも！　今救急箱持ってくるから！」

凛子先生がその場から走り出す。千堂先生は地面に掌をついた際、少し出血していた。

「……はぁはぁ、馬鹿らしい。……こんな事、生徒としたの初めてだ」

千堂先生が、空を見上げながらぼやくように言った。

「……俺だって、こんな事、先生としたの初めてですよ」

なんか、このやりとりだけ聞くと、ヤバいフレーズみたいだ。疲れすぎて、うまく頭が回らない。語彙が異常に減っていた。

「……大阪に行ってしまった生徒さんは、その後元気にしているんですか？」

さっきの子の事が気になってしまっていた。今は、どうしているのかって……。

「……ああ、新しく友達も無事にできたと言っていたよ。今は大学生になったんだ。教師になるのが夢らしい。……苦い思い出があるはずなのによくやると思うよ」

それはきっと千堂先生のおかげだろう。同じように生徒に親身に寄り添う教師になりたいと、きっと思ったのだ。

「……ってか、それにしても、千堂先生も暗号のヒントが下ネタはなくないですか？」

ずっと気になっていた事も、この際、尋ねたかった。あのヒントを千堂先生が考えたなんて、今になってみると不思議でしょうがなかったのだ。

「……ヒントが下ネタ？　なんの事だ？」

「ほら、『リンゴはボイン』ってあったじゃないですか。もしかして先生巨乳好きですか？　それとも凛子先生のボインを見ている時思いついたりして？」

「リンゴはボイン……、……ああ、そういう事か。はっはっは！」

千堂先生が、突然笑い出す。

「えっ？」

こんな風に大声をあげて笑った姿を見るのは初めてだった。初めて生徒と相撲を取った事で、何か吹っ切れたのだろうか。

「……そんな事全く意識していなかったよ。リンゴをヒントにしたのも、その単語が相応しいと思ったからだ。難解な暗号ほど、その答えの鍵となるものは単純で美しいからね。『Apple』なんて英単語で最初に習うものだろう。それに、私の好きなミステリー小説でも、『Apple』という単語が謎を解く鍵になっていた事があったからな。……そういう訳で、私なりの美学があったんだがな」

「そ、そうだったんですか……」

ずっと勘違いをしていた。確かに千堂先生が、そんな巨乳を連想するヒントなんて出す訳ない。最後に馬鹿な事を聞いてしまった。ああ、またなんか言われるに違いない……。

「本当にタイタンの連中は馬鹿だな……」

ほら、言われてしまった。

でも、千堂先生は、それから遠い目をして空を見上げた。

「……私はもっと大馬鹿だったのかもしれないけどな」

その呟きは、とても寂しそうに聞こえた。

一学期の終業式の日を迎えていた。千堂先生は美浜高校を離れる事になった。教師までやめてしまったのかどうかは分からない。ただあれから退職届を提出した事だけは確かだった。事情を何も知らない生徒の何人かは、その突然の別れに悲しんでいた。

俺としては、別れの前にもう一つだけ聞きたい事があった。タイタンの部室が荒らされたあの日の事だ。あの時千堂先生は、一体何を捜していたのだろうか。凜子先生はただ単に部室に顔を出そうとしていただけだったが、千堂先生が何を捜していたのかは分からなかったのだ。最後まで教えてくれなかった。ただ、探偵部としての大切なもの、また探偵の証(あかし)のようなもの、と千堂先生は言っていたが……。

「……明日から夏休みか」

坂ノ下が、廊下の窓から練習する野球部を眺めていた。

「次は準決勝らしいな」

菅原先輩は学校に復学していた。それは千堂先生からの、強い嘆願があったかららしい。校長と教頭に向かって必死に訴えかける千堂先生の姿を見たと凜子先生が言っていたのだ。『聖なる者』のアカウントが削除され、悪質なイタズラのせいだったと周りの見方が変わったのも大きかった。そして菅原先輩は、最後の大会に臨む事ができたのだ。

千堂先生が本気を出せば、あのライブハウスでの決闘をこっそり撮影して、俺たちを窮地に追い込む事もできたはずだ。そうしなかったのは、きっと千堂先生も今回の一件の責任を強く感じていたからだろう。

「それにしても、千堂先生が、あんな事をしていたなんてな……」

坂ノ下の言葉にはいつものような調子がまだ見られない。それもそのはずだ。全ての事実を知っているのは、俺と凜子先生だけではなかった。

坂ノ下は、あの暗号を解いた時、千堂先生がこの暗号を作ったと気づき、この事件に関わっている事を悟った。だからこそ、酒井の下に単身乗り込んだ訳だ。もしかしたら全てを解決した後で、千堂先生と何かしらのケリをつけようとしていたのかもしれない。あの時にあんなクールな態度でいた理由も、今になって判明したのだった。

「……本当に、なんであんな事したんだろうな」

千堂先生のした事は許されない事だ。勝手な理由で、美浜高校の生徒を危険な目に遭わせ、偏った価値観で問題となる因子を取り除こうとしたのだ。極論、そういうやり方もあるだろう。いじめを受けて転校してしまった千堂先生の教え子の話に、胸の奥が締め付けられるような想いもした。校内には、『聖なる者』のアカウントが消えてから、またバカな事をして学校側から処分を受けた生徒もいた。皮肉なものだった。

本当に今だってどっちが正しいのかはよく分からない。俺だって、酒井たちと出会った時、千堂先生と似たような事を思っていた。それに俺は、この美浜高校の中でも勝手に、文化系だの、体育会系だのと、別々のものに分けて、必要のない壁を自ら作っていた。

——でも今思えば、そんな必要はなかったと思う。色んな奴がいて当たり前だった。ただ単に勝手にくだらない枠組みを作っているだけだった。そんな体育会系と文化系とか、優秀な生徒と出来の悪い生徒とか、真面目な奴と不真面目な奴とか、白と黒にはっきり分ける必要なんてなかった。文化系だと思っていた新聞部が、実は体育会系みたいな日々を過ごしていたりするし、体育会系の中でも本が好きでピアノが弾けたりする奴もいる。真面目そうに見えて悪い奴だっているし、悪そうに見えて良い奴もいる。

だって俺たちは同じ高校生だ。まだらなグレーのままで良かった。だからこそ、色んな奴が存在して、お互いのできる事、できない事を補い合って支え合う形こそ、理想の世界なんじゃないかって思う。千堂先生に話したら青臭いと鼻で笑われるかもしれないけど、今はそう思いたかった。

「……今回ばかりはタイタンに助けられたよ、借りができたな」

「いや、暗号を解読したのはそっちだし……」

今回の事件だって、まったく正反対の人間だと思っていた、体育会系探偵部と文化系探偵部が力を合わせる事で解決できたのだ。まさに今回こそその理想を体現した形だった。

「……これから僕たちも共に力を合わせていこう。最初に探偵部ができた頃のように」

「……そうだな」

いつになく素直にそう言った坂ノ下がゆっくりと右手を差し出したので、俺も応えた。

俺たちもいつか分かり合えるのだろう。そして、その一歩を踏み出した気がした。

「これからよろし……」

しかし、そこまで言いかけて熱い握手を交わした瞬間、ありえない事が起きた。

「くぎぎがばばばばばあ！　あべべぇぺぺぺ‼」

――全身に電流が走った。い、一体、何が起きたんだ！

「ふむ、なかなかの威力だな」

目の前の坂ノ下が袖をめくる。なんとその位置に小型のスタンガンが隠されていた。

「な、何しやがるんだ！　お前！　ふざけんなバカ野郎！」

「また犯人を見つけられても、捕まえられなくては意味がないからな。悪くなさそうだ」

「ふざけんじゃねえぞ！　人で実験すんな！　馬鹿！　大馬鹿！」

信用した俺が馬鹿だった。ああ、やっぱり分かり合えない気がする！　価値観だって絶対違うに決まってる！　よく美織もこんな奴と一緒にいられたものだ……。そういえば、今日は放課後になってすぐに姿を消していた。もう家に帰ってしまったのだろうか。

「僕にとってタイタンは、いつまでも敵のままだからな。はーっはっは！　それではこれで失敬するとしよう」

「ぐ、ぐぬぬ……」

一学期の最後まで憎たらしい男である。しかしそこで廊下を歩きだした坂ノ下がもう一度俺の方を振り向いた。

「……ところで、君はこのままタイタンに入るのか？」

「えっ？」

「倉野尾さんから聞いたぞ、実は君はまだ仮入部の身なんだってな」

「そ、それは……」

「まあどうだっていい、じっくり悩んで答えを出すがいいさ。それではまた夏休み明けを楽しみにしているよ、……さらばだ、我がライバル白石球人よ」

そう言って坂ノ下が姿を消した。

「あいつ……」

俺の名前を初めてフルネームで呼んだ。いや、別に嬉しくないけどな。なんか一方的にライバルと決めつけられているし……。

でも、こうして俺はまた、今度は自分自身にケリをつけなければいけないと思った。

——自分の進むべき道を、選択しなければいけない。

○

一学期の最終日となるこの日、俺は職員室へ向かい、入部届の紙を受け取った。そしてそこに強い筆圧でしっかりと『白石球人』と書き記した。後はこれを提出するだけ。そして校舎を飛び出して、グラウンドへとやって来た。今日はやたらと強い風が吹いている。夏を象徴するような熱風だ。そして、そこに俺が入部届を提出する先の相手がいた。

——そう、タイタンの部員達だ。

「……伏部長、入部届を持ってきました」

決断を下したのだ。決め手はあの千堂先生との対決に相撲を選んだ事だった。今までの俺なら話し合いを続けたはずだ。でも違った。俺は得意の野球対決でもなく伏部長のような相撲対決を選択していた。その自分に驚きながらも、すっかり自分がタイタンに染まっている事に気づいたのだ。そして、この最後の決断を下したのだった。

「……ほう、そうか」

さっきまでずっと部室や校舎の中を探し回っていたが、伏部長たちはどこにもいなかった。探しに探し回った挙げ句、結局見つけたのがこの場所だったのだ。地面に円を描いた中心に、部員全員がいる。

「……悪いが球人。こんな紙きれでは、タイタンでは正式な入部とは認められないんだ」

「えっ？」

訳が分からない。普通の部活なら入部届を出す事で正式な入部となるはずだ。

「まだ言っていなかったが、体育会系探偵部タイタンには、特別な入部の儀があるんだ」

ああ、待てよ、タイタンは普通の部活じゃなかった。なんだろう、入部の儀、何か嫌な予感がする。というかこのタイタンと関わるようになってから嫌な予感が頻発している。

「……あの、入部の儀ってなんですか？」

「……ある対決をして、部長である私に勝利する事だ。何回負けたっていい。勝つまでやるのみだ」

「ある対決を勝つまでやるのみ……」

なんとなくその対決内容は想像がついていた。

「その対決とは、小細工なしの体と体のぶつかり合いだ！　この半径二メートルの円の中から私を押し出すか、もしくは私を地面につける事ができれば球人、お前の勝ちだ！　タイタンに古くから伝わる伝統の対決、真闘技（しんとうぎ）と呼ばれるものだ！」

「いや、それって相撲の事じゃ……」

「真闘技だ」

「真闘技」

まあいい、俺が想像していたのは相撲だったが、もはや呼び名なんてなんだって良い。

でも最初からこの場所にいたなんて、まるで俺が来るのを予期していたみたいだ。

「さて、そこでこの対決の厳正な審判を務めてもらうある人物に来てもらっている」

「ある人物？」

「今日球人が私たちに入部届を提出すると事前に予測していた切れ者だ」

「えっ？　そんな人が……」

「審判を務めます倉野尾美織です。よろしくね、球人」

なんとその場にひょっこりと姿を現したのは、美織だった。

「な、なにやってんだよお前！」

「だから審判だよ。球人の格好いい姿が見られるって部長さんから教えてもらってこの役を務める事になったの」

相撲の行司が持つ軍配の代わりに、授業中に使っていたうちわを持ってきている。準備は万端のようだった。格好いい姿と言われても、どちらかというと無様(ぶざま)な負け姿を何度も晒す事になるかもしれないんだぞ。伏部長も余計な事を……。

「よし、これで準備完了だ！　さあ、球人、遠慮せずにかかってこい！」

伏部長はいつの間にか、もうワイシャツを脱いでいた。ある意味、その筋肉の鎧(よろい)の方が普段着のようにも見える。果たして、俺がこの相手に勝てるのだろうか……。

「……よっしゃ」

でも俺もやるしかなかった。この戦いを乗り越えなければタイタンに入部する事はできないのだ。ワイシャツを脱ぎ、臨戦体勢になった。

「球ちゃんいけー！」

「球君、ファイトっす！」

「自分を信じろ、白石」

三宅、番場、山岡先輩がそれぞれ言葉をかけてくれる。自分達もやり通してきたからこそ、俺にもなんとか乗り越えてほしいのだろう。

ああ、俺だって乗り越えるつもりだ。やってやる——。

「見合って、見合って……」

伏部長が、俺をまっすぐに見据える。俺も、まっすぐにその視線を返した。

——真剣勝負だ。

「はっけよいのこった！」

美織の掛け声と共に、思いきりぶつかり合う。猫だましや変化なんてない真っ向勝負だ。美織の掛け声から何までもはや完璧に相撲だった。

「う、ぐぐ……」

物凄い圧だ。鋼鉄の壁を押しているかのような感触。そしてそのまま押しこまれる。

「ぬ、ぐ……」

地面に根を張るように踏ん張る。しかしその時、伏部長が上手投げを繰り出した。

「うがぁ！」

圧倒的な力の差だった。あっという間に体が地面についてしまう。

「さあ、もう一番だ！　球人、かかってこい！」

伏部長が悠然と構える。そして高くあげた足を地面に叩きつけた。大地が揺れた気さえする。まさにラスボスだ。俺は、果たしてこの男に本当に勝てるのだろうか——。

——それから何度も何度も挑んだ。しかし結果はいつまで経っても変わらなかった。伏部長が力を抜く事なんて一切ない。同じ結果がリプレイ映像のように何度も繰り返されていた。それでも弱音を吐く事はできない。俺が自分の力で、やり遂げるしかないのだ。

「……はっけよいのこった！」

美織も嗄れかけながらも、大きな声を張り上げてくれている。こんなでかい声を美織から聞いたのは初めてだ。精いっぱい鼓舞してくれているようだった。

「球ちゃんまだいけるよ！」

「ネバーギブアップっす！　球君！」

三宅達もずっと応援を続けてくれている。ここでやめる訳にはいかなかった。

「う、うあぁ！」

それでもまたもう一度投げ飛ばされる。何度も地面に手をついたせいで、掌には血が滲んでいた。膝と肘からも血が出ている。全身の至る所がボロボロだった……。

「球人……」

美織が審判である事を忘れて、俺の心配をする。ああ、俺って美織に心配かけてばっかりだな。野球の試合で打たれまくってた時も、そんな顔にさせていたのかな……。

「……はぁはぁ、どうした、球人、タイタンに入るのを諦めるか？」

ある事に気づいた。伏部長も肩で息をしている。何度も取り組みをして体力を消耗しているのは確かだ。そして発破をかけ続けてくれている。俺を、奮い立たせるために——。

「まだまだだっ！」

こんな所で諦める訳にはいかない。タイタンの部訓其の一『どんな時も最後の最後の地球最後の日まで諦めない』とある。きっとこの入部の儀は、そんなタイタンイズムを体に叩きこむ為のものでもあるのだろう。

「よし、かかってこい！」

「もう一番！　はっけよいのこった！」

美織の声がグラウンド中に響き渡ると、また熱風のど真ん中で衝撃が起きた。汗がしぶきとなって辺りに飛び散る。体も泥だらけ。もうなりふりなんて構っていられなかった。

「球君！　ファイトー！　諦めちゃダメっす！」

番場が叫ぶような声を出した。番場は純粋で穢(けが)れを知らない良い奴だ。トラブルを引き起こす事もあるけど、番場がいるだけで部室の温度が二、三度あがる気がする。そんな奴と出会えたのもタイタンで過ごしたおかげだった。

「白石、この一番が勝負だ！」

山岡先輩も大声をあげていた。タイタンの良心ともいえる存在だ。その見た目からは想像できないくらいに優しい人。それに動物が好きで平和主義の人。そんな山岡先輩とはまだあまり話せていない。これからもっと知りたいって思っている自分がいる。

「球ちゃあん！　勝て、……勝つんだ！　……タイタンに入るんだぁ！」

三宅はもう泣きながら声をあげていた。

なんだその顔。戦っているのは俺なんだぞ。まるでお前が必死で戦っているみたいじゃないか。ああ、でもぐしゃぐしゃに汚れているのは俺だけじゃないんだな。

——思えば、全てはこいつとの出会いから始まったのだ。まだ二ヵ月も経っていないのに、あの日テニスコートの傍で出会ったのが遠い昔に思える。

ずっと退屈だった。時間が流れるのが異様に遅かった。体力も有り余っていた。でも、三宅と出会って、タイタンと一緒に過ごすようになってから、その生活は一変したのだ。

「うおおおおお！」

今は時間が過ぎるのが異様に早い。退屈なんて二文字は吹き飛んでいた。それに、こんな獣のような大声、学校で初めて出した。大声を出したって、何かが変わる訳でもないけど、こんな風に広い校庭のど真ん中で叫ぶのは爽快だ。

そうだ、こんな風に叫んだり、思いきり走ったり、仲間とぶつかったり、部活やってないとそんな事もできないんだ。ああ、俺はこうやって過ごすのが好きなんだ。体から汗とか何もかもが発散されて、周りの空気に溶け出すと、今が充実しているんだって分かる。

——そしてこのタイタンの面々が大好きだった。肩肘張らずに、一番素の自分でいられれるんだ。そんなみんなから応援されて、ここが俺の居場所なんだって改めて認識できた。

俺は、ここに居ていいんだ。俺が、タイタンに居たいんだ――。

「球人頑張れ！　頑張れ！」

美織だ。美織も声をあげ続けている。頑張れ――、か。なんだろう。あれほど無責任に感じて、言われるのも嫌だって思っていた言葉が、今は別物に聞こえる。

「球君、頑張ってください！」

「白石、諦めるな、頑張るんだ！」

「頑張れ！　頑張れぇ！　球ちゃあああぁん！」

おう、頑張る。俺、頑張るよ。

最高の言葉だ。すっかり空っぽになったと思っていたはずなのに、力が湧いてくる。

俺はまだまだやれる――。

「うらあっ！」

「ぬ、ぐ……」

部長だって疲れているんだ。今だ、押しこめ。いけ、俺。戦え――。

白石球人、頑張れ――。

「うおおおおぉぉぉぉ！」

「ぬ、はぁ！」

その瞬間、伏部長の力が急に無くなった。

何が起きたのか一瞬分からなかった。もしかして最後の最後になって手を抜いたのかと思った。でも違った。そんな事を伏部長がする訳がなかった。

「やった……」

いつの間にか伏部長の足が、円の外に出ていたのだ——。

「球ちゃああぁん！」

「やりましたね！　球君！」

「白石、おめでとう！」

三宅達がすぐさま駆け寄って、俺に声をかけてくれる。

今はこうやって抱きしめられるのも心地がよかった。

「……参ったぞ、球人。よくやった。素晴らしい根性を見せてもらった」

「伏部長……」

それから伏部長が、またまっすぐに俺の事を見据えた。

「歓迎するぞ球人！　ようこそ体育会系探偵部タイタンへ！　わっはっは！」

「あ、ありがとうございます……」

もうへとへとだった。でもこれでようやく、タイタンに加入する事ができたのだ——。

「……球人、お疲れ様」

そうにっこりと笑って声をかけてくれたのは美織だった。

「格好良かったよ」

汗と泥にまみれた頭をぐしゃっとして撫でてくれた。何度も負けて、みっともない姿を晒したりもしたけど、今はその言葉が素直に嬉しかった。なんだか泣きそうだ。

「さあ球ちゃん！　こいつを被ってくれ！」

と、突然、美織が手を放した瞬間に、三宅がある帽子を被せてくる。

「な、なんだよこれ！」

三宅が被せてきたのは、物語の中で見るような、いかにも探偵が被る帽子だった。あの、シャーロック・ホームズとかが被っていそうな、あの帽子。

「シャーロックハットすよ！　球君！」

番場がニコニコ笑っている。そういえば番場は海外ドラマのシャーロックシリーズが大好きだった。

「シャ、シャーロックハット？」

「いいなあ、シャーロックハット。いわゆる鹿撃ち帽だよ。元々は英国の狩猟の時に男の人が被っていた帽子だけど、シャーロック・ホームズと言えば連想するものでしょ」

すかさず情報を補足したのは美織だ。それにどこか羨ましそうな顔をしている。

「タイタンに入部した際には、一度この帽子を被るのが、十五年前から代々続くタイタン入部の儀の一つでもあるのだ！」

「じゅ、十五年前から？　そんな古いものなんですか！」

「わっはっは！　安心しろ、時折私が持ち帰って洗っているから衛生面はバッチリだ！」

「そ、そうですか……」

十五年前というと、探偵部が創立された時だ。その時からこの帽子は存在していたのか。もしかして千堂先生がこの帽子を持って来たのだろうか？　あれ、でも、なんでこの帽子は文化系探偵部の部室じゃなくて、タイタンの部室にあるんだろう。分裂騒動か何かの時に、ごっちゃになってタイタンの部室に紛れ込んだのだろうか。この事実、千堂先生は知っているのか……。

「……ああっ！」

――もしかして、千堂先生がタイタンの部室に忍び込んだのは、この帽子を捜していたからではないだろうか。

「どうした球人？」

ありえる。文化系探偵部の部室に無かったから、タイタンの部室にあると当たりをつけたのだろう。元は文化系探偵部の物だからこそ奪還しようとしていたのだ。探偵の証というのにも相応しい一品だった。

「ふ、伏部長、この帽子、部室が荒らされていた時は丁度持ち帰っていましたか……？」

「よく分かったな球人！　その通りだ！　名探偵が板についてきたじゃないか！」

――やっぱりそうだ。どうしよう、この真実は俺の胸の中にだけしまっておくか……。

「これにて、タイタン入部の儀を滞りなく終了とする！」

うん、しまっておこう。きっとこのままでいいはずだ。

これで全て終わったんだ。いや、始まったのか——。

「ちょっとみんなー！」

——でも、その時だった。

「もう、どこ行ってたのよー！」

凜子先生がばたばたとこっちに向かって走って来ていた。その揺れる胸に三宅はくぎ付けだ。相変わらずしょうもない男である。

「な、何かあったんですか？」

「えっと、た、大変なのよ！　自転車置き場の自転車が四十台くらい全部横倒しになってるの！　事件よ！　大事件！」

「へっ？」

いや、それ、風で倒れただけじゃ……。今日、風強いし……。

「早く手伝いに来て！　もう本当にすごい大事件なんだから！」

「緊急事態っすね！」

「怪奇自転車大量将棋倒し事件……」

「いやいやいや……」

口々にタイタンの面々が言葉を吐く。怪奇なんて言葉、絶対にいらない。またどうせ、便利屋としての仕事が回って来たのだろう。手伝いに来て、って凜子先生言っちゃってるし。でもやたらと『事件』というワードを強調している辺り、凜子先生も大分タイタンの扱いが分かってきたみたいだ。

「タイタン、出動だッ！」

「おっす！」

部長が号令をかけると、三宅たちが声をあげて勢いよくワイシャツを脱いだ。

そして速やかに円陣が組まれる。いつもの光景が繰り広げられていた。

「行くぞ！　タイタン！　事件が俺たちを呼んでいる！」

でもこうなったらしょうがない。やるしかないのだ。

俺の体は自然と動き、円陣にも当たり前のように加わっていた。

腕のかかり具合に違和感はもうない。

最初に円陣を組んだ時とはまるで違った。

だからこそ確信した。

「全身全霊全力全開ーッ！」

「おっす‼」

——俺はもう、紛れもないタイタンの一員だ。

「ゴォーッ！　タイタァーッン！」

「ゴォーーーッ‼」

——こうして俺は、体育会系探偵部タイタンに入部したのであった。

本書は書き下ろしです。

〈著者紹介〉
清水晴木（しみず・はるき）
1988年、千葉県出身。東洋大学社会学部卒業。2011年、函館港イルミナシオン映画祭第15回シナリオ大賞で最終選考に残る。以降、短編映画脚本や、スマートフォン向けアプリのシナリオ原案に携わる。'15年、『海の見える花屋フルールの事件記　～秋山瑠璃は恋をしない～』（TO文庫）で長編小説デビュー。著書に『緋紗子さんには、9つの秘密がある』（講談社タイガ）などがある。

体育会系探偵部タイタン！

2018年7月18日　第1刷発行　　定価はカバーに表示してあります

著者…………清水晴木

発行者…………渡瀬昌彦
発行所…………株式会社 講談社
〒112-8001 東京都文京区音羽2-12-21
編集03-5395-3506
販売03-5395-5817
業務03-5395-3615

本文データ制作…………講談社デジタル製作
印刷…………豊国印刷株式会社
製本…………株式会社国宝社
カバー印刷…………慶昌堂印刷株式会社
装丁フォーマット…………ムシカゴグラフィクス
本文フォーマット…………next door design

ISBN978-4-06-512167-2　N.D.C.913　312p　15cm

講談社タイガ

清水晴木

緋紗子さんには、9つの秘密がある

イラスト
とろっち

学級委員長を押し付けられ、家では両親が離婚の危機。さらには幼なじみへの恋心も封印。自分を出せない性格に悩みが募る高校2年生・由宇にとって「私と誰も仲良くしないでください」とクラスを凍りつかせた転校生・緋紗子さんとの出会いは衝撃だった。物怖じせず凜とした彼女に憧れを抱く由宇。だが偶然、緋紗子さんの体の重大な秘密を知ってしまい、ふたりの関係は思わぬ方向へ——。

講談社
タイガ

怪盗フェレスシリーズ

北山猛邦

先生、大事なものが盗まれました

イラスト
uki

愛や勇気など、形のないものまで盗む伝説の怪盗・フェレス。その怪盗が、凪島（なぎのしま）のアートギャラリーに犯行後カードを残した！ 灯台守（とうだいもり）高校に入学した雪子（ゆきこ）は、探偵高校と怪盗高校の幼馴染みとともに調査に乗り出す。だが盗まれたものは見つからず、事件の背後に暗躍する教師の影が。「誰が？（Who?）」ではなく「どうやって？（How?）」でもなく「何が盗まれたのか？（What?）」を描く、傑作本格ミステリ誕生！

講談社タイガ

井上真偽

探偵が早すぎる（下）

イラスト
uki

「俺はまだ、トリックを仕掛けてすらいないんだぞ⁉」完全犯罪を企み、実行する前に、探偵に見抜かれてしまった犯人の悲鳴が響く。父から莫大（ばくだい）な遺産を相続した女子高生の一華（いちか）。四十九日の法要で、彼女を暗殺するチャンスは、寺での読経時、墓での納骨時、ホテルでの会食時の三回！　犯人たちは、今度こそ彼女を亡き者にできるのか⁉　百花繚乱（ひゃっかりょうらん）の完全犯罪トリックvs.事件を起こさせない探偵！